Tempel der Skelette
Chronicles of Gods 5

Anke Unger

Anke Unger

Tempel der Skelette

Fantasy-Roman

Impressum

Bibliografische Information der Deutschen Nationalbibliothek:
Die Deutsche Nationalbibliothek verzeichnet diese Publikation in
der Deutschen Nationalbibliografie; detaillierte bibliografische
Daten sind im Internet über http://dnb.dnb.de abrufbar.

© 2021 Anke Unger, 1. Auflage

Coverdesign: Kristina Licht

Herstellung und Verlag: BoD – Books on Demand, Norderstedt
ISBN: 978-3-7526-1105-2

Tempel der Skelette (Chronicles of Gods 5)

** Band 5 der berauschenden Welt voller Götter, Magie und Intrigen **

Areshva ist endlich zu ihrer verehrten Lichtgöttin Lystrella zurückgekehrt und sieht staunend deren Güte und Pracht. Prompt wird ihre Schülerin Pirina im Moor von Dämonen angefallen, ihr Geliebter Silvrin gerät in eine Schlacht gegen eine Armee aus Skeletten, die von der finsteren Priesterin Meriedyce erschaffen werden und Lystrellas Kräfte reichen leider nicht aus um zu helfen. Areshva muss sich ein für alle Mal entscheiden: Licht oder Schatten ...

Dunkle Götter, eine verbotene Magie und die Versuchung der Liebe verstricken die Magierin Areshva in ein mitreißendes Handlungsnetz, dem sich der Leser absolut nicht entziehen kann. Anke Unger überträgt uralte Ängste des Menschen auf eine faszinierende Fantasywelt voller Legenden.

//Alle Bänder der Fantasy-Reihe:
-- Göttin der Dunkelheit (Chronicles of Gods 1)
-- Der magische Blick (Chronicles of Gods 2)
-- Sog der Finsternis (Chronicles of Gods 3)
-- Der verfluchte Ring (Chronicles of Gods 4)

-- Tempel der Skelette (Chronicles of Gods 5)
-- Seelen der Göttin (Chronicles of Gods 6)// *erscheint Mai 2021*

Die Autorin

Anke Unger genießt die urwüchsige Natur Schwedens, in der sie gemeinsam mit ihrer Familie lebt. Als Journalistin, Lektorin und Medizinische Fachangestellte tätig, blieb das Schreiben stets ihre Leidenschaft. Ihr Debüt »Die Chroniken der Götter« erschien 2017 in vier Bänden im Dark Diamonds Verlag. Mit der Neuauflage 2020 unter dem Reihentitel »Chronicles of Gods« geht eine aufwändige Bearbeitung einher. Die Reihe erscheint nun erstmals vollständig mit allen sechs Bänden. Geplant ist eine Veröffentlichung aller Bände bis zum Sommer 2021.

Mehr zur Autorin finden Sie auf Facebook:

https://www.facebook.com/DieChronikenderGoetter

Danksagung

Diese Geschichte handelt nicht nur von einer fantastischen Welt, sie handelt auch von der Bedeutung der Treue.

Darum möchte ich einigen ganz besonderen Menschen danken, die mir in meinem Leben und bei der Veröffentlichung meiner Bücher seit meinem Debüt 2017 bis heute über so lange Zeit die Treue gehalten haben:

Meinem Mann Marius, mit dem ich seit 31 Jahren verheiratet bin

Meiner treuesten Leserin Anastasia Kappus

Meiner treuesten Rezensentin Michaela Rödiger

Meiner treuesten Testleserin Manuela Schäller

Und natürlich euch allen, die meine Chronicles of Gods bis hierher verfolgt haben und mich durch das Lesen meiner Bücher oder eure fleißigen und kreativen Blogs so toll unterstützen!

Damarynth

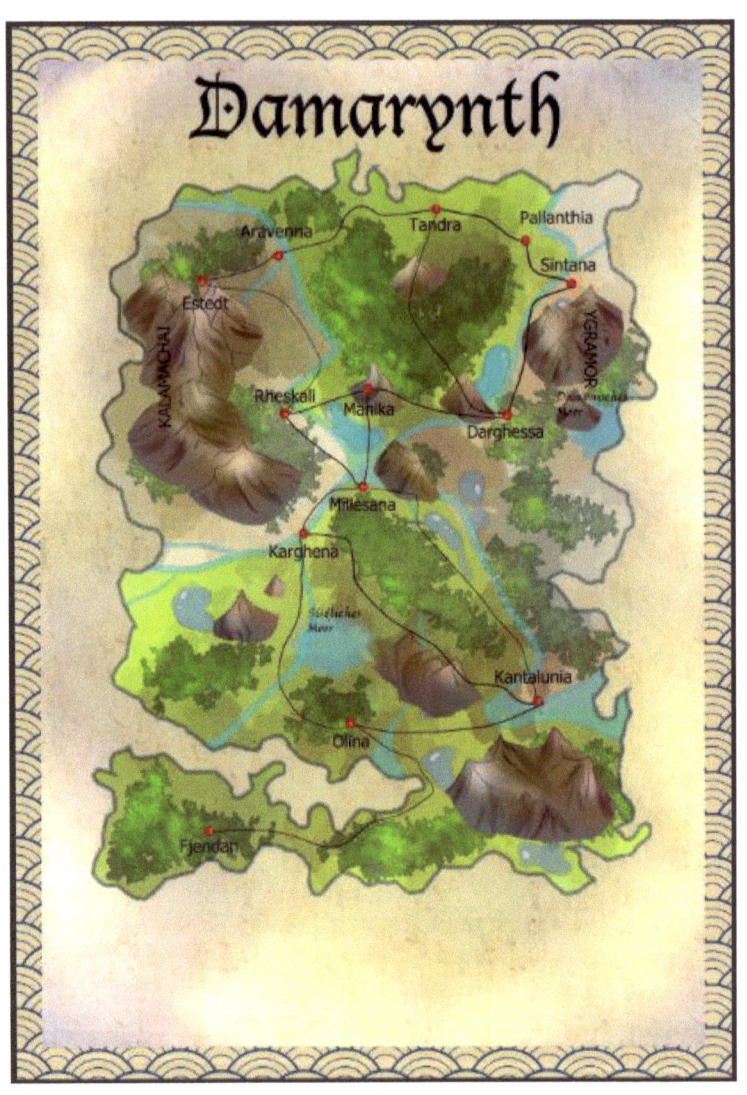

Verlust

Eine Nacht, die ihr Leben veränderte.

Sie war nicht mehr dieselbe. Nein, sie war ein neuer Mensch, neu geboren und vollkommen.

Noch immer fühlte Areshva die leidenschaftlichen Umarmungen ihres Geliebten auf ihrer Haut. Sie umschmeichelten sie wie ein seidiger Wind. Wie ein Kleidungsstück, das er ihr geschenkt hatte und das sie anbehalten konnte, so lange sie wollte.

Nie wieder würde sie es ausziehen.

Der schlammige Waldweg, den sie gerade entlang ging, kam ihr unwirklich vor. Als ob er nur in einem Traum existierte und als ob sie sich selbst durch denselben Traum bewegte. Auch wenn Silvrin nicht mehr bei ihr war, erfüllte er ihre Gedanken und ihren Körper noch immer ganz. Sie sah ihn deutlicher vor sich als die Regentropfen, die von den Bäumen herunterfielen, sie hörte auch seine Stimme klarer als das Platschen ihrer Schritte in den Pfützen.

»Für immer«, hatte er gesagt.

Der Gedanke war so enorm, so beseligend, dass es ihr vorkam, als ob sie schwebte. Auch wenn sie gerade gezwungen war, ihn zu verlassen, auch wenn sich etwas über ihnen zusammenbraute, an das sie überhaupt nicht denken wollte, ja nicht einmal denken *konnte* – für immer! Für immer! Was konnte ihr eigentlich noch passieren, jetzt, wo sie das Höchste gefunden hatte: seine Liebe? Überhaupt nichts. Sie könnte auch nichts mehr verlieren, denn sie brauchte nichts anderes als das.

Hoffentlich war ihm klar, dass sie ihn vorhin nur deshalb verlassen hatte, weil sie dazu gezwungen war? Dass sowohl die Existenz ihrer Göttin als auch sein Leben auf dem Spiel standen? Sie hatte ihm das in der Nacht erklärt, aber jetzt war sie sich nicht mehr sicher, ob er sie verstanden hatte.

Er hatte ihr bei ihrem Abschied so verzweifelt hinterhergerufen, dass sie jetzt ein wenig Angst hatte.

Sie verlangsamte ihre Schritte und strich sich die langen schwarzen Haare aus dem Gesicht. Wenn sie doch zurückkehren könnte. Zurück zu ihm und bleiben. Das kleine bisschen Angst in ihrem Innern fing von allein an zu wuchern und zu ranken und sich in ihren Eingeweiden zu verbeißen. Wieso bildete sie sich ein, er könnte sie verstehen? Er konnte keine Götter sehen, also was von all dem, das sie ihm über die herrliche Lichtgöttin Lystrella erzählt hatte, konnte er sich überhaupt vorstellen? Bestimmt dachte er jetzt, es wären nichts als Märchen gewesen. So wie ihr Vater, dem hatte sie das auch nie begreiflich machen können. Womöglich glaubte er, sie hätte die Göttergeschichten nur erfunden, um eine Ausrede zu haben, warum sie ihn nicht wiedersehen wollte!

Sie blieb stehen und blickte sich sehnsüchtig um.

Aber – nein, sie durfte nicht zurück. Schon gestern hätte sie nicht zu ihm zurückkehren dürfen. Diese Nacht mit ihm war eine Verbotene gewesen. Sie wusste selbst nicht, was in sie gefahren war. Ihre Liebe war so übermächtig geworden, dass sie die Wünsche der Göttin einfach ignoriert hatte. Denn es war die Göttin selbst, die ihre Verbindung nicht guthieß. Sie wollte ihn einer anderen geben, der Prinzessin Isimela. Wahrscheinlich um Areshva zu bestrafen, weil sie ihre hochverehrte Herrin schon mehrfach im Stich gelassen hatte. In ihrem Magen begann es zu stechen und zu bohren. Aber dieses Verbot würde Lystrella doch ganz bestimmt zurücknehmen, wenn Areshva ihr Vergehen wieder gut machte? Wenn sie der Göttin einen gewaltig großen Gefallen tat und sich eine Belohnung verdiente? Die Vorstellung, Silvrin wieder zu verlieren, ließ sie nicht zu. Nein, das würde nicht geschehen. Sie würde ihn erobern, würde sich die Erlaubnis der Göttin holen, und wenn sie dazu Berge versetzen oder durch Tempelwände rennen müsste! Es war ja ohnehin seit langem ihr drängendster Wunsch gewesen, Lystrella zu unterstützen, nun war das wichtiger geworden als jemals zuvor!

Doch dies war nicht ihr einziges Dilemma. Die Götter der Dunkelheit wollten Silvrin töten, weil sie sich von ihm bedroht fühlten, und er würde sterben, wenn Areshva ihn nicht bei seinem nächsten Kampf beschützte. Ja, ja – und wie sollte ihr das gelingen ohne ihre Zauberkraft? Lystrella war ja leider noch immer kraftlos und konnte ihr keine Strahlung geben. Die alte Agga dagegen, ihre verhasste frühere Herrin, strotzte dagegen nur so vor Energie, aber leider (oder zum Glück) hatte sie diese blutrünstige, mörderische Fledermaus gestern verlassen und der Göttin ihres Herzens, Lystrella, ewige Treue geschworen, wenn diese Silvrin davor bewahrte, vergiftet zu werden. Lystrella hatte ihn tatsächlich gerettet und deshalb war Areshva ihr jetzt verpflichtet.

Sie seufzte.

Ewige Treue. Zu einer Göttin, die keine Kräfte hatte.

Also, Lystrellas Heilkräfte funktionierten ja vortrefflich, aber ansonsten war die wunderbare, sanftmütige Lichtgöttin leider momentan vollkommen kraftlos, weil sie seit Ewigkeiten keine Opfer bekommen hatte. Wie sollte sie Silvrin bei dem Kampf verteidigen, den er plante? Schon heute oder in ein paar Tagen würde er seine Armee in eine Schlacht führen und ohne eine mächtige Beschützerin würde er untergehen – denn die Götter der Dunkelheit wollten seinen Tod.

Es würde nicht funktionieren. Nicht wenn sie die Dienerin der Lystrella bliebe, die nicht kämpfen konnte.

Warum hatte sie ewige Treue geschworen! Sie hätte einfach nur Treue sagen sollen. Vorübergehende Treue ... Die Schamröte stieg ihr auf die Wangen. Sie war eine niederträchtige Verräterin. Genau das und leider keinen Deut weniger.

Energisch schüttelte sie den Kopf. Wie sehr sie sich selbst verachtete für ihr Verhalten in den letzten Monden. Sie war eine unwürdige Dienerin und sie verdiente es, dass Lystrella sie bestrafen wollte. Nein, sie würde die großartige Lichtgöttin nicht wieder verlassen. Diesmal würde sie ihren Schwur halten und auch wenn Lystrella leider momentan noch keine Kräfte hatte, würde sie *trotzdem* standfest an ihrer Seite bleiben.

Und sie würde auch Silvrin retten. Irgendwie.

Denn dies war doch ihre große Chance. Das erhabene Ziel, nach dem sie sich schon so lange sehnte! Lystrella wieder an die Macht bringen, die Götter der Finsternis vertreiben – vielleicht konnte ihr das gelingen? Auch wenn sie jetzt noch keine Ahnung hatte, wie?

Sie erhob zagend den Kopf zum Firmament und flüsterte ihren Namen.

»Lystrella – hörst du mich?«

Schlagartig verdunkelte sich der Himmel und ein dumpfes Grollen ertönte. Über ihr raschelten die nassen Zweige der Bäume und Regentropfen klatschten ihr ins Gesicht.

Keine Antwort. Nicht einmal der Hauch eines Lichtstrahles. Okay, sie durfte nicht zu viel erwarten. Nicht von einer Göttin, die keine Macht hatte.

Sie müsste ihr erst einmal welche bringen.

Allerdings bräuchte sie dazu Samen und die schien es im ganzen Land nicht mehr zu geben.

Sie blinzelte, als ihr ein großer Tropfen direkt ins Auge fiel.

Jetzt stand sie mitten auf dem Waldweg wie angewurzelt. Es kam ihr vor, als erwachte sie aus einem Traum.

Vorwärts, dachte sie, und versuchte sich Hoffnung zu geben. Erst einmal würde sie zurückkehren in ihr Lager, wo ihre Schülerin Pirina auf sie wartete. Zusammen würden sie einen Plan entwerfen, wie sie Silvrin ohne Zauberkraft in seiner Schlacht helfen und nebenbei am besten auch noch ihrer Göttin Macht bringen konnten. Das musste machbar sein.

Sie breitete ihre ledrigen Fledermausflügel aus, schwang sich in die Luft, überflog den Wald und gelangte wenig später auf die etwas erhöht gelegene Lichtung, auf der sie und Pirina ihr Lager aufgeschlagen hatten.

Es sah verlassen aus.

Pirina konnte sie nirgends finden. Vielleicht schlief sie irgendwo oben auf einem Baum.

Langsam hob sie Silvrins wunderschönes hellblaues Tuch hoch, das er ihr geschenkt hatte. Sie trug es immer noch in der Hand. Nur das allein war ihr von ihm geblieben. Es war ein einfaches Tuch, aber ihr gefielen seine Farbe und das weiche Material. Sie hielt es nah vor ihre Augen, wühlte ihr Gesicht hinein und dachte augenblicklich an das Blütenbad, das sie mit ihm genommen hatte. Dann breitete sie es aus, so als könnte er daraus hervorsteigen … Blau war es wie der Himmel. Eine untere Ecke war abgeschnitten. In einem plötzlichen Impuls hexte sie das Bild einer Sonne oben auf Silvrins Himmelstuch. Jetzt war es perfekt. Sie rollte das Sonnentuch zusammen, band es sich wie ein Stirnband in die Haare und bändigte damit ihre wilde schwarze Mähne. Auf einmal konnte sie viel mehr sehen, weil die langen Strähnen nicht länger ihre Augen verdeckten.

Wo war eigentlich Pirina abgeblieben? Warum kam sie nicht?

Langsam setzte ihre Hirntätigkeit wieder ein.

Natürlich war Pirina nicht hier! Sie hatte ihre Schülerin doch selber zum dämonischen Moor geschickt, damit sie Sumpfanemonen besorgte, gestern Abend! Und das dann über den großartigen Ereignissen dieser Nacht total vergessen. Bei allen Dämonen der Unterwelt, die kleine Schülerin war gar nicht wieder aufgetaucht. Sie hatte sich auch nicht über den Kontaktring gemeldet. Areshva wusste nur zu gut, wie gefährlich das Moor war, schließlich war sie dort früher ein paarmal gewesen. Verdammt. Sie hatte Pirina nicht genau genug gewarnt. Sie hatte sie einfach hingeschickt, war sie wahnsinnig? Ihr war bestimmt etwas zugestoßen!

Wie betäubt lehnte sie sich an einen Baum und warf den Kopf zurück.

Die Rache der Agga … schoss es ihr durch den Kopf. *Oder sogar eine Strafe der Lystrella dafür, dass ich ihren Befehl missachtet habe. Was hat sie mit Pirina angestellt? Ich war ja die ganze Nacht bei Silvrin. Viel zu lange. Und ich habe getan, was ich nicht durfte …*

Da fiel ihr Blick auf ihren Kontaktring. Er schimmerte hell. Vielleicht leuchtete er schon länger, ohne dass sie es bemerkt hatte. Sie hatte ja auf nichts geachtet als auf Silvrin. Eilig rieb sie an dem Ring. Eine seltsam verrenkte geisterhafte Gestalt wurde sichtbar, die Areshva nicht zuordnen konnte.

»Ich brenne! Hilfe, ich verbrenne, ich sterbe!«, krächzte Pirina. Ihre Stimme war unnatürlich rau und heiser. Womöglich hatte sie die ganze Nacht geschrien. Areshva traf ein heftiger Schock.

»Ich komme«, stammelte sie. »Halt aus. Ich bin gleich bei dir.«

Im Dämonischen Moor

Areshva breitete ihre Flügel aus. Nichts zwickte mehr, Lystrellas Zauber hatte sie heil wieder zusammengefügt, sie waren stabil und perfekt. Es kam ihr vor, als wäre sie seit unendlichen Zeiten nicht mehr durch die Lüfte gesegelt. Mit schnellen Schlägen flog sie über die Wipfel der Bäume hinaus. Schon passierte sie Silvrins Lager. Dann steuerte sie Richtung Darghessa, gewann immer mehr Fahrt und sauste in Höchstgeschwindigkeit über Wald und Feld.

Um Himmels Willen, was könnte Pirina zugestoßen sein? War sie von Geistern angefallen worden? Aber die Moorgeister waren langsam, Areshva konnte sich kaum vorstellen, dass sie einen Menschen erwischen könnten. Am ehesten war Pirina vom Weg abgekommen und kämpfte jetzt darum, nicht zu versinken. Allerdings … dann würde sie nicht *brennen*.

Areshva überflog die Hauptstraße, die nach Millesana und Manika weiterführte. Dahinter ging es bergig weiter. Steppen und unwegsames Gelände folgten. Die Stadt Darghessa breitete sich unter ihr aus. Dort stand die Armee von Aravenna und gleich hinter ihr die von Pallanthia. Schon war sie darüber hinweggeflogen. Sie überquerte die Stadt, dann ein Felsmassiv. Die Schwarzen Felsen folgten. Und endlich sah sie in der Ferne, düster und mit blinkenden Wasser- und Sumpfflächen überall, das Dämonische Moor.

Sie berührte im Flug ihren Ring. Wieder tauchte diese spukhafte, unförmige Gestalt auf. Diesmal machte ihr der Anblick wirklich Angst. Was konnte mit Pirina passiert sein, sie kannte das Mädchen gar nicht wieder! Die arme Kleine schluchzte und heulte so laut, dass Areshva kein Wort verstehen konnte.

»Halt den Kontakt, Pirina!«, rief sie laut. »Halt einfach den Ring fest, dann finde ich dich leichter!«

Jetzt flog sie über das Moor. Hier war es wie üblich neblig, sodass sie ihren Flug drosseln musste. Pirina hielt glücklicherweise den Kontakt, weshalb der Ring ihr die Richtung anzeigte, in die sie fliegen musste. Unter ihr blinkten riesenhafte glitzernde Moorflächen, Schilf, dann etwas, das wie eine Blumenwiese aussah, und immer wieder Wasser. Eigentlich müsste sie Pirina längst erreicht haben. Bei allen Göttern, wie weit war das Mädchen geflogen? Sie war doch wohl nicht bis in die gefährliche Zone vorgestoßen? Riss das Moor sie in die Tiefe? Areshva wurde unruhig. Längst hatte sie die markierten Wege hinter sich gelassen. In ihrem Magen begann es zu grummeln. So langsam begann sie zu ahnen, was sie erwartete. Der Nebel wurde hier dichter, die Vegetation spärlicher. Scharfe Magiestrahlung traf ihre Haut, so als stach jemand mit Nadeln nach ihr. Dort wuchs eine dieser gelben Sumpfanemonen.

Und direkt dahinter sah sie das erste Wesen. Eine unförmige, geleeartige Masse, etwa in der Größe eines

Hundes, die sich träge und unkoordiniert bewegte. Sie konnte Gliedmaßen ahnen, also etwas, das eine Art Bein sein könnte, ein langer und ein kurzer »Arm« und ganz oben befand sich ein fleischiges, ovales Körperteil mit so etwas wie einer Mundöffnung. Keine Augen oder Nase, aber dafür ein Büschel Haare seitlich des »Mundes«. Schwarze stechende Strahlung umgab das Wesen. Areshva überflog es weiträumig. Dahinter wurde die Luft zunehmend dunkler, die unangenehme Strahlung nahm zu, und inmitten der morastigen Landschaft tauchten immer mehr dieser Geleewesen auf. Sie waren in Form und Größe unterschiedlich, manche sahen aus wie Steine, andere wie Bäume oder wie große geleetropfende Insekten, die sich auch einigermaßen fortbewegen konnten und sich auf der Mooroberfläche aufhielten, ohne von ihr verschlungen zu werden. Wo zwei Wesen nah beieinander waren, hatten sie grundsätzlich die Tendenz, sich aufeinander zuzubewegen. Und wenn sie sich erreichten, versuchten sie, sich gegenseitig zu zerreißen oder zu fressen. Dabei stießen sie gruselige schrille Geräusche aus. Areshva flog immer höher, um den Gestalten nicht näher als unbedingt notwendig zu kommen. Sie erreichte ein von Seerosen und Sumpfanemonen überwachsenes Moorgebiet, in dem sich eine ganze Gruppe dieser Wesen versammelt hatte. Es sah aus, als stünde ein Kampf bevor, denn dort standen fünf wie in einem Kreis und bewegten sich auf dessen Mitte zu. So große Gruppierungen entstanden nur dann, wenn man ihnen einen Gegenstand mit starker magischer Strahlung zuwarf, der so viel Energie aussandte, dass er nicht bloß die in der Nähe befindlichen Viecher anzog, sondern auch welche weiter weg. Da das

Dämonische Moor nahe von Ygramor lag, war Areshva hier manchmal gewesen und hatte Experimente mit den Geleewesen gemacht. Diese waren für Menschen nicht gefährlich, weil sie sich nur sehr langsam bewegten. Man hatte sozusagen tausend Jahre Zeit, sie zu beobachten und konnte ihnen jederzeit aus dem Weg gehen. Nur berühren durfte man sie nicht. Sie zerstörten alles, was ihnen in die Fänge kam. Selbst konnten sie jedoch nicht getötet werden. Das hatte Areshva schon versucht. Hiebe oder Stiche durch die geleeartige Substanz brachten keinerlei Wirkung. Sie konnten sich jedoch gegenseitig zerstören, das passierte, wenn sie einander sehr nahekamen. Gelegentlich spalteten sie sich dann auch in neue Wesen auf. Deshalb war die Anzahl dieser Untoten im Dämonischen Moor in all den Jahren immer mehr oder weniger konstant gewesen. Areshva überprüfte ihren Kontaktring. Er zeigte jetzt keine Richtung mehr an.

Anscheinend war sie am Ziel.

Ihr wurde mulmig zumute. Tatsächlich? Wie konnte sie am Ziel sein, wo war denn Pirina? Sie sah sich die Gruppe der Wesen genauer an. Großmächtige Lystrella! Sie war diejenige, die in der Mitte stand und von den Wesen umringt wurde! Oder nein, sie stand nicht. Sie steckte bis zu den Hüften im Morast, sackte aber nicht mehr tiefer, denn etwas hielt sie oben fest. Ihr rechter Flügel hatte sich an einem hohen »Zweig« eines Geleebaumes verfangen, wo er angeklebt war. Die geleeartige Masse floss langsam daran herunter und zersetzte ihn, sodass auf der betroffenen Haut große Blasen entstanden. Pirina versuchte, sich loszureißen, zerrte und drängte von dem »Baum« weg, konnte aber nicht. Hinter dem Baummonster rollte ein rundes stacheliges Ding heran, das aber zu klein war, um sich vorzudrängen, denn eine Reihe von Dotterblumen versperrte seinen Weg. Er war gerade dabei, sie mit Gelee zu bespucken und sich dann einzuverleiben. Und von der anderen Seite her näherten sich drei große Geleetiere etwa in der Größenordnung von Rehen. Die ersten beiden hatten Pirina schon fast erreicht, waren sich dabei aber ins Gehege gekommen und beschäftigten sich augenblicklich damit, sich gegenseitig mit ihren Mäulern zu zerstören. Sie fraßen sich Gliedmaßen ab, sie betropften sich mit Gelee, und sie zischten dabei so, dass es Areshva in den Ohren gellte. Bei einer Attacke riss eins der Tiere dem anderen ein Horn ab, oder was das sonst war, das dampfend zu Boden fiel, sich in ein quallenartiges Etwas verwandelte, anfing, Gelee zu produzieren und dann seinerseits zu der Erkenntnis kam, dass Pirina eine großartige Mahlzeit abgeben würde. Jedenfalls fing es an, auf sie los zu kriechen. Es war langsam. Auch die anderen Wesen waren kaum schneller als Schnecken. Das war aber gleichgültig, da Pirina ja festklemmte und nicht weglaufen konnte.

Die kleine Schülerin war dermaßen von den üblen Wesen umzingelt, dass Areshva sie nicht erreichen konnte, ohne dass sie eins davon hätte berühren müssen. Was sie auf keinen Fall durfte, denn dann wäre sie selbst verloren. Erst jetzt hörte sie das Mädchen heulen. Das war kein normales Weinen, das war das konstante, verzweifelte Wimmern eines Menschen, der den Tod vor Augen sieht und keine Hoffnung mehr hat.

»Pirina!«, schrie Areshva. »Ich bin hier! Ich hol dich raus! Du musst nur ein bisschen Geduld haben, bis ich einen Weg finde!«

Es war nicht klar, ob Pirina das gehört hatte. Wie sollte sie das Mädchen befreien? Wie an sie herankommen? Die Kleine war ja bereits von dem Gelee infiziert und sandte deshalb schon selbst diese stechende Strahlung aus, sogar viel heftiger als die Wesen um sie herum. Das musste der Grund sein, warum alle diese Raubtiere an sie heranpirschten. Ein richtiges Menschenkind, das noch Leben in sich hatte, so etwas tauchte in dieser Einöde wahrscheinlich sonst nie auf.

Pirinas Jammern ging in ein wildes Kreischen über. Das ließ Areshvas Adrenalinspiegel in die Höhe schnellen.

Mit dunkler Strahlung konnte sie die Wesen nicht töten, das hatte sie früher schon versucht, aber vielleicht schmolzen sie unter Lichtwellen? Sie spürte sogar ein wenig von Lystrellas Energie in ihren Adern. Sie würde sie benutzen können. Wärme kam in ihre Hand. Sie ließ eine Lichtkugel entstehen und warf sie gegen einen der Geleebäume. Das war jedoch keine zerstörerische Kugel. So etwas würde ihr die Sonnengöttin gar nicht erlauben zu produzieren. Ihr Sonnenstrahl streichelte den Baum nur. Die Wirkung war gleich null und verpuffte in der Luft.

Das hätte sie vorhersehen sollen, sie kannte doch das sanfte Wesen ihrer Herrin.

Konnte sie die tödlichen Wesen nicht vernichten, dann musste sie diese eben weglocken! Sie müsste ihnen etwas vorgaukeln, das ihre Aufmerksamkeit auf sich lenkte! Bloß was könnte sie dazu benutzen? Was könnte noch mehr strahlen als Pirina? Areshva selbst?

Bis jetzt war sie durch die Luft geflogen, nun musste sie herunterkommen, um von den Geleetigern als mögliche Beute wahrgenommen zu werden. Vorsichtig, um nicht noch mehr ihrer kargen Energie zu verschleudern, testete sie den sumpfigen Boden, bis sie festen Grund fand, auf dem sie stehen konnte.

Sie sollte damit anfangen, Pirina zu trösten, ihre Schmerzen und ihre Angst zu lindern. Wie vorher verhallten ihre Rufe nach Lystrella ohne eine Antwort. Falls man nicht den winzigen Strahlenregen als eine Reaktion bewerten wollte, der Areshva nun auf den Mittelfinger rieselte. Ihre Magieausbeute reichte gerade für eine Illusion, die die Geleewesen so aussehen ließ, als wären das normale Tiere mit Igelstacheln anstelle von Fellen – damit ihre Schülerin nicht auf die Idee käme, sie zu streicheln. Danach schickte sie magische Schmerzlöscher zu Pirina, die wie cremige Regentropfen auf sie herabregneten und auf ihrem Flügel liegen blieben. Es schien nicht zu helfen, deshalb warf Areshva eine zweite und dritte Magiedusche zu ihr. Erst als die Schwinge von einer ganzen Schicht Zaubertropfen bedeckt war, hörte Pirina auf zu weinen, richtete sich auf und blinzelte verwirrt. Ein verklärter Ausdruck trat in ihre Augen. Dann fing sie unvermittelt an zu kichern, laut und übertrieben, so als hätte sie gerade einige Gläser Rotwein zu viel in sich hineingekippt.

»Areshva«, lachte sie und starrte sie ungläubig an. »Bist du das wirklich?«

»Ja«, bekräftigte die Zauberin. »Bleib ganz still stehen. Nicht bewegen.«

Sie verstärkte ihre Aura. Dadurch wollte sie eine Strahlung entwickeln, die stärker und attraktiver auf die Biester wirkte als die von Pirina. Die Kleine hörte auf zu lachen. Ihr schien ein Gedanke gekommen zu sein, der sie beunruhigte.

»Jetzt hasst du mich, oder?«, fragte Pirina unsicher. »Ich hab es nicht geschafft, Silvrin die Sumpfanemonen zu bringen! Dabei war ich so froh, als ich die gelben Blumen von oben gesehen habe. Aber dann bin ich an diesem Baum hier hängengeblieben. Ich weiß selbst nicht, was los ist, warum ich von dem Zweig nicht loskomme! Wenigstens brennt der Flügel jetzt nicht mehr, das hat furchtbar wehgetan. Ach! Areshva! Es tut mir sooo, sooo leid!«

Areshva bekam ein verteufelt schlechtes Gewissen. Sie wusste genau, dass hier nur eine Person überhaupt eine Schuld traf, nämlich sie selbst. Man durfte keinen ins Dämonische Moor schicken, ohne ihm zu sagen, was da im innersten Bezirk auf ihn lauerte.

»Du hast nichts falsch gemacht«, erwiderte Areshva schnell. »Es ist alles in Ordnung. Bleib ganz still da stehen. Pass auf, dass du diese Wesen vor dir nicht berührst.«

Pirina beruhigte sich auf der Stelle. Es schien, als ob Areshvas Troststrahlung sie etwas zu heftig getroffen hatte. In ihr Gesicht trat ein verklärter Ausdruck. Sie fing wieder an zu kichern. Übermütig starrte sie das Tier an, das ihr am nächsten war und das jetzt wie ein Igelreh aussah.

»Was ist das eigentlich?«, fragte sie.

»Exakt weiß ich das auch nicht«, sagte Areshva behutsam. »Aber ich schätze, das sind die Dämonen, nach denen dieses Moor benannt ist.«

Während sie sich mit Pirina unterhielt, behielt sie die Kreaturen scharf im Auge. Endlich registrierte sie einen leisen Erfolg. Das hinterste Wesen war dabei, sich umzudrehen. Kein Zweifel, dass es sich entschlossen hatte, doch lieber Areshva anstatt Pirina zu verspeisen. Dieselbe Entscheidung hatte auch das entartete Horn getroffen. Der Kampf zwischen den beiden Igelrehen ging derweil seinem Ende zu. Das größere der Tiere hatte es gerade geschafft, sein Maul gigantisch weit aufzureißen und seinen Gegner gleich zur Hälfte darin zu verschlingen.

»Was sind Dämonen?«, fragte Pirina neugierig und blickte liebevoll von einem zum nächsten, so als wären es ihre Haustiere. Dabei kicherte sie wieder.

»Unsterbliche Wesen«, erzählte Areshva. »Ich war früher öfter hier und habe sie beobachtet. Kirisha hat mir erzählt, sie existieren schon seit Ewigkeiten. Ihre Lehrmeisterin hat schon von ihnen erzählt, und die Lehrmeisterin ihrer Lehrmeisterin hat sie auch gesehen. Sie haben sich anscheinend generiert in irgendeiner sehr grausamen Vergangenheit, durch die unser Land hindurchgegangen ist. Und man hat sie hierhin verbannt, damit kein Mensch zu Schaden kommen kann.« Leiser fügte sie hinzu: »Außer solchen Dummköpfen wie wir, die freiwillig herfliegen.«

Inzwischen marschierte auch das siegreiche Igelreh auf Areshva zu. Es war leider derartig langsam, dass diese Prozedur Ewigkeiten dauerte. Aber das Gefängnis, in dem Pirina festsaß, bekam dennoch immer größeren Spielraum.

»Ich glaube, ich werde auch so ein Dämon«, sagte das Mädchen zweifelnd. »Meine Flügel …«

»Wirst du nicht«, widersprach Areshva barsch. »Keine Angst. Ich hol dich raus, das ist versprochen. Ich warte gerade nur darauf, dass diese Biester mir genug Platz machen. Hab noch ein kleines bisschen Geduld.«

»Wie lange willst du denn warten?«, fragte Pirina zunehmend ängstlich. »Du! Ich klebe nicht bloß an dem, ich bin da schon drangewachsen! Du kannst mich gar nicht mehr befreien!«

Immer größer wurde der Raum zwischen Pirina und den Dämonen. Nun war genug Platz vorhanden, dass Areshva eine Rettungsaktion wagen konnte. Sie flog hoch in die Luft, über die unförmigen Wesen hinweg, die auf sie zu marschiert waren, ließ unter sich einen stabilen Bretterboden entstehen und landete vor Pirina.

»Natürlich kann ich«, sagte Areshva und versuchte, ein aufmunterndes Lächeln über die Lippen zu bringen. Der linke Flügel der Kleinen war in einem beängstigenden Zustand. Glibberig und voll mit Gelee, das glühte wie Kohle in einem Feuer. Wie Pirina gesagt hatte, war sie schon derartig mit dem Baum verklebt, dass sie aussah wie mit ihm verwachsen.

Areshva streckte eine Hand zum Himmel und suchte den Kontakt zu ihrer Lichtgöttin.

»Hast du Heilkräfte für mich?«

Darin war Lystrella glücklicherweise sehr gut. Heilkraft war diejenige, die sie am leichtesten generieren konnte. Areshva spürte eine gewaltige Macht in ihre Hand hineinfahren, herrlich warm und sprudelnd. Damit berührte sie Pirina. Die Kleine starrte sie an wie eine Erscheinung.

»Amina!«, juchzte sie. »Du hast das genauso gemacht wie die Amina in unserem Tempel! Ich wusste, dass du eine Göttin bist! Ich wusste es!«

Areshva ignorierte diese Fehleinschätzung. Sie strich über die Schultern des Mädchens und ließ die Kraft auf Pirinas Rücken und die Flügel hin ausstrahlen. Wo sie auf das Gelee traf, fing es laut an zu zischen. Sie kam jedoch nicht durch die flutschige Masse hindurch. Also versuchte sie den Zauber zu verstärken. Ohne Effekt. Pirinas Augen wurden immer größer und staunender.

»Warum siehst du mich so an?«, fragte Areshva irritiert.

»Du bist so schön«, sagte Pirina bewundernd.

»Was?« Dies war vielleicht nicht der richtige Augenblick für so ein Kompliment, aber eigentlich war alles gut, das Pirina die Angst nehmen konnte, die sie bestimmt noch immer hatte. Der Zauber schlug einfach nicht an. Sie konnte die dämonische Macht nicht aus dem Flügel herausdrängen. »Oh. Danke, Pirina. Das hast du bisher gar nicht erwähnt.«

»Du bist heute viel, viel schöner als sonst! Und das Tuch in deinem Haar sieht toll aus. Ist Silvrin etwa noch am Leben?«

»Ja.«

»Wie hast du das geschafft?«

»Lystrella hat ihn gerettet.«

»Lystrella!«, schrie Pirina auf. »Jetzt begreife ich, warum du so hell leuchtest! Du hast Kontakt zu ihr, nicht wahr?«

»Ja. Ich hab ihr versprochen, auf ewig ihre Dienerin zu sein.«

»Oh! Areshva! Das ist wunderbar!«

Pirinas Flügel waren unverändert verdorben. Und das Gelee fraß sich immer näher an ihren Rücken heran.

»Kann sie wohl dieses Böse von mir nehmen?«, stammelte sie.

»Das ist etwas Ewiges«, sagte Areshva leise. »Es lässt sich nicht neutralisieren.«

»Dann …« Pirina wagte den Satz nicht zu vollenden.

Schlagartig wurde Areshva klar, dass die Teufelswesen, die sie vorhin weggelockt hatte, sich selbstverständlich jetzt wieder auf sie zu bewegten – auf sie beide zusammen. Nun waren sie auch schneller als vorher. Vermutlich, weil Pirinas und Areshvas Auren zusammen wesentlich verlockender strahlten als jede für sich allein. Wenn sie hier länger stehenblieben, würden sie sich gleich alle beide in der Falle befinden.

»Du musst abhauen!«, hauchte Pirina, ihrer Stimme kaum mächtig. »Sonst kriegen sie dich auch!«

Zischend und klappernd rückten die Dämonen immer näher. Areshva zog kurz entschlossen ihr Messer aus dem Gürtel.

»Wir haben keine andere Möglichkeit«, flüsterte sie dem Mädchen zu. »Verzeih mir für das, was ich dir antun muss. Ich sorge wenigstens dafür, dass es dir nicht wehtun wird. Leg mir die Arme um den Hals und halt dich ganz fest. Und lass nicht los.«

Pirina gehorchte. Areshva ließ mit dem Finger einen Strom Energie auf ihre Stirn fließen, um ihr Schmerzempfinden zu betäuben. Dann legte sie das Messer an Pirinas linken Flügel an und schnitt ihn mit drei schnellen, energischen Stichen in der Mitte durch, in dem Bereich, der noch gesund war, damit er nichts von der dämonischen Strahlung an sich behalten sollte. Als sie diese makabere Arbeit beendet hatte, umfasste sie Pirina, zog sie aus dem Sumpf heraus und flog mit schnellen Flügelschlägen steil nach oben. Allerdings konnte sie ihre Last nicht lange so halten. So heftig sie auch schlug, reichte ihre Kraft nicht aus, und ihre magische Energie war aufgebraucht. Lystrella antwortete nicht auf ihre Rufe, schickte diesmal auch keine Strahlung, sodass Areshva gezwungen war, in respektvoller Entfernung zu den

Dämonen wieder zu landen. Es war gar nicht so leicht, einen festen Platz zu finden, auf dem sie stehen konnten, ohne einzusinken. Pirina wollte sie gar nicht loslassen, sie presste sich an sie und weinte. Areshva legte ihrem Schützling den Arm um die Schultern und hielt sie ganz fest. Sie hatte ein fürchterlich schlechtes Gewissen. Es war ihre Schuld, dass Pirinas linker Flügel nun zerstört war, sie hatte mehr als die Hälfte davon abschneiden müssen. So war es unmöglich zu fliegen. Vermutlich musste sie dankbar sein, dass das Mädchen überhaupt noch lebte. O Himmel … wie sollte Silvrin die Schlacht überstehen, die ihm unmittelbar bevorstand? Lystrella hatte nur minimale Energie! Sie könnte ihn nicht beschützen! Wahrscheinlich würde sie in den nächsten Stunden noch viel schrecklichere Dinge sehen als einen zerstörten Flügel.

»Ich möchte auch Lystrella kennenlernen«, flüsterte Pirina in die Stille hinein. »Glaubst du, ich darf?«

»Natürlich darfst du, ja du sollst sogar!«, erwiderte Areshva. Sie kämpfte mit den Tränen. »Ich weiß allerdings nicht, ob sie uns noch eine Chance gibt. Bis jetzt hat sie kein Wort mit mir gesprochen. Entweder will sie uns gar nicht mehr helfen oder sie kann nicht. Schließlich wurde sie von allen verlassen und hat seit Jahren keine Opfer bekommen. Deshalb liegt auch ihre Macht am Boden …«

»Die Sonnengöttin verlangt Opfer?«, rief Pirina erschrocken und löste sich von Areshva. »Ich dachte, sie wäre eine Friedensgöttin?«

»Nicht solche Opfer, wie du denkst«, korrigierte Areshva. »Lystrella wünscht sich, dass wir Bäume pflanzen, Gemüsegärten, Blumen, Parks und Wälder. Bäume haben tiefe Wurzeln und können besonders viel Strahlung aus dem Boden holen, darum sind sie ihre beste Energiequelle.«

»Das hört sich toll an!«, rief Pirina begeistert. »Lass uns sofort anfangen! Ich will ihr bringen, was sie sich wünscht! Wie macht man das?«

Areshva seufzte tief. »Man pflanzt Samen von Bäumen ein und bringt sie zum Wachsen. Leider ist uns das heutzutage nicht mehr möglich. Es scheint im ganzen Land keine Baumsamen mehr zu geben.«

Pirina kramte drei Kastanien aus ihrer Hosentasche. »Und wenn wir diese nehmen?«

»Pirina!«, schrie Areshva auf. »Du bist ein Engel! Wo hast du die denn her?«

»Aus unserem Kräuterladen in Aravenna.«

»Aber ich habe dort danach gefragt! Eure Thessa behauptete, sie hätten keine!«

»Wir hatten nie Kastanien im Laden«, sagte Pirina, »denn die kauft niemand. Aber als du danach gefragt hast, fiel mir ein, dass Ilayna und ich mal ein paar gesammelt haben, weil man damit lustige Spiele spielen kann. Also habe ich später Ilayna gefragt, ob sie noch welche davon übrig hat.«

»Warum hast du sie mir dann nicht gegeben?«

»Ich wollte! Aber der ganze Trubel, meine Mama, Silvrins Kampf, die giftige Suppe … ich hab es einfach vergessen. Wusste ja nicht, wofür du sie brauchst.«

Areshva nahm die drei braunen Knollen, hob Löcher aus, legte die Samen hinein und schob Erde darüber.

»Höre mich, Lystrella«, rief sie beschwörend zum Himmel hinauf, »hast du etwas Wachstumsenergie für mich? Dann bringe ich dir heute ein Opfer!«

Ein leises Säuseln und Zischeln ertönte um sie herum, und ein kleiner Klecks leuchtender Strahlung landete in Areshvas geöffneter Handfläche. Es war bestürzend wenig, aber immerhin besser als nichts.

Vorsichtig, um keinen Krümel davon zu verschwenden, strich Areshva mit dem Finger darüber, verwandelte ihn in einen Strahl und richtete diesen auf eine ihrer Pflanzungen. Normalerweise ließ man immer drei auf einmal wachsen, aber ihr war sofort klar, dass sie diesmal nur ein Minimalprogramm fahren konnte. Der Sonnenstrahl beleuchtete die sumpfig-feuchte Erde. Nichts regte sich. Areshva lastete die Stille des Moores in den Ohren. *Sag nicht, dass ich zu spät gekommen bist und du dafür keine Energie mehr übrig hast, bitte nicht*, flehte sie innerlich. Aber sie wollte ihre Angst nicht vor Pirina zeigen, darum zwang sie ein Lächeln auf ihre Lippen und versuchte, sich den Anschein zu geben, dass das immer so lange dauerte. Der glänzende und knisternde Krümel auf ihrer Handfläche schmolz bereits.

Da! Ein winziger grüner Stängel kroch aus dem Erdboden heraus, vorsichtig, als hätte er Angst, gleich wieder zertreten zu werden. Die Wahrscheinlichkeit war sogar recht groß, denn ihre Feindinnen mussten doch gesehen haben, dass sie hier mit verbotener Strahlung operierte. Bestimmt hatte man ihre Aktion schon längst der Hohepriesterin gemeldet, und sie musste damit rechnen, dass jeden Moment Wächterhexen auftauchten und sie angreifen würden.

Aber niemand kam.

Noch immer war alles still. Nicht einmal das Surren einer Fliege war zu hören, als gäbe es in diesem Moor kein Leben. Nun, das war gar nicht so unmöglich, denn die stechende

Strahlung der Dämonen, die sie noch immer ununterbrochen in die Haut pikste, vertrugen Insekten bestimmt nicht besonders. Größere Tiere versanken im Moor … ja, dies war ein lebensfeindlicher Ort.

Der winzige grüne Stängel wuchs millimeterweise. Eine Schnecke käme schneller vorwärts als er in die Höhe. Areshvas kleiner Magieklumpen war schon auf ein Viertel seiner Originalmasse eingeschrumpft.

Die Wächterhexen haben es gar nicht nötig, sich ins Moor zu bewegen. Ich werde sowieso keinen Baum zustande bekommen. Wenn ich für eine erwachsene Pflanze nicht genug Energie habe, reicht vielleicht für den Anfang ein ganz kleiner?

Areshva beschloss, es mit einer untypischen Opferung zu versuchen. Sie würde den Baum nicht, wie üblich, in den Himmel wachsen lassen, sondern ihn in seiner augenblicklichen Länge belassen – kniehoch. Das Opfer würde enttäuschend klein ausfallen, aber es wäre immerhin eines. Also trieb sie ihre Pflanze jetzt nicht weiter in die Höhe, stattdessen brachte sie diese zur Blüte, wobei drei hübsche zartweiße Blümchen entstanden. Diese ließ sie durch kleine magische Krümel befruchten und zu Früchten heranreifen.

Die Energie auf ihrer Handfläche erlosch. Vorsichtig pflückte Areshva eine der jungen Kastanien ab und öffnete die stachelige Schale. Sie wies Pirina an, eine zweite abzupflücken.

Jetzt schnell! Bevor doch noch irgendwelche Wächterhexen kommen!

»Nun bieten wir der Göttin unsere Früchte an und zeigen ihr den Baum!«, erklärte Areshva hastig. »Ahme meine Bewegungen nach. Es lebe Lystrella, die Sonnengöttin!«

Sie streckte beide Arme mit der Kastanie gen Himmel und blickte nach oben.

»Es lebe Lystrella, die Sonnengöttin!«, hörte sie auch Pirina rufen.

Schon spürte sie das zarte Prickeln neuer Magie um die Kastanie herum, die sie in der Hand hielt. Aus den Augenwinkeln sah sie, dass das Bäumchen neben ihr anfing, feine weiße Opferstrahlung zu produzieren und sie in den Himmel hinauf zu schleudern, wie Regentropfen aus Sonnenlicht.

Plötzlich wusste Areshva, warum keine Wächterhexen kamen. Die stechende Strahlung der Dämonen war so stark, sie in den Kristallkugeln alles andere überdeckten. Vielleicht übertönte sie sogar Areshvas Sonnenstrahlen. Die Hohepriesterin hatte keine Ahnung, was sie hier trieb, und würde es, wenn sie Glück hatte, auch nicht so schnell herausfinden! Jedenfalls war sie hier im Augenblick in Sicherheit. Hätte sie das doch früher begriffen! Aber besser spät als nie. Wenn das glückte, wenn Lystrella das Opfer annahm – dann hatten sie eine Chance!

Ein Brausen erfüllte die Luft und Wind kam auf. Alle Wolken entflohen vom Himmel, der strahlend blau zurückblieb. Was für ein lieblicher Wind war das, der ihr samtweich um die Haut strich! Und der ihr neue Energie gab, die nun von ganz allein in ihre Hände tropfte!

»Komm, Pirina!«, rief Areshva hoffnungsvoll. »Lystrella ist hier, und sie hat neue Kraft. Lass uns noch mehr Opferbäume pflanzen. Du muss nur aufpassen, dass du vorher die Wege unter dir befestigst, damit du nicht versinkst!«

Euphorisch säte Areshva ihre zweite Kastanie. Diesmal fühlte sich die Zeremonie schon ganz anders an. Das Bäumchen spross aus der Erde, als wollte es tanzen. Es schwang sich in die Höhe, wuchs Areshva über den Kopf und breitete seine Zweige über ihr aus. Daraus entwickelte sich eine herrliche Krone und es entstanden Dutzende von Blüten, die zu wunderschönen glänzenden Früchten heranreiften. Areshva geriet in einen Freudentaumel. Das war so schön, sie hätte singen mögen! Und es war noch nicht genug. Sie brauchte viel Energie, unermessliche Mengen – sie musste einen ganzen Wald pflanzen. Singend fing ihr Baum an, Opferstrahlung zu produzieren, die aussah wie ein leuchtender Schneesturm, der von den Zweigen zum Himmel hoch fegte. Areshva sammelte die Kastanien ein, die herunterfielen, und pflanzte neue Bäume. Einen nach dem anderen, ohne Pause. Eine Baumgruppe entstand und schließlich ein kleiner Wald, den sie mit Feuereifer immer weiter vergrößerte, bis er so prächtig geworden war, dass er sie wie ein unübersichtlicher Naturpark weitläufig umgab. Pirina war ihrem Beispiel gefolgt, sie ließ ebenfalls einen Baum nach dem anderen emporwachsen und sang dabei laut und jubelnd:

»*Lystrella höre uns,*
Lystrella schütze uns,
Lystrella führe uns heut an das Licht!«

Areshva pflanzte unermüdlich weiter und fühlte sich dabei, als ginge sie auf Wolken. Ihre Schritte waren leicht, ihr ganzer Körper pulsierte in elektrischen Schwingungen, überall um sie herum regnete weiße Strahlung in den Himmel, sie war am

Ziel! Ja, am Ziel, am Ziel! Sie spürte die Energie der Sonnengöttin, sie wusste, dass sie zurück war.

Jedenfalls fast zurück. Ungefähr. Irgendetwas fehlte noch. Früher hatten Lystrellas Wälder doch anders ausgesehen. Nicht so … fantasielos. Und nicht so kahl.

Was fehlte?

Pirina hüpfte ihr entgegen, lachend, und klatschte in die Hände, während sie staunend von Baum zu Baum blickte.

»Was für ein herrlicher Wald, und wie er leuchtet! Oh, ich wusste nicht, dass es so etwas Schönes gibt!«

»Du müsstest mal sehen, wie der Wald aussieht, wenn er komplett ist«, erinnerte sich Areshva. »Wenn du je den Gesang der Eichelfeen gehört hättest oder die Leuchtvögel durch die Nacht jagen sehen …«

Sie konnte nicht weitersprechen. Diesem Wald fehlte es an Leben. Noch immer war es viel zu still hier. All die kleinen Tierchen, die Pflänzchen, die damals in Kirishas Palastgarten gelebt hatten … die hatten sie doch nicht gepflanzt oder erzeugt, woher waren sie gekommen?

Der Himmel über ihnen färbte sich hellblau, dann orange, zuletzt strahlend gelb. Etwas Leuchtendes flog durch die Luft wie eine Wolke aus lauter kleinen Einzelwesen. Zwitschernd und trillernd kam es näher. Hunderte gelbe, rote, blaue und bunte Leuchtstrahlen wirbelten heran und verteilten sich über die Bäume im Wald.

Die Lichtgöttin

In ihrer Mitte segelte ein hell leuchtendes großes Wesen, das etwa die Gestalt einer Skeff hatte, mit langen, dünnen Flügeln, nur dass seine Haare wie Sonnenstrahlen leuchteten und seine Schwingen weiß waren. Es landete direkt vor Areshva und Pirina und blickte sich staunend um.

»Wie würzig eure Opferstrahlen sind«, rief sie, »wie süß! Ich hatte schon vergessen, wie die Erde duftet. Oh, wie sehr habe ich mich danach gesehnt, euch wiederzusehen, meine Kinder!«

Areshva fiel vor der Sonnigen auf die Knie. Sie war so überwältigt, dass sie gar nicht wusste, was sie sagen sollte. Die heilige Lystrella war zurück. Sie hätte schon nicht mehr zu glauben gewagt, es könnte möglich sein! Sie duftete nach Frühling, am Himmel sangen alle Vögel, Areshvas Herz wurde weit und groß, und eine gewaltige Hoffnung keimte daraus hervor. Es konnte vielleicht noch alles gut werden. Jetzt war Lystrella hier, von diesem Augenblick an hatte sie ganz neue Perspektiven. Sie konnte vielleicht die alte Welt wiederherstellen!

»Und wie sehr ich mich nach Euch gesehnt habe, ehrwürdige Lystrella!«, rief Areshva. »Ich bin so froh, so froh!«

»Es war bitter für mich, als ich vor zehn Jahren elf damarynthische Provinzen auf einmal verlor und mir später, im vergangenen Jahr, auch noch Pallanthia, meine letzte, am meisten geliebte Provinz entrissen wurde«, berichtete Lystrella. »Durch den Verlust all meiner Opferbäume konnte ich die Verbindung zu euch nicht aufrecht halten, und meine Feindinnen blockierten meine Zugangsmöglichkeiten, sodass ich nicht mehr zu euch sprechen konnte. Die Strahlung aus dem Königsring, die auf mich eingestellt blieb, ermöglichte es mir lediglich, einen heimlichen Außenposten zu behalten, den meine Feinde nicht bemerkt haben. Ich konnte mit seiner Hilfe wenigstens noch hören, ob jemand meinen Namen ruft.« Sie holte tief Atem und sah sich mit leuchtenden Augen um. »Schön ist euer Wald geworden. Wie würde ich mich freuen, könntet ihr ihn pflegen und bewahren, könnte ich hier wieder heimisch werden!«

»Das wünschen wir uns auch!«, rief Areshva. »Ach, bleib bei uns, hochverehrte Göttin, lass uns nie wieder allein!«

Lystrella zog ein wenig die Stirn in Falten, sagte aber nichts.

Areshva zuckte zusammen. Die Göttin war vermutlich wütend. Das musste sie sein. Schließlich war Areshva nicht gerade die Treueste unter ihren Anhängerinnen gewesen. Und bei Licht besehen war es nicht die Göttin, die ihre Dienerinnen alleingelassen hatte.

»Ich bitte dich um Verzeihung!«, wisperte sie. »Ich bereue zutiefst, dass ich mich so wankelmütig gezeigt … und dass ich so lange unseren Feinden gedient habe. Aber ich tat das nicht aus Gleichgültigkeit, oder weil ich dich vergessen hätte. Ich wusste einfach keinen anderen Weg. Jeden Tag habe ich an dich gedacht, ich habe mich nach dir gesehnt jede einzelne Stunde!«

Lystrella wurde ernst. »Meine Tochter, ich möchte nicht gern belogen werden. Du hast dich nicht nach mir gesehnt.«

Areshva fühlte sich, als hätte sie ihr ins Gesicht geschlagen. »Ich gebe zu, dass ich mir einen enormen Fehltritt geleistet habe, als ich zu deinen Feinden überlief, aber ich tat das in Notwehr!«

»Und nicht nur einmal.«

Areshva bedeckte ihr Gesicht mit den Händen. »Ich weiß. Aber ich lüge nicht, wenn ich sage, dass es mir leidtut. Du ahnst nicht, wie sehr ich gelitten habe, seit meinem Abfall. Ich hatte dich nicht wirklich verlassen. In meinem Herzen war ich immer deine Anhängerin. Dass ich zu den Finsteren überlief, war nur zum Schein. Ich glaubte, ich könnte meine neue Herrin … nun ja … betrügen, könnte deren Kräfte nutzen, um dir zu helfen.«

»Du hast zu Agga gebetet«, beharrte Lystrella. »Wie konnte ich dich da als meine Anhängerin zählen?«

»In meinem Herzen …«, wiederholte Areshva, doch die Leuchtende unterbrach sie: »Du hast mich nicht gerufen, nicht nach mir gesucht und mir keine Gaben gebracht.«

Areshva begann die Reue in ihren Adern zu ätzen wie Gift. Wütende, bissige Säure fraß sich in sie hinein. Da gab es nichts zu verniedlichen. Sie war eine Verräterin gewesen und keine Anhängerin. Was hatte die Sonnengöttin davon, wenn ihre sogenannte »Anhängerin« die Gefühle ihres Herzens unterdrückte und bösen Mächten diente? Was half die gute

Absicht dahinter, wenn ihre Taten nur ihren Feinden nützten. O Himmel, was hatte sie getan?

»Ich habe eine Todsünde begangen«, flüsterte Areshva, vor sich selbst erschrocken. Sie fiel auf die Knie. »Das habe ich ja eigentlich gewusst, aber ich dachte … ach, was zählt es jetzt noch, was ich dachte.«

»Du hattest dich von mir abgewendet und ich glaubte nicht, dass ich in dich noch irgendwelche Hoffnung setzen könnte.« Lystrella blickte sie ernst an. »Und was die Zukunft betrifft – Verlässlichkeit oder auch nur Geradlinigkeit scheint nicht gerade deine Stärke zu sein. Ob ich jetzt auf dich setzen kann? Wirst du in einem Mond immer noch meine Anhängerin sein?«

Areshva hätte im Erdboden versinken mögen. Was konnte sie sagen? Dass Lystrella sich irrte? Dass sie standfest bleiben würde wie ein Fels in der Brandung? Leere Worte. Blätter im Wind. Es half nichts. Sie musste beweisen, dass sie die Worte mit Inhalt füllen konnte.

»Es … es tut mir … furchtbar leid …«, wisperte sie. »Nie wieder werde ich dich im Stich lassen. Das versprach ich dir schon, als du Silvrin gerettet hast, aber ich wiederhole es jetzt noch einmal. Bitte verzeih mir. Ich verspreche, nein ich schwöre dir, bei meiner Seele, ich bleibe auf deiner Seite, was auch geschieht!«

»Steh auf«, sagte Lystrella. »Ich hoffe wirklich, dass du dir das zu Herzen nimmst. Kann ich mich darauf verlassen?«

»Ja! Ich werde von nun an treu sein, bis in alle Ewigkeit! Kannst du mir verzeihen?«

»Ich verzeihe jedem, der darum bittet«, erwiderte die Göttin und lächelte ihr zu. »Nichts wünsche ich mir mehr als dass du wieder zu meiner Familie gehören könntest, genauso wie deine kleine Freundin, für jetzt und alle Zeiten.«

Areshva meinte ihren Ohren nicht zu trauen. »Du bist wundervoll! Die großartigste Göttin, die ich kenne«, jubelte sie. »Wie glücklich du mich machst. Ich werde dein Vertrauen nicht enttäuschen. – Was kann ich für dich tun? Wie können wir deine Macht neu installieren?«

Ihr Blick fiel auf Pirina. Himmel, alles war so verändert – in ihrer Aufregung hatte sie ganz vergessen, Lystrella mit ihrer Schülerin bekannt zu machen. Dabei sollte Pirina natürlich dabei helfen, der Göttin neue Kraft zu geben.

»Übrigens heißt meine Schülerin …« Lystrella unterbrach sie.

»Pirina, ich weiß. Du erinnerst dich vielleicht daran, dass ich mich mit mehreren Personen gleichzeitig unterhalten kann. Pirina und ich haben bereits ein Bündnis geschlossen.«

»Ah … natürlich, das ist sehr gut!«

Lystrella breitete ihre Arme aus.

»Jetzt hört genau zu. Wenn ich mir wieder eine Position in Damarynth erobern will, brauche ich einen Opferwald. Ihn muss ich zunächst erweitern und vollenden. Momentan bin ich noch sehr verwundbar. Denn, wie du dich vielleicht erinnerst, Areshva, gewinne ich meine vollständige Kraft erst beim Seelenfest.«

Klar! Das höchste Fest der Sonnengöttin, natürlich erinnerte sich Areshva. Aber so eine Feier könnten sie nicht zu zweit durchführen. Allein die Ehrentänze, die Gabenbringer, die Segnerinnen … man bräuchte dazu mindestens zehn weitere Teilnehmer.

»Meinst du damit, wir müssen neue Anhänger gewinnen?«, fragte Areshva eifrig.

»Das auch, aber es steht nicht im Vordergrund«, erklärte Lystrella. »Der Wald, den ihr heute gepflanzt habt, muss einen ganzen Mond lang Energie sammeln, bevor er anfangen kann, die ersten neuen Seelen zu erschaffen. Bis dahin ist meine Macht noch eingeschränkt. Wenn mein Wald nicht lange genug stehenbleibt, um Seelen zu produzieren, werde ich meine volle Macht nicht erreichen und mich hier nicht halten können. Eure Aufgabe wird es also sein, diesen Wald zu beschützen und den ersten Mond zu überstehen, bis ich wieder echte Macht gewonnen habe. Wir beginnen heute vielleicht ein neues Zeitalter, und das erfüllt mich mit großer Hoffnung – aber erst die Zukunft wird zeigen, ob daraus wirklich etwas keimt.«

So langsam sickerte eine Erkenntnis durch Areshvas Hirnzellen, die sie so niederschmetterte, dass sie beinahe wiederum auf die Knie gefallen wäre.

Seelen produzieren.

Was für Seelen?

Areshva hatte doch welche gesehen. Hatte sie *gejagt*, um es deutlich auszusprechen. *Getötet!* Die weißen Seelen. Die Taubenseelen, die sie zerrissen hatte. Die Adlerseelen … waren das alte, früher erzeugte Seelen von Lystrella gewesen? Selbstverständlich! Darum waren die Götter der Finsternis auch so scharf darauf, sie zu vernichten. Darum verschenkten sie großartige Gaben, wenn man schöne Seelen zerstörte. Indem sie Seelen zerriss, hatte sie Lystrellas Macht vernichtet. Die schlimmste aller Sünden. Und sie hatte es nicht begriffen. Das Licht erschuf die Seelen und die Dunkelheit tötete sie –

nie im Leben könnte sie mithilfe der Dunklen irgendetwas tun, das den Leuchtenden half!

Gewiss waren nicht mehr viele von Lystrellas Seelen übrig, denn nicht nur ihre Feinde, sondern auch Areshva persönlich hatte so eine furchtbare Menge von ihnen vernichtet. Siedendheiß erinnerte sie sich daran, dass Agga ihr erklärt hatte, wie man die Seelen erkannte. Ach du gütige Göttin. Ihre Schuld war wesentlich größer, als sie bis jetzt geahnt hatte.

Ich bin nicht nur zu unseren Feinden übergelaufen, ich habe Lystrella allergrößten Schaden zugefügt! Was für ein Monster bin ich gewesen. Wie nahe bin ich dran gewesen, Hohepriesterin zu werden und mich damit bis auf den Grund meiner Seele zu verderben! Ich habe Strafe verdient … Und nicht irgendeine kleine Bestrafung. Auf so ein Verbrechen steht sicher die Höchststrafe.

Mit noch viel größerem Schrecken wurde Areshva jetzt klar, dass sie bei all ihrem Eifer auch noch eine andere sehr wichtige Angelegenheit nicht bedacht hatte. Sie konnte nicht einen ganzen Mond lang einen Wald im Moor bewachen. Sie musste doch zu Silvrin! Er hatte innerhalb der nächsten Tage eine Schlacht zu schlagen, bei der er sterben würde, wenn sie ihm nicht half! Eine Hitze wie im Fieber stieg ihr in den Kopf. Sie konnte ihn nicht verderben lassen. Aber noch viel weniger durfte sie Lystrella im Stich lassen. Immerhin stand ihre Existenz auf dem Spiel und die Zukunft der gesamten Welt.

Ihre Existenz – und seine!

Ob sie Lystrella darauf ansprach? Aber wie könnte sie das?

Heilige Göttin, ich würde alles für dich tun, bloß nicht jetzt, kannst du mich für ein oder zwei Tage entschuldigen, ich habe gerade etwas Wichtigeres vor, als für deine Seelen zu kämpfen?

Wie erbärmlich! Nein. Das konnte sie nicht fragen. Unmöglich. Das durfte sie auch nicht machen. Da hatte sie also ihre Antwort auf die Frage, warum Lystrella nicht wollte, dass sie Silvrins Freundin würde. Weil sie noch nicht Macht genug hatte, ihn zu beschützen. Sie kämpfte ja noch um ihr eigenes Überleben.

Eine unnatürliche Kälte kroch ihr in alle Knochen. Wenn sie sich doch zweiteilen könnte! Sollte sie etwa gezwungen sein, Silvrin untergehen zu lassen?

Das ist meine Strafe dafür, dass ich ihr untreu war.

Wenn sie jetzt davonlief, um Silvrin zu retten, würde Lystrella ihre Macht wahrscheinlich wieder verlieren, Areshva würde danach womöglich zurückfallen in die Fänge der miesen Agga. Wie lange war sie auf grausamen, vernichtenden Wegen gegangen. Jetzt, wo sie nach so mühseligen, harten Kämpfen endlich die herrliche Lystrella zurückgeholt hatte, konnte sie den Gedanken nicht ertragen, sie wieder zu verlieren. Eine Welt ohne die Sonnengöttin war eine grausame, das hatte sie doch selbst erlebt. Das durfte sie einfach nicht zulassen. Auch wenn das bedeutete …

Ihr schwindelte.

Der Gedanke an Silvrin bohrte sich ihr in die Eingeweide, als wollte er sie innerlich zerreißen. Denn ein Teil von ihr wollte am liebsten auf der Stelle zu ihm fliegen und kontrollieren, ob er in Sicherheit war. (Und hören, ob er sie tatsächlich liebte oder sie sich das nur eingebildet hatte …) Sie erstarrte innerlich.

Bis ihr einfiel, dass es so finster vielleicht nicht aussah. Laut dem Pakt würde die Hohepriesterin ihr doch persönlich melden, wenn Silvrin ihre Hilfe bräuchte. So eine Meldung war bis jetzt nicht erfolgt. Also kam er sehr gut allein zurecht und sie konnte unbedenklich Lystrella unterstützen. Das gab ihr Zeit, die sie dringend brauchte. Welch eine Erleichterung! Sie musste sich nicht zwischen den beiden entscheiden, die sie am meisten liebte!

Hoffentlich kam Silvrin noch recht lange allein zurecht. So lange, bis sie Lystrella abgesichert hatte, am besten.

»Wie schützen wir denn deinen Wald?«, fragte Pirina, zu der Göttin gewandt, die gerade ihre herrlichen weißen Flügel ausschüttelte. Die Augen der Kleinen funkelten wie Sterne, sie strahlte vor Begeisterung.

Ob Silvrin wirklich in Sicherheit ist?

Aber die Hohepriesterin ist so wild auf den Königsring, dass sie den Pakt unbedingt einlösen wird. Garantiert informiert sie mich rechtzeitig, schon aus eigenem Interesse. Ja, er ist sicher. Solange sie sich nicht bei mir meldet, ist er das. Ich kann mich ganz auf Lystrella konzentrieren. Es gibt nichts Wichtigeres, als sie wieder an die Macht zu bringen! Danach wird sich hoffentlich auch alles andere richten!

Pirina zupfte Areshva am Ärmel.

»Hast du eine Idee, wie wir den Wald schützen? Wir haben doch keine Soldaten oder Absperrungen!«

Areshva hatte Mühe, sich zu konzentrieren. Ob sich Silvrin wohl einen ganzen Mond alleine halten würde?!

»Vielleicht mithilfe von Illusionen«, schlug sie vor. Ihr zitterten die Beine, als wäre sie gerade einer tödlichen Gefahr entronnen. Oder womöglich noch mittendrin.

»Wie macht man das?«, fragte Pirina.

»Wir könnten einen Ring von magischen Bildern rund um den Opferwald legen«, erläuterte Areshva, die sich zwingen musste, nicht an Silvrin zu denken. »Bilder, die vortäuschen, dass hier überall nur Sumpf und Moor ist und nirgends ein Wald. Das wird, wenn wir Glück haben, alle eventuellen Schnüffler und Spione abschrecken oder täuschen.«

»Vielversprechend«, lobte Lystrella. »Für Illusionen wird meine derzeitige Kraft ausreichen. Fangt sofort an!«

Die Göttin warf Areshva und Pirina magische Bälle zu. Areshva knetete ihren in der Hand. Die Strahlung darin war dürftig, kaum zu spüren. Gar kein Vergleich zu den zuckenden, scharfen Machtklumpen, die sie von Agga kannte. Sie musste Geduld haben. Mit der Zeit würde das schon besser werden.

Geduld. Als ob sie geduldig sein konnte, wenn gleichzeitig Ameisen in ihrem Magen Amok liefen.

»Und jetzt?«, fragte Pirina neben ihr, die ihren Ball so heftig bearbeitete, dass ein paar Energietropfen zur Seite flutschten.

»Nicht so stark«, warnte Areshva. »Sonst verlierst du Energie. Für Illusionen benutzt du nur die äußeren Strahlen. Ziehe sie vorsichtig von dem Klumpen ab und stelle dir dann ganz intensiv das Bild vor, das die Strahlen zeigen sollen. Sobald sie etwas schwerer werden, haben sie das Bild aufgenommen. Dann platzierst du sie an der Stelle, wo sie wirken sollen. Du kannst mir ja am Anfang zusehen, wie ich es mache. Aber nicht hier. Lass uns ganz nach vorn gehen, wo unser Wald beginnt.«

Areshva wollte schon losgehen, als ein seltsamer Anblick sie innehalten ließ. Ein Feld von schimmernder Strahlung breitete sich rings um Pirina aus. Goldene Sonnenflocken wirbelten um sie herum. Die Kleine versuchte sie zu fangen und juchzte jedes Mal, wenn eine Flocke ihre Haut berührte. Areshva begannen alle Bilder im Kopf zu wirbeln. Es sah aus, als würden die kleinen Farbpunkte, aus denen die Bilder bestanden, der Reihe nach ausgetauscht gegen völlig andere Farben. Alles, was sie vorher grün gesehen hatte, war auf einmal leuchtend rot, das dunkle Orange der Sumpfdotterblumen wurde hellblau, transformierte sich dann an einigen Stellen weiter und langsam erstand vor ihren Augen ein riesengroßes völlig verwandeltes Bild.

Sie sah sich selbst in einem großen Saal voller Menschen. Direkt vor ihr stand Silvrin. Er sah verändert aus, trug auf einmal einen Bart und ärmliche Kleidung. Und er war gefesselt. Seine Ketten wurden von mehreren Wächtern zu seinen Seiten festgehalten. Hinter ihm sah sie ein ausladendes Pult, das sie an ein Richterpult erinnerte, denn dahinter befanden sich drei Männer in Roben.

»Ich liebe dich«, sagte Silvrin gerade leidenschaftlich zu ihr. »Ich habe dich immer geliebt, all die Jahre. Wir sind füreinander bestimmt, nur du und ich … Fühlst du das nicht?«

Die Areshva in dem Bild – sie sah ebenfalls verändert aus, wobei sie so schnell nicht hätte sagen können, woran das lag – zog abrupt ihre Hand zurück. Ihre Miene verdüsterte sich, so als hätte er gerade etwas gesagt, das sie kränkte.

»Bist du nicht mehr auf meiner Seite?«, fragte Silvrin mit heiserer Stimme. »Aber dann wärst du vielleicht nicht hergekommen.«

»Ich werde immer auf Eurer Seite sein«, erwiderte die Areshva in dem Bild. »Wir müssen weg hier, kommt.«

Sie berührte seine Fesseln und versuchte, irgendeinen Zauber zu schlagen, der nicht gelang, Areshva sah es um sie herum aufblitzen ohne einen Effekt, gleich mehrfach hintereinander. Sie war bestürzt. *Was ist los mit mir? Silvrin macht mir eine Liebeserklärung! Und was für eine! Warum werde ich nicht wahnsinnig vor Glück? Warum bin ich so distanziert? Warum kann ich nicht richtig zaubern?*

Der nächste Zauber gelang jedoch einwandfrei. Die visionäre Areshva berührte Silvrins Fesseln, sie lösten sich auf. Sie fasste Silvrin um die Hüften. Im nächsten Moment wurden beide von einem Schleuderzauber hoch in die Luft gewirbelt und landeten elegant auf dem Sims eines hohen Fensters ganz oben im Saal, von wo aus sie einen hervorragenden Überblick über die versammelte Gerichtsgemeinde hatten. Unter ihnen brach ein enormes Geschrei los.

Mit einem Fingerschnippen zerschlug Areshva das Fenster und sah nach draußen. Der Himmel war sternenklar und sie konnten im Mondlicht gut erkennen, dass sie hier auf einer Mauer direkt oberhalb einer gähnenden Schlucht standen, die an dieser Stelle so tief abwärts fiel, dass sie in einem schwarzen Loch zu münden schien. Der Tumult in dem Raum drinnen verstärkte sich, jetzt zischten Feuerkugeln auf sie zu, die wie kleine Blitze für kurze Zeit den Himmel erleuchteten und dann verlöschten.

»Hast du in der Zwischenzeit schwimmen gelernt?«, fragte Areshva.

»Nein. Du hast doch wohl nicht vergessen, dass unsere Gewässer voller Geister sind. Außerdem gibt es in Darghessa keine Flüsse oder Seen, in denen du schwimmen könntest.«

»Noch nicht«, sagte Areshva und grinste. »Aber gleich. Hör zu, wir springen in die Schlucht herunter, weil uns dort niemand hinterherkommt. Ich lasse darin einen Fluss entstehen. Halte dich an mir fest, damit du nicht ertrinkst. Alles, was du tun musst, ist die Luft anhalten. Bist du bereit?«

»Warte noch«, sagte er leise. Er legte beide Hände wie einen Trichter an den Mund und schrie, um den Tumult zu übertönen, in die Menge hinunter: »Es lebe die Sonnengöttin! Der Kampf geht weiter! Ich schicke Euch Nachrichten über Taron!«

Gleich darauf drehte er sich wieder zu Areshva. »Okay. Ich bin bereit.«

»Was hast du da gerade gesagt? Was ist das für ein Taron? Sag mir, wohin du ihn schickst.«

Er wurde verlegen. »Oh, das ist ein geheimer Treffpunkt. Er tarnt sich als Ziegenhandlung. Es ist vielleicht besser, wenn du ihn nicht kennst.«

»Zum Schwarzen Schwert?«, fragte Areshva begeistert. »Ist es dort?«

Jetzt war er überrascht. »Das weißt du schon?«

Bevor er ihr mehr erzählen konnte, surrte eine ganze Salve von Pfeilen in ihre Richtung. Sie prallten scheppernd an den Mauern um sie herum ab.

»Weg hier!«, rief Areshva, nahm ihn bei der Hand und sie sprangen gemeinsam in die Schlucht hinab. Noch im Flug ließ sie das schwarze Loch bis obenhin mit Wasser vollaufen. Es spritzte meterhoch, als sie darin untertauchten.

***

Areshva fand nur langsam in den weiß leuchtenden Wald ihrer Wirklichkeit zurück. In ihrem Kopf pochte es dumpf. Eine Vision! Sie hatte eine Vision gehabt. Von sich selbst und von

Silvrin. Er hatte ihr eine Liebeserklärung gemacht. Er liebte sie. Sein ganzes Leben lang, hatte er erklärt. Was hätte er Schöneres sagen können? Er liebte sie …! Das hatte sich ja gestern Nacht schon so angefühlt und jetzt bestätigte er das. Oh! Wenn sie ihn doch sehen dürfte. Ihm sagen, dass sie ihn genauso liebte. Oder sogar noch viel mehr! Dass sich ein Leben ohne ihn gar nicht mehr vorstellen konnte. Dass sie …

Pirina schüttelte sie an der Schulter.

»He, was ist los mit dir?«, fragte sie. Areshva öffnete die Augen. Pirina sah genauso verzückt aus, wie sie selbst sich fühlte.

»Ich hatte eine Vision«, sagte sie.

»Oh!«, rief Pirina strahlend. »Die hatte ich auch! Das war so spannend! Wie hat er dir gefallen?«

»Wie Silvrin mir gefallen hat? Das weißt du doch. Ich liebe ihn.«

»Doch nicht Silvrin! Ich meine den Mann, den wir sahen!«

Areshva lächelte. Natürlich hatte Pirina nicht dasselbe gesehen wie sie. Man empfing grundsätzlich nur solche Visionen, die einen persönlich betrafen.

»Erzähle mir!«, sagte sie auffordernd. »Was hast du gesehen?«

»Mich selbst«, berichtete Pirina. »Ich war aber älter als ich jetzt bin, glaub ich.«

»Wie alt?«

»Ich weiß nicht. Achtzehn oder neunzehn vielleicht.«

»Genial!« Areshva sprang in die Luft. »Das ist perfekt! Du hast also etwas gesehen, was erst in, acht oder neun Jahren geschehen wird. Vielleicht etwas, das uns heute schon Geheimnisse verrät. Erzähl mir ganz genau, was es war!«

»Ich habe in einem See gebadet«, sagte Pirina. »Und ich hatte viel Spaß dabei.«

»Welcher See war das?«

»Das weiß ich nicht.«

»Hm.« Areshva knirschte mit den Zähnen. Die Götter sollten keine Visionen an Zehnjährige verschicken, die nicht wissen, worauf sie dabei achten müssen.

»Dann kam ein Mann, der mich an den Tempel mitnehmen wollte. Ich hab mich riesig gefreut, dass er kam und er hat mich umarmt.«

»Kanntest du den Mann?«

»Nein. Er hat aber sehr nett ausgesehen.«

»Dein Geliebter, vielleicht?«

Pirina kicherte verschämt.

»Nein, nein! Was du da sagst!«

Ihr Gesicht färbte sich langsam rötlich.

»Er hat dir doch gefallen, oder? Wenn er dich umarmt hat?«, bohrte Areshva weiter. »Denk nach, Pirina! Es kann wichtig sein.«

»Er war viel zu alt, bestimmt schon so dreißig«, sagte Pirina, wobei ihre Gesichtsfarbe in ein immer tieferes Rot überging.

»Aber du mochtest ihn.«

»Oh ja.«

»Was für einer war das? Aus Aravenna, vielleicht?«

»Nein. Er trug keine Uniform.« Sie überlegte eine Weile. »Ich glaube, er hatte nicht mal Waffen.«

»Dann kannst du nicht sicher sein, ob er nicht doch aus Aravenna kam.«

Pirina kicherte. »Also er sah mehr wie ein Skeff aus. Er hatte ganz lange schwarze Haare und dunkle Augen. Solche gibt es gar nicht in Aravenna. Nur komisch, dass er keine Flügel hatte.« Sie dachte eine Weile nach. »Das war sowieso ein ganz falscher Traum. Ich hatte auch keine Flügel.«

»Du hattest keine Flügel?« Areshva zog die Augenbrauen hoch. »Besinne dich ganz genau! Wenn die Person in deiner Vision keine Flügel hatte, dann warst das entweder nicht du … oder du wirst deine Flügel bis dahin verlieren! Aber die Vision muss ja dich betreffen, sonst hättest du sie nicht gehabt.«

Pirina hob ihre Flügel ein wenig an und betrachtete die kaputte Seite.

»Das war jedenfalls eine sehr schöne Vision«, sagte sie nachdenklich. »Ich war glücklich. Ich glaube, wir wollten irgendwas Tolles machen an diesem Tempel, wohin wir gingen.«

»Tempel?«, wiederholte Areshva. »Welcher Tempel war das?«

»Er lag direkt hinter dem See. Ich konnte ihn vom Ufer aus sehen. Er war schneeweiß und glitzerte in der Sonne.«

Areshva schüttelte heftig den Kopf.

»He, du denkst dir das nicht aus, oder? Ich kenne alle Tempel unseres Landes. Keiner davon liegt auch nur entfernt an einem See und außerdem sind sie alle schwarz. Denn weiß ist die Farbe der Lichtgötter … War der Tempel groß?«

»Enorm groß. Ein Königstempel. Er hatte mehrere Türme mit Fahnen darauf.«

»Welche Fahne? Wer wird diesen Tempel regieren?«

»Ich hab so eine Fahne noch nie gesehen. Die gibt es gar nicht. Sie war hellblau mit einer Sonne drauf und sie hatte eine eingeschnittene Ecke.«

Areshva stand da wie vom Donner gerührt. Rasch zog sie Silvrins Tuch von ihrer Stirn und faltete es auseinander.

»Ungefähr so?«, fragte sie bebend.

»Oh!« Pirinas Augen wurden groß wie Hühnereier. »Ja! Genau so! Wo hast du das Tuch denn her?«

Areshva schlug triumphierend mit dem Tuch in die Luft. »Von Silvrin! Mädchen, du hast Silvrins Tempel gesehen! Er wird unser neuer König! Und er wird zu Lystrella beten! Das hab ich doch gewusst! Das war ganz klar, von Anfang an!« Sie stutzte. »Aber das kann er gar nicht werden. Er kann den Königsring nicht berühren. Den habe ich doch verflucht. Nur ein Pallanthier kann den Ring tragen.«

Beide standen geraume Zeit ganz perplex.

»Was bedeutet das?«, fragte Pirina.

»Ich weiß nicht genau.« Areshva zuckte die Achseln. »Jedenfalls sind wir auf dem richtigen Weg, und unsere Chancen stehen ausgezeichnet. Den Rest finden wir schon heraus. Als erstes müssen wir Lystrellas Wald absichern. Komm, lass uns beginnen!«

Der göttliche Wald

Areshva wischte sich den Schweiß von der Stirn. Es war ermüdend, an immer neue Moorlandschaften zu denken. Ihre Illusionen durften nicht alle gleich aussehen, wenn sie funktionieren sollten. Inzwischen flimmerten ihre Bilder bereits auf einer Strecke von etwa hundert Metern. Sumpfige Grasflächen, darüber diesiger Nebel, das hatte sie als Grundmotiv gewählt, mit abwechselnden Wasserläufen und Schilfbewuchs. Da sie genau an der Schnittstelle zwischen Wahn und Wirklichkeit stand, rutschten vor ihren Augen immer wieder die Wahrnehmungen durcheinander. Trat sie nur einen Schritt rückwärts, dann breiteten sich Lystrellas mächtigen, sonnigen Kastanienbäume vor ihr aus, weit auseinanderstehend, weil sie ausladende Wurzeln und so breit gewölbte Kronen hatten, dass jeder einzelne viel Platz einforderte.

Lange hellrote Blütenstände prangten zwischen ihren fünfteiligen Blättern. Wie silberweiße Perlen sprudelte die Magie daraus in den Himmel hinauf. Die Göttin selbst hatte sich in eine Art sonnenschimmernden Schleier verwandelt, der sich schon seit einiger Zeit über dem gesamten weitläufigen Waldboden ausbreitete. Gerade sprossen die ersten winzigen hellblauen Blümchen daraus hervor.

»Sieh doch!«, rief Pirina begeistert, deren halb fertiger Illusionsfaden durch die Ablenkung gleich wieder zusammenfiel. Leider war die Schülerin bei der Sicherung der Grenzen nicht gerade eine große Hilfe. Sie brauchte Ewigkeiten für ein kleines Bildchen und bekam die Verankerung nicht richtig hin, weshalb die meisten gleich wieder verflossen.

»Wie süß!« Pirina hüpfte der Göttin entgegen und kniete sich zu den grünen Pflänzchen. »Kannst du noch mehr erzeugen?«

»Das war erst der Anfang«, hörte Areshva die fröhliche Stimme der Leuchtenden. *Hoffentlich gelingt uns auch der Schluss, die Geburt der neuen Seelen,* dachte sie voller Sehnsucht, während sie verstohlen auf ihren Kontaktring linste. Zum Glück meldete die Hohepriesterin noch immer keine Gefahr für Silvrin.

Er kommt besser klar als ich dachte. Hoffentlich bleibt das so. Am besten so lange, bis Lystrella diesen Wald so befruchtet hat, sodass er aufblüht. So wie der Tempelpark damals in Pallanthia. Darin lebten Leuchtlibellen, Rosenvögel, Blumenelfen … Pirna würde aus dem Staunen gar nicht mehr herauskommen, wenn sie das sehen könnte. Und wenn sie erst fühlen würde, wie die friedvolle und reifende Stimmung der Natur auf die Menschen einwirkt. Und erst das Seelenfest … *Ich muss schneller arbeiten.*

Der Kastanienwald erstreckte sich bis weit ins Hinterland des Moores herein. Areshva hatte bereits die westliche Grenze abgesichert. In dieser Richtung lag Darghessa, von dort könnten theoretisch Menschen hierher kommen, obwohl keiner der Handelswege her führte. Noch wichtiger war die Verschanzung der Nordseite des Waldes, denn hier grenzte das Moor an den Berg Ygramor, sogar sehr nah. Der »Wilde Eber«, die Stammkneipe ihres Vaters, lag nur einen Katzensprung entfernt. Von hier aus war sie selbst früher öfter hierher gekommen, als sie noch in Ygramor lebte. Deshalb gab sie sich bei der Befestigung ihrer Moorbilder hier besondere Mühe. Tückisch sollte der Sumpf aussehen, von Krokodilen bevölkert, falls sich mal einer der Saufkumpane aus der Kneipe hierher verirrte. Die West- und Südseite ihres Opferwaldes wollte sie zuletzt bearbeiten. Die waren nicht so gefährdet, denn dahinter erstreckte sich meilenweit Wildnis.

Pirina half ihr nicht mehr bei der Grenzsicherung. Sie war derartig von der Göttin verzückt, dass sie die kleinen Blümchen pflückte, sich daraus einen Haarkranz flocht und dabei wie ein Wasserfall mit Lystrella plapperte, so vertraut und fröhlich, als wären sie alte Freundinnen. Areshva erinnerte sich nur zu gut, dass sie früher genauso gern die Nähe der wunderschönen Göttin gesucht hatte. Lystrella war ihr manchmal gar in der Gestalt ihrer feinen, zierlichen Mutter erschienen, sodass sie sich für lange Momente einbilden konnte, noch bei ihr zu sein … Pirina hatte sicherlich ebenfalls große Sehnsucht nach ihrer Familie. Areshva biss sich auf die Lippen. Sie selbst war wohl kaum ein liebevoller Ersatz. Sie hatte ja nichts als Forderungen für ihre Schülerin und Aufgaben, die sie überforderten. Dabei war ihr Pirina ans Herz gewachsen. Wie eine kleine Schwester, die sie beschützen und ausbilden musste. Leider hatte sie einfach keine Zeit, und auch zu wenig Kraft, um ihr auch noch eine Art liebevolle Mutter zu sein.

Pirina setzte sich den Blumenkranz auf, sprang in die Höhe und breitete ihre Flügel aus, um zu einem Freudensalto anzusetzen. Ihre halbierte Schwinge sabotierte den Flugversuch aber sofort, sie kam gar nicht erst hoch, sondern stolperte und fiel in den Lehm. Jammernd strich sie über die beschädigte Stelle. Sie stand wieder auf, zögernd und jäh ernüchtert. Mit nur einem halben Flügel konnte sie sich schließlich nicht in die Luft erheben. Flehentlich blickte sie zu Areshva herüber.

»Glaubst du, Lystrella kann das heilen?«, fragte sie.

»Heilen kann man nur Körperteile, die noch vorhanden sind«, erwiderte Areshva, während sie unermüdlich neue Bildstreifen hochzog. »Irgendeinen Ersatz würde Lystrella vielleicht hinbekommen. Allerdings sollten wir mit persönlichen Wünschen warten, bis wir die Grenzen gesichert haben. Hilf mir doch dabei, Pirina. Nichts ist wichtiger und die Zeit läuft uns weg.«

Pirinas Augen verdunkelten sich.

»Aber…« Sie senkte den Kopf.

Jetzt denkt sie, ich will ihr nicht helfen, dachte Areshva reuevoll und hielt inne. *Dabei ist es meine Schuld, dass sie nicht mehr fliegen kann. Wie so vieles andere auch, das ich verbockt habe. Wird uns das wirklich so viel wertvolle Zeit kosten, wie ich denke? Die Flügel reparieren … das schafft Lystrella vielleicht in einem Augenzwinkern?*

Unerwartet stand die Göttin zwischen ihnen. Sie breitete ihre weißen Flügel wie ein Dach über ihnen aus.

»Warum hast du aufgehört zu bauen?«, fragte sie. War das ein leiser Vorwurf in ihrer Stimme? Sie sah bekümmert aus. Nervös. Kein Wunder. Ihr Gebiet war noch nicht gesichert. Vielleicht waren Feinde in der Nähe. Areshva spürte selbst die

Unruhe über die unsichere Situation in allen Gliedern. Wahrscheinlich sollte sie das Thema niederschweigen und wieder an die Arbeit gehen.

»Es ist nur … Pirinas Flügel«, wisperte sie. »Falls wir in Gefahr geraten, dann könnte sie nicht wegfliegen …«

»Ich verstehe«, erwiderte Lystrella und nickte. »Versuche es damit.«

Sie warf Areshva einen weißen Magieklumpen zu. Daraus ließ sich tatsächlich ein brauchbarer Gummiflügel kneten, den Areshva an Pirinas Restschwinge anklebte und ihn dort verhärten ließ. Die Kleine flatterte einmal probehalber damit. Das sah lustig aus, weil die weiße Prothese hell gegen ihre ansonsten schwarzen Flügel und Haare abstach, aber es funktionierte. Pirina juchzte auf. »Toll! Oh, ich bin so froh!«

Areshvas Freude hielt nicht lange an. Eine immer größere Unruhe kroch ihr in alle Glieder. War Silvrin wirklich so überlegen auf dem Schlagfeld, dass er ihre Hilfe nicht brauchte? Oder scherte sich die Hohepriesterin einfach nicht um den Pakt? Vielleicht wollte deren Göttin dabei nicht mehr mitmachen, oder etwas anderes war passiert, durch das sie ihre Pläne geändert hatte. Silvrin konnte in Lebensgefahr sein. Gerade jetzt. Die Ungewissheit legte sich wie ein Stein auf ihre Seele.

»Guck mal hier!«, juchzte Pirina. Kein Wunder, dass die Schülerin so außer Rand und Band geriet, denn Lystrellas Wald begann immer fantasievoller zu keimen. Nach den kleinen blauen Blümchen waren Moose gewachsen, danach Farne. Neue, größere weiße Blumen streckten die Köpfe aus dem Boden, überall, so weit das Auge reichte.

Areshvas Unruhe wuchs im selben Tempo wie die Natur.

Es war nicht normal, dass sie keine Nachricht von der Hohepriesterin bekam. Sie hätte darum wetten mögen, dass ihre Hilfe auf dem Schlachtfeld unbedingt nötig sein musste. Inzwischen war Silvrin mit seinen Truppen ganz sicher vor der Stadt Darghessa angekommen. Bestimmt hatte er auch bereits den darghessanischen Fürsten Wukur aufgefordert, die gefangene Prinzessin herauszugeben. Und wie sie Wukur kannte, würde er das niemals freiwillig tun. Eine Schlacht war unvermeidbar. Es war außerdem sehr wahrscheinlich, dass diese bereits begonnen hatte. Fürst Ishtangar, der Vater der Prinzessin, der ebenfalls mit seinen Truppen vor Darghessa stand, war doch bereits vollkommen außer sich gewesen. Areshva konnte sich nicht vorstellen, dass er noch mehr Zeit tatenlos verstreichen lassen würde.

Also kämpften sie sicherlich schon.

Silvrin war ganz bestimmt in Gefahr. Und sie ließ ihn im Stich. Vielleicht war sogar schon längst alles vorbei! Sie hatte ihn fast einen ganzen Tag lang aus den Augen verloren. Er konnte tot sein!

Während sie solche Gedanken marterten, versuchte sie gleichzeitig sich zu beschwichtigen. Warum schob sie Panik? Der Pakt gab ihr Sicherheit! Die Hohepriesterin würde den Ring nicht sausen lassen. Selbst wenn sie wollte, konnte sie einen Pakt nicht einfach brechen. Dahinter lag ein magisches Gesetz und die waren unerbittlich.

Wieder blickte sie zu ihrem Kontaktring. Er leuchtete unverändert perlweiß. In demselben Farbton wie die Magietropfen der Opferbäume. Niemand schickte ihr Meldungen.

Und wenn ich meine alte Lehrmeisterin anrufe, die Priesterin Kirisha? Sie zittert doch bestimmt genauso um den Ausgang dieser Schlacht wie ich, weil auch Ishtangar dort kämpft, ihr Verbündeter. Sie muss Bescheid wissen! Ich kann sie ganz kurz rufen und mich dann hoffentlich beruhigen.

Dass mir das nicht sofort eingefallen ist.

Hastig drehte Areshva an ihrem Ring. Er vibrierte kurz. Sie hörte ein hölzernes Knacken, das sich anfühlte, als schnellte das dünne magische Band, das sie ausgeworfen hatte, wieder zu ihr zurück. He ... blockierte die Meisterin etwa den Kontakt? So etwas hatte sie noch nie getan. Außerdem wartete sie doch ganz gewiss auf Nachricht von Areshva, nach all den Hoffnungen, die sie einander zuletzt gemacht hatten! Sie würde sie nicht blockieren!

Endlich begriff sie es. Es war nicht die Meisterin, die die Blockade verursachte. Es war der Ring.

War denn ihr Gehirn eingefroren? Sie trug jetzt einen Lichtring, damit konnte sie keinen Dunkelring anrufen!

Bei allen Göttern ...

Auch die Hohepriesterin konnte sie sich nicht bei ihr melden, weil auch sie einen Dunkelring trug. Selbst wenn sie gewollt hätte, es wäre ihr nicht möglich gewesen, Areshva Nachrichten zu überbringen. Und da Areshva sich augenblicklich in einer magiedichten Zone verschanzte, von keiner Kristallkugel zu durchleuchten – da konnte die Oberherrscherin ihr nicht einmal Boten schicken, weil sie womöglich keine Ahnung hatte, wo Areshva steckte.

Bestimmt hatte die Hohepriesterin sie schon längst warnen wollen, aber sie nicht gefunden. Ihre Unruhe um Silvrin stieg bis in den Himmel.

Er ist in Gefahr. Ich muss zu ihm! – Wenn ich das bloß dürfte! Aber Lystrellas Wald war noch nicht gesichert. Areshva musste die Grenze erst dichtmachen. Ihre Lage war zu kritisch. Dies war wahrscheinlich ihre einzige Chance. Wenn sie Lystrella jetzt nicht an die Macht brachte, dann nie.

Vielleicht ist es nicht so schlimm, wie ich mir einbilde. Silvrin ist stark … Ich habe doch herausgefunden, dass unsere Feinde sich entsetzlich vor ihm fürchten! Also muss er stark sein. Er muss irgendwelche geheimen Waffen haben, die ich bloß noch nicht erkannt habe. Er kommt vielleicht ganz gut zurecht.

Nein. Kommt er nicht. Wenn ich nicht auf der Stelle zu ihm fliege, ist er tot. Aber wenn ich hinfliege, bleibt Lystrella ungeschützt und gerät in Gefahr. Es geht nicht. Ich darf das nicht.

Sie trieb sich zu noch größerer Eile an. Wenn sie schnell ihre Grenzsicherung beendete, dann könnte sie es wagen, Lystrella für einen Moment allein zu lassen! Das dauerte nur furchtbar lange. Auch wenn sie mittlerweile schon im Rekordtempo ein Bild nach dem nächsten auf ein Magieband klebte und das dann am Boden verankerte, Meter für Meter, immer weiter, immer weiter … Sie arbeitete ja schon fast den ganzen Tag und hatte noch nicht einmal die Hälfte geschafft. Sie würde heute nicht mehr fertigwerden.

»Pirina!«, rief sie im Befehlston. »Jetzt hast du genug gespielt, hilf mir!«

Bis jetzt war ihre Schülerin mehr ein Hindernis als eine Hilfe gewesen, das ewige Erklären, Verbessern, Trösten kostete viel Zeit. Aber allein kam sie nicht schnell genug voran. O du heilige Lystrella, sie war Ewigkeiten zu langsam, sie würde am liebsten auf der Stelle zu Silvrin fliegen!

Pirina kam gehorsam angetrippelt und machte sich an die Arbeit. »Wie findest du mein Moor? Kann man das so lassen?«

Etwas neblig, aber egal. Nicht alle Illusionen müssen echt wirken. Kleine Fehler merkt sowieso niemand.

»Ja. Sehr gut. Mach weiter.«

Und wenn er stirbt? Wenn er meine Hilfe schon jetzt bräuchte?

Areshva dachte an Silvrin. Wie er neben ihr gestanden hatte in seinem Zelt, wie die Regentropfen von seiner Stirn herabgetropft waren auf seine Brust … und alles, was danach passiert war. Das konnte doch nicht Lystrellas Wille sein, dass sie ihn verderben lassen musste? Der Wille der Göttin der Liebe und des Friedens?

Es half nichts. Lystrella hatte noch nicht wieder genug Macht, um ihm zu helfen. Ohne eigene Macht kann keine Göttin ihre Aufgaben erfüllen, und die Wünsche ihrer Anhängerinnen erst recht nicht.

Die hinterhältige Agga dagegen würde Silvrin retten können. Sogar ganz leicht.

Nein! Den Gedanken wollte sie nicht denken! Nie wieder! Sie wollte wirklich nicht.

Aber sie dachte ihn.

Ständig.

Pochend.

Dröhnend.

Bis ihr der Kopf fast zersprang.

Dabei wuchtete sie ihre Illusionsbänder in die Erde, um sie dort zu verankern. Ohne zu sehen, was sie tat. Ihre Hände wühlten in der Erde, aber eigentlich grub sie in ihren eigenen Eingeweiden. Ihre Haut brannte, als zerkratzte sie sich selbst.

So ging das nicht. Das hielt sie nicht länger aus.

»Lystrella…«, flüsterte sie.

Da hockte die Göttin bereits neben ihr, mit zusammengefalteten Flügeln und Haaren, die wie Sonnenstrahlen leuchteten. Sie kniete neben ihr wie eine Freundin, die mit ihr zusammen arbeiten und denselben Weg gehen will. Ach, könnte es doch so einfach sein! Könnten sie einfach beisammen bleiben!

»Warum weinst du?«, fragte Lystrella besorgt.

»Ich weine gar nicht«, wehrte Areshva ab, obwohl ihr das Wasser in den Augen stand. »Es ist nur…«

Ihr Kopf dröhnte wie eine Pauke, auf die jemand schlägt. Wie sollte sie der Göttin ihre Gedanken offenlegen, ohne wie das treuloseste Miststück der Weltgeschichte zu klingen?

»Innerlich weinst du«, nahm Lystrella den Faden wieder auf. »Ist es so hart, mir zu dienen?«

»Nein!« Areshva sprang auf, lehnte sich rückwärts an die nächste Kastanie und strich über einen Seitenast, als wollte sie ihn liebkosen. »Ganz im Gegenteil! Ich habe so viele Monde davon geträumt, dich wiederzusehen, und ich dachte, jetzt wäre ich am Ziel meiner Träume! Ich würde nichts lieber tun als deine Wälder zu bewachen…«

»Aber?«

»Aber ich habe einen Freund, der wahrscheinlich gerade jetzt mit seinen Truppen vor Darghessa steht, wo es eine Schlacht geben wird … oder jetzt schon gibt … bei der er stirbt, wenn ich ihm nicht helfe! Die Götter der Finsternis wollen ihn tot sehen. Sie werden ihn attackieren mit allen Waffen, die ihnen zur Verfügung stehen. Er hat keine Chance allein.« Areshva griff sich verzweifelt in die Haare. »Ich weiß, ich habe dir noch gar keinen Treuebeweis geliefert und tanze die ganze Zeit nur aus der Reihe. Ich sollte dich nicht fragen, ob du mich für einen oder zwei Tage da hingehen lässt, aber ich kann nicht anders, ich verliere noch den Verstand!«

»Ich verstehe«, erwiderte die Göttin langsam. Areshva sah die Enttäuschung in ihren Augen. Selbst der Schimmer ihrer Haare erschien ihr jetzt weniger leuchtend. Sie wollte wirklich nicht auf den Gefühlen der Heiligen herumtrampeln … zwei ganze Tage zu erbitten war auch viel zu lange. Sogar ein Tag war zu riskant.

»Vielleicht ist es nicht so schlimm, wie ich denke. Es macht mich nur fertig, dass ich es nicht weiß«, erklärte Areshva hastig. »Klar, wenn ich jetzt bis nach Darghessa fliege, das würde länger dauern, außerdem sind da meine Feinde, die vielleicht herausfinden, woher ich komme, und dann könntest du in Gefahr geraten. Aber vielleicht brauche ich gar nicht bis zum Schlachtfeld zu fliegen? Der Gasthof *Zum Wilden Eber* liegt hier ganz in der Nähe, da sind immer viele Leute, da könnte ich kurz hinfliegen, mich nach Informationen umhorchen – und vielleicht höre ich dann, dass sie schon gewonnen haben? Oh, wenn das doch so wäre! Danach könnte ich gleich wieder zurückkommen, das würde nicht mehr als ein paar Augenblicke dauern. Pirina bleibt solange hier und bewacht den Wald.«

Wenn ich doch so viel Glück hätte!

Die Göttin blickte Areshva prüfend an.

Ist das Verachtung in ihrem Blick? Oder eher Verbitterung? Sie kann keine hohe Meinung von mir haben. Was denkt sie wohl jetzt? ‚Auf das Luder Areshva werde ich mich nie verlassen können. Bestimmt ruft sie Agga zur Hilfe, falls sie ihren Typen nicht schützen kann‘?

Lystrella senkte die leuchtenden Augenlider. Ihr Gesicht war rein und sanft wie das eines Engels. »Du weißt, was für mich auf dem Spiel steht.«

»Ja, ich weiß. Ich vergesse das keine Sekunde.«

»Ich will meine Anhängerinnen zu nichts zwingen«, erwiderte Lystrella leise. »Du entscheidest selbst, was du tun willst.«

Sie erlaubt es?!

Himmel! Sie erlaubt es! Das hätte Agga nie getan!

Areshva rannte zu ihr, um sie zu umarmen, stürzte dabei jedoch ins Leere. Manchmal konnte sie wirklich vergessen, dass die Götter ihr nur als Illusion erschienen und nicht in ihrer wahren Gestalt. Sie stolperte, fing sich aber gerade noch auf. Lystrella stand hinter ihr und lächelte. »Nicht so stürmisch.«

»Ich danke dir! Ich liebe dich, von ganzem Herzen!«

»Es gibt nichts zu danken. Noch haben wir nichts erreicht.«

Brennende Hoffnung

Vor dem *Wilden Eber* grasten Dutzende Pferde, die teilweise vor den Wassertrögen oder auch an den umliegenden Bäumen angebunden waren. Die Kneipe schien, dem Geräuschpegel nach zu urteilen, mal wieder brechend voll zu sein. Schon von weitem krakeelte Areshva ein Willkommensruf entgegen:

»Pack deinen Arsch zur Seite, du Ratte!«, brüllte jemand von drinnen.

»Wer? Ich? Sag noch ein Wort, dann gehen bei dir die Lichter aus!«

Lautes Krachen und Poltern folgte dem Wortwechsel.

Areshva flog bis vor dem Eingang und landete. Die alte Holztür hing windschief in den Angeln, aber daran hatte sich noch nie einer der Besucher gestört. Als sie öffnete, schlug ihr eine Wolke aus Kräuterpfeifenrauch und Alkoholdunst entgegen. Sie wedelte den Qualm zur Seite und trat ein. Alle Tische waren besetzt. Die Kerzen an den Wänden beleuchteten die zahlreichen Gäste nur schwach. Der Tonlage nach zu urteilen versammelten sich hier ausschließlich Männer. Areshva spitzte ihre magischen Sinne. Sie brauchte eine Zauberin, am besten eine mit einem Kontaktring, über den sie Informationen einholen konnte. Und da ortete sie auch schon eine. Von der hinteren Ecke her quoll ein feines, magisches Ticken. Eine Aura!

Ich habe Glück!

Sie quetschte sich zwischen den Gestalten hindurch, die in den Gängen standen. Dazu musste sie zwischendurch die Ellenbogen benutzen, denn das waren ruppige Kerle, die jeden knufften oder traten, der ihnen in die Quere kam. Die blauen Flecke, die das kosten würde, waren ihr jedoch herzlich egal. Wohin hatte sich nun diese Hexe verkrümelt? Areshva spähte die hinteren Tische aus. Da würfelte eine Rotte lumpengekleideter Halunken, denen sie lieber nicht zu nahe kam. Nebenan saßen Kerle dicht aneinandergedrängt vor großen Humpen Bier und brachen ihr Gespräch abrupt ab, als Areshva ihren Tisch passierte. An der nächsten Sitzecke hockten andere Männer, die einander lautstark beschimpften. Bei Lystrella, wieso fand sie die Zauberin nicht? Ihre Aura war doch sehr deutlich! Sie musste hier sein!

Noch einmal blickte Areshva sich um. Sie hatte die äußerste Ecke der Kneipe erreicht. Das magische Ticken spülte nun ganz deutlich über ihre Haut. Aber keine Hexe in Sicht. Ob sich diese Magierin etwa hinter der Wand befand? Draußen? Es gab keine andere Möglichkeit. Areshva machte kehrt. Sie drängelte sich zwischen denselben ruppigen Gästen vorbei, die sie vorhin schon nur ungnädig vorbeigelassen hatten, fing sich neue blaue Flecke ein, hastete zur Ausgangstür und rannte hinaus, an den Pferden und den Wassertrögen vorbei, um die Hausecke herum.

Niemand.

Hier wuchsen Tannen und Fichten, neben der Wand stand eine große hölzerne Truhe. Es begann bereits zu dämmern, deshalb wirkten alle Bäume wie schwarze Schatten.

Von der Kiste her schwirrte die tickende Aura zu Areshva herüber. Vielleicht versteckte sich die Zauberin darin.

Plötzlich erhob sich hinter der Truhe eine dunkle Gestalt und rannte davon. Areshva breitete sofort ihre Flügel aus, holte sie mit drei Schlägen ein und warf sich auf sie. Beide fielen zu Boden.

»Wovor hast du denn Angst?«, fragte Areshva verärgert. »Du brauchtest nicht wegzulaufen! Ich will nur sehr dringend mit dir reden!«

Langsam ließ sie ihre Gefangene los und stand auf. Die Zauberin rappelte sich ebenfalls auf und klopfte sich, am ganzen Körper zitternd, den Dreck von den Knien. Areshva erkannte ihr Gesicht.

»Maari!«, rief sie erstaunt. »Gut, dass ich dich treffe! Du musst mir helfen. Hast du etwas von der Schlacht um Darghessa gehört?«

Die blonde Pallanthierin hatte sich noch immer nicht beruhigt. Ihr Gesicht war totenblass, ihre Augen weit aufgerissen, und sie starrte Areshva an, als erwartete sie, jeden Augenblick in Stücke gerissen zu werden. Siedendheiß erinnerte sich Areshva daran, dass genau das bei ihrer letzten Begegnung ja auch beinahe passiert wäre. Ach – wie sie sich schämte. Wie sie bereute, Maari so etwas angetan zu haben. Eine Freundin würde sie ihr wohl nie wieder sein können – dabei wäre es so wunderschön, diese gute Seele wieder wie früher an seiner Seite haben zu dürfen. Aber vermutlich hatte sie diese Freundschaft wie so vieles Andere für immer zerstört. Gebe die Göttin, dass nicht noch viel mehr Zerstörung vor ihr lag. Sie erhob beschwichtigend die Hände.

»Es tut mir so wahnsinnig leid, was ich getan habe«, stammelte sie. »Hab keine Angst vor mir … so etwas wirst du nie wieder erleben, das verspreche ich dir! Du bist sicher. Oh, ich wünschte so sehr, du könntest mir vergeben, und wir könnten vielleicht wieder Freundinnen sein … wenn es dir möglich ist?« Areshva senkte ihre Stimme. Man konnte ja nie wissen, ob nicht irgendwer lauschte, der sie für diese Information bestrafen würde. »Mehr als das: Maari, ich habe die Finsteren verlassen. Ich bin zurück! Ich habe die Sonnengöttin zurückgeholt!«

»Du bist … zurück?«, wiederholte Maari mit blassen Lippen. Sie sah starr und angespannt aus. So als überlegte sie, wie sie am besten wegrennen könnte. »Das ist doch eine Lüge. Sag mir die Wahrheit. Sag, was du vorhast! Sag, wozu du diese Horden von Leibwächtern um dich herumschwirren hast!«

Bei Lystrella. Was denn für Leibwächter? Jetzt verlor sie hier massenhaft Zeit, die sie nicht hatte! Silvrin war in Gefahr und Maari spann sich vor lauter Angst blödsinnige Geschichten zusammen. Gewiss, sie musste Verständnis für ihre alte Freundin haben, ihre mörderische Attacke damals würde sie vielleicht nie vergessen und nie überwinden … Vermutlich sollte sie die Pallanthierin in Ruhe lassen. Aber der Preis wäre zu hoch. Sie brauchte Informationen, sie konnte hier nicht herumdiskutieren!

»Ich lüge nicht«, erwiderte Areshva ungeduldig und zog ihren Ärmel nach oben, damit Maari ihren weiß leuchtenden Kontaktring sehen konnte. Die Hexe zuckte zusammen. Sie starrte den Ring an wie eine Fata Morgana.

»Das ist doch garantiert eine Fälschung«, keuchte sie. »Du hast Kirisha letztes Jahr auch einen weißen Ring gezeigt, der falsch war. Areshva! Was tust du, wohin bist du auf dem Weg? Welchen Auftrag hat deine Leibgarde?«

»Ich hab keine Leibgarde und das ist keine Fälschung!«, fauchte Areshva außer sich. »Fass ihn an! Da, mach schon, damit du es spürst!«

Der typische scharfe Schmerz würde sie schon verstehen lassen, was los war. Wenn ein Nachtanbeter einen Lichtgegenstand berührte, verursachte das immer Qualen.

Da Maari keine Anstalten machte, sich dem Ring zu nähern, packte Areshva ihre Hand und presste sie auf den Ring. Maari schrie auf, sackte urplötzlich in sich zusammen und fiel zu Boden.

So eine heftige Reaktion hatte Areshva nicht erwartet. Erschrocken kniete sie sich bei der Pallanthierin nieder, flüsterte Lystrellas Namen und fühlte auch sofort heilende Wärme in ihren Fingern. Sanft glitt sie damit über Maaris Stirn. Die Zauberin schlug die Augen auf. Ihre Blicke folgten Areshvas Händen.

»Heilkräfte?«, wisperte sie ungläubig. Sie richtete sich auf, ohne Areshva aus den Augen zu lassen. »Das ist ja … Bist du etwa wirklich …«

Areshva nickte und legte gleichzeitig einen Finger auf den Mund.

»Leise, vielleicht werden wir belauscht. Ja, ich bin. Ich bringe die Sonnengöttin zurück an die Macht. Ich habe Bäume gepflanzt, einen ganzen Wald, wir haben eine Riesenchance! Das musst du Kirisha erzählen, hörst du? Bitte, liebe Maari, ich brauche deine Hilfe. Sag mir doch, ob du etwas von der Schlacht um Darghessa gehört hast!«

Maari winkte resigniert ab. »Das ist alles eine einzige Katastrophe. Kirisha hat einen Zusammenbruch erlitten, sie ist mit den Nerven am Ende. Hast du wirklich Kontakt zu der Sonnengöttin? Ist es so, wie Kirisha hofft, dass du den Königsring haben wolltest, um damit den Prinzen Osving von Pallanthia zum neuen König zu krönen? Ein König des Lichts, tatsächlich? Du könntest dich mit ihm verbünden und neue Hohepriesterin werden! Eine Hohepriesterin des Lichts!«

Areshva wich alles Blut aus den Adern.

»K ... katastrophe? Was ist passiert? Lebt Silvrin noch? Sag schon, Maari, spann mich nicht auf die Folter!«

»Es kam zu einer Schlacht vor den Mauern von Darghessa. Mitten im Kampf schickten die Darghessaner einen riesenhaften Drachen auf das Feld, der unsere Leute angriff. Fürst Ishtangar wurde schwer verletzt. Kirisha geriet außer sich vor Sorge und brach ebenfalls ohnmächtig zusammen. Die Dienerinnen mussten sie auf ein Krankenbett legen. Seit dem Mittag habe ich keinen Kontakt mehr zu ihr. Geben die Götter, dass Ishtangar nicht gefallen ist und sie als seine Verbündete mit sich in den Tod riss!«

»O Himmel ... Und Silvrin?«, keuchte Areshva. »Was ist mit Silvrin?«

»Ich habe keine Ahnung«, erwiderte Maari düster. »Ich sagte doch, seit dem Mittag kann ich Kirisha nicht mehr erreichen.«

Areshva griff sich an den Kopf. Sie hatte es gewusst. Die ganze Zeit über hatte sie eine dumpfe Ahnung gehabt, dass etwas nicht stimmte.

»Wo ist dein Lichterwald?«, fragte Maari. In ihre Augen trat ein unruhiges Funkeln. »Ähm … ich hoffe, nicht im Moor, oder?«

»Wie kommst du ausgerechnet auf das Moor?« Areshva konnte kaum einen klaren Gedanken fassen. Was jetzt? Zurück zu Lystrella? Oder zu Silvrin? Ein Riesendrache. Götter im Himmel. Schreckliche Bilder stiegen vor ihren Augen auf.

»Weil dieser Hexenschwarm Richtung Moor geflogen ist. Wenn das nicht deine Leibgarde ist … dann sind es vermutlich Feinde!«

Auch das noch! Feinde, die auf Lystrellas Territorium zuflogen? Dass ihre Gegner den verwunschenen Lichterwald doch noch auf magischem Weg ausfindig gemacht haben könnten, hätte sie nicht mehr erwartet, aber sie musste es überprüfen. Vielleicht war die helle Strahlung so intensiv geworden, dass ihnen etwas aufgefallen war? Hoffentlich nicht! Und Silvrin … unter den Klauen eines Riesendrachen …? Glühende Hitzewellen jagten durch ihren Körper. Sie musste schnell zurück! Helfen! Retten, was sie konnte!

Über ihrem Kopf hörte sie ein lautes Rauschen. Im nächsten Moment wurde sie umgerissen und knallte hart auf den Boden. Jemand wälzte sich mit seinem ganzen Gewicht auf sie. Grobe Hände rissen und kratzten an ihr. Sie versuchte, ihren Widersacher abzuschütteln, aber sein Körper lastete zu schwer auf ihrem. Ob Lystrella ihr helfen konnte? Ohne Kampfsprüche war das knifflig. Sie erzeugte ein grelles Licht, das sie aus ihrem Finger sprühen ließ, und versuchte, damit das Gesicht ihres Gegners zu treffen. Kein Effekt. Es schienen außerdem mehrere Feinde zu sein. Sie schlugen, traten und zerrten an ihr. Es war zu dunkel, um viel zu sehen.

»Wo ist der Ring?«, schrie eine raue weibliche Stimme. »Der Königsring, wo hast du ihn?«

Areshva zuckte zusammen. Den durften sie auf keinen Fall bekommen. Aber sie kam nicht frei. Nicht einmal ihre Hände konnte sie bewegen.

»Wo ist er?«

Schlagartig ließen die Gestalten von ihr ab. Sie sprang auf die Beine und tastete dabei unauffällig nach dem kleinen Eisbeutel, in welchem sie den Ring verwahrte. Gleichzeitig beeilte sie sich, die Situation abzuschätzen. Sie war umzingelt von einer Horde flügelschlagender Skeff. Auch einige Zauberinnen mit Spinnenkettchen befanden sich darunter. Steckte etwa die Hohepriesterin hinter dieser Attacke? Wenn die ihr den Königsring raubte, war der gesamte Pakt hinfällig, denn es ging ihr ja lediglich darum! Dann wäre Silvrin nicht mehr geschützt!

Der Eisbeutel mit dem Schmuckstück war verschwunden. Sie tastete verzweifelt hin und her.

Weg!

Der Boden schwankte unter ihren Füßen. Es kam ihr vor, als stünde sie auf dünnem Eis, das in allen Fugen knirschte, und könnte in jedem Augenblick einbrechen.

Wer hat den Ring geklaut? Fieberhaft starrte sie die drohenden Gestalten an, die sie umringten. Die glotzten feindselig zurück. Areshva wurde klar, dass die anderen glaubten, sie hätte den Ring nur gut versteckt. Bei Lystrella, wenn sie ihn *nicht* hatten – wo konnte er sein?

Vielleicht in der Kneipe? Bei all dem Gedränge und Gerangel drinnen hatte ihn möglicherweise jemand von ihrem Gürtel gerissen? Diebe gab es auf Ygramor im Überfluss.

Areshva stieg ein stechender Geruch in die Nase. Sie wirbelte herum. Über den Baumwipfeln hinter der Kneipe färbte sich der nachtblaue Himmel orange. Ein überwältigender Geruch von Rauch und Feuer breitete sich aus. Er kam exakt aus der Richtung, in der sie Lystrellas Pflanzung wusste. Der glühende Schein verstärkte sich rasch. Bald erleuchtete er den gesamten Horizont. Männer strömten aus der Kneipe.

»Feuer!«, ertönten panische Stimmen. »Der Wald brennt! Rette sich, wer kann!«

Einige sprangen gleich auf ihre Pferde, die bereits nervös schnaubten und tänzelten. Andere zögerten. Die Skeff, die Areshva eben noch umzingelt hatten, wandten sich dagegen der Kneipe zu.

»Einer von denen hat den Ring gestohlen! Lasst den Dieb nicht entkommen«, brüllte einer von ihnen. »Findet ihn, koste es, was es wolle!«

Areshva begann es im Kopf zu brausen, als würde er gleich platzen. War das ihr Wald, der brannte?

Sie fühlte, wie ihre Welt in Stücke zerbrach. Alles verloren! Lystrella, Silvrin, der Ring! Und alles war ihre eigene Schuld! Wäre sie im Moor geblieben, wie sie hätte sollen, dann hätte sie den Wald beschützen können und den Ring nicht verloren!

Was jetzt? Den Ring konnte sie in dem Durcheinander kaum wiederfinden, oder es würde so viel Zeit kosten, dass sie weder Lystrella noch Silvrin mehr helfen könnte. Wenn es nicht dafür sowieso zu spät war. In Scharen rannten die Kneipenbesucher nach draußen, von den Rufen aufgerüttelt. Die Spinnendiener gingen auf sie los. Das führte zu Prügeleien und Schwertgefechten. Dazwischen tobten und wieherten die Pferde, die der Feuergeruch wahnsinnig machte.

Areshva stand in dem Chaos wie paralysiert. Sie fühlte sich, als zersprang sie gerade ebenso in Scherben wie die Welt um sie herum. Sie hatte alles verloren, das wusste sie. Was immer sie jetzt machen könnte, war himmelschreiend sinnlos. Die Menschen flüchteten und rannten in alle Richtungen. Stechende raucherfüllte Luft stieg ihr in die Nase. Passierte das wirklich? Das musste ein Albtraum sein. Diese Gestalten waren Traumbilder, und sie befand sich eigentlich nicht unter ihnen. Sie gehörte nicht dazu. Sie war nur eine Beobachterin, und um sie herum lief eine Show mit Pappfiguren. Das ging sie nichts an. Kein Grund, sich aufzuregen.

Himmel, du kannst hier nicht einfach stehen bleiben. Mach was! Irgendwas! Selbst wenn es sinnlos ist!

Zurück zu Lystrellas Wald. Er war näher dran als Silvrin, sie musste sowieso in die Richtung, wenn sie zu ihm wollte … Pirina könnte ebenfalls in Gefahr sein!

Sie schwang sich in die Lüfte.

Vor ihr eröffnete sich die Unterwelt. Ein riesiges Gebiet stand in Flammen. Baumhohe, ja burghohe rote Schlangen züngelten und wallten in den Himmel. Über ihnen qualmten pechschwarze und graue Dampfwolken, die sich vom Katastrophengebiet aus in alle Richtungen ausbreiteten. Es knackte und knisterte ununterbrochen. Einzelne illusionäre

Bilder, die ein nebelverhangenes Moor zeigten, wirbelten durch die Luft. Mitten durch die Feuersbrunst. Die Hitze wallte ihr entgegen.

Zwölf Monde Sehnsucht … da brennen sie! Da brennt meine Hoffnung, meine Göttin!

Wo steckt Pirina?

Hastig drehte Areshva an ihrem Kontaktring und aktivierte die Suchfunktion.

Sie fand ihre Schülerin an einem Wasserlauf am Rande des Moores. Pirina war in Tränen aufgelöst. Einige eimerartige Holzgeräte deuteten darauf hin, dass die Kleine noch versucht hatte, den Brand zu löschen. Areshva nahm sie in die Arme. Wie hilflos sie sich fühlte. Wie … schuldig! Sie hätte das verhindern können. Wenn sie hiergeblieben wäre. Sie war eine gute Zauberin. Vielleicht wäre ihr rechtzeitig ein magischer Schutz eingefallen.

»Lystrella ist verschwunden«, schluchzte Pirina. »Sie antwortet mir nicht mehr. Vielleicht brennt sie jetzt dort in den Flammen!«

»Keine Angst. Götter sterben nicht«, erwiderte Areshva. Ihr sträubten sich die Nackenhaare vor Entsetzen. Sie wusste, was Lystrellas Schweigen bedeutete. Alle Bäume waren vernichtet. Die Leuchtende bekam keine Energie mehr und war damit genauso machtlos wie all die Jahre zuvor.

»Aber sie hat doch alles verloren!« Pirina wischte sich die Augen.

Wie Recht du hast.

Die hitzegeschwängerte Luft und der Feuerqualm brannten ihr in den Lungen.

»Nicht alles«, korrigierte Areshva mit dünner Stimme. »Sie hat noch uns. Zwei Anhängerinnen.«

»Eine«, sagte Pirina leise. »Ich kann doch nichts. Ich zähle nicht.«

»Du zählst sogar mehr als ich.« Areshva strich ihr sachte über die Schultern. »Du hast einen besseren Charakter als ich, und was du jetzt noch nicht kannst, wirst du alles lernen.« Sie holte tief Luft. »Es wird leider nicht leicht für uns werden, auch Lystrellas Anhängerinnen zu bleiben, denn darauf steht die Todesstrafe. Bis jetzt glaubte die Hohepriesterin, ich könnte ihr den Königsring zuspielen, und deshalb hat sie mich nicht bestraft, sondern abgewartet. Sobald sie aber erfährt, dass wir den Ring nicht mehr haben, sind wir wahrscheinlich … Freiwild.«

»Aber wir haben den Ring doch«, warf Pirina schüchtern ein.

Areshva schüttelte den Kopf. »Leider nicht mehr. Jemand hat ihn mir gestohlen, ohne dass ich es gemerkt habe.«

»Das war ich«, wisperte Pirina sehr leise. Sie löste den kleinen Eisbeutel von ihrem Gürtel und hielt ihn Areshva entgegen.

»Du!« Areshva riss ihr den Beutel aus der Hand. Tatsächlich! Er war genauso kalt wie immer, der Ring glänzte silbergrau durch das Eis. »Bist du verrückt geworden? Warum hast du das getan?«

»Ich wollte nicht, dass du ihn unseren Feinden gibst und Lystrella verrätst.«

»Das würde ich niemals tun. So viel Vertrauen solltest du in mich haben!«

»Aber das planst du doch!«

»Das gibt dir nicht das Recht, mich zu beklauen! Als meine Schülerin hast du meinen Anweisungen zu folgen!«

Areshva hielt inne. Wieso war sie so wütend? Es gab keinen Grund dazu, im Gegenteil! Pirina hatte ihr mit ihrer dummen Aktion einen riesigen Gefallen getan, schon wieder! Ein kleines, seliges Lächeln breitete sich tief in ihrem Inneren aus. Sie hatten den Königsring. Das war ein Strohhalm, an den sie sich klammern konnte. Denn wenn die Hohepriesterin wirklich so gierig war auf diesen Ring, gab es eine gewisse kleine Chance, dass sie Silvrins Leben um seinetwillen verschonen würde. Auch wenn die alte Oberhexe ihm gerade einen Drachen auf den Hals gejagt hatte. Wenn sie an den widerlichen Feuerspucker nur dachte, wurde Areshva schon übel.

Ich hoffe, die Bestie ist nicht so groß ... vielleicht hält die Hohepriesterin den Drachen zurück, weil sie Angst hat, sie bekommt den Ring nicht, wenn sie Silvrin etwas antut ...

Areshva band den Beutel an ihrem Gürtel fest und steckte ihn danach in ihre Hosentasche. Ein rasender Schmerz brannte sich an die Stelle, wo er ihren Oberschenkel berührte. Ruckartig zog sie ihn wieder heraus.

»Autsch! Was ist das denn?«

»Mir hat es auch wehgetan, ihn zu tragen. Genau seit dem Moment, als ich den Bund mit Lystrella geschlossen habe. Da fing es plötzlich an zu stechen.«

»Das ist die Schwarze Magie darin. Sie verträgt sich nicht mit Lystrellas Lichtstrahlen in unseren Kontaktringen.«

Areshva hielt den Beutel mit spitzen Fingern und grübelte. Dieser Ring war ihre, Pirinas und Silvrins Sicherheit. Ihr Pfand gegen die Hohepriesterin. Die Alte würde keinen von ihnen töten, solange sie annahm, Areshva oder Pirina könnten ihr den Ring geben und Silvrin müsste zu diesem Zweck am Leben bleiben. Areshva musste den Eisbeutel irgendwie mit sich führen, um den Pakt einzulösen – aber am besten so, dass er sie nicht verletzte und dass sie ihn auch nicht durch einen Raubüberfall verlieren konnte. Wie sollte sie ihn absichern?

»Ich hab's!«, rief sie aus und ballte die Fäuste. »Wir geben diesen Ring an den Prinzen Osving. Als Pallanthier ist er gegen meinen Fluch immun und kann ihn tragen ohne Schaden. Außerdem wünscht sich Kirisha ja, dass er den Ring bekommt, um König zu werden. Welch wahnsinnige Idee … Das beste aber: Diese Maßnahme wird die Hohepriesterin davon überzeugen, dass der Ring ungefährlich wäre. Nicht im Traum kommt sie darauf, dass er nur für Osving ungefährlich ist, aber sie persönlich sich daran gewaltig die Finger verbrennen wird. Kirisha bekommt Vertrauen in mich, unsere Feinde bekommen Vertrauen in den Ring, ohne dass der Fluch uns Wunden reißt. Da schlagen wir gleich zwei Fliegen mit einer Klappe!«

»Wer ist dieser Osving?«, fragte Pirina.

»Der Sohn des ermordeten Königs Thyrangar. Habe ich dir nicht erzählt, dass Fürst Ishtangar die drei Kinder seines Bruders an Kindes Statt angenommen hat? Osving, Kia Sephila und Isimela? Ich gehe davon aus, dass Osving an der Seite des Fürsten Ishtangar in den Krieg geritten ist und sich also jetzt ebenfalls vor Darghessa befindet. Fliegen wir hin! Ich muss sowieso erfahren, wie es um Silvrin steht. Bist du bereit?«

Areshva stopfte sich den Beutel wieder in die Hosentasche und biss die Zähne zusammen, als ihre Haut an der Stelle zu schmerzen begann. Pirina sah ihr mit großen Augen dabei zu.

»Und Lystrella? Wenn wir sie nicht mehr rufen können … was wird aus ihr?«

Vielleicht haben wir sie für immer verloren! Areshva überkam eine so tiefe Resignation, dass sie sich am liebsten zu Boden geworfen und im Morast vergraben hätte. Aber sie zwang ein gequältes Lächeln auf ihre Lippen, um ihrer Schülerin und sich selbst Hoffnung zu geben. So schnell durfte sie nicht aufgeben. Lystrella hatte schon so viel Unheil überlebt … vielleicht hatte Silvrin ein Mittel in der Hand, um ihr zu helfen? Eins, das sie nicht kannte? Irgendeinen Grund musste es doch dafür geben, dass die Dunkelgötter ihn unbedingt töten wollten?

»Wir können sie immer noch rufen«, sagte sie laut. »Erinnerst du dich? Sie erzählte uns doch, dass sie auch früher jeden hören konnte, der ihren Namen rief. Du kannst ihr weiterhin alles erzählen, was du willst, sie hört dich. Nur du kannst sie nicht hören. Und irgendwelche Magie kann sie uns leider auch nicht mehr geben.«

»Aber wie holen wir sie zurück? Wollen wir ihr nicht neue Bäume pflanzen … Gibt es irgendeinen Ort, wo wir das tun können, ohne dass die anderen unsere Bäume gleich wieder verbrennen?«

Areshva zuckte die Achseln. »Vielleicht finden wir einen. Irgendwo. Jetzt müssen wir erstmal fliegen! Silvrin ist in Gefahr!«

Mist, jetzt klinge ich wie Kirisha. ‚Hab Geduld, eine Lösung wird schon kommen?‘ Was für eine ungenügende Antwort.

Während sie sich in die Lüfte erhoben und durch Qualmwolken und Feuergeruch Richtung Darghessa flogen, kam Areshva zu Bewusstsein, in was für einer Lage sie sich befand. Sie wollte Silvrin retten – wie denn? Welche Macht hatte sie übrig, nachdem Lystrellas Bäume ausradiert waren?

Keine …!?

Pirina hatte nur zu sehr recht, wenn sie überlegte, wie sie Lystrella Macht geben könnten. Das war die Bedingung für alles andere. Wie sollte sie Silvrin denn helfen ohne eigene Energie? Wie der Hohepriesterin trotzen?

»Hörst du mich, Lystrella?«, wisperte Areshva, während sie mit aller Kraft durch die Wolken schwirrte. »Kannst du mir noch einmal verzeihen? Es ist meine Schuld, dass das geschah, ich weiß es. Oh, und wie ich es bereue! Aber ich versuche, es wieder gut zu machen. Ich weiß noch nicht wie. Kannst du mir einen Weg zeigen? Hast du noch Kraft übrig? Kannst du mir helfen, Silvrin zu schützen? Bitte! Ich halte es nicht aus, wenn ihm etwas passiert. Ich werde deine Wünsche auch nicht wieder missachten. Ich rede nicht mit ihm … wie du wolltest. Wenn du ihm nur hilfst!«

Ruf der Göttin

Was für eine Nacht. Silvrin hatte fest geglaubt, er hätte Areshvas Herz endlich erobert. Er spürte noch immer ihre Küsse auf seinen Lippen und ihm wurde bewusst, dass er angenommen hatte, sie würde nun an seiner Seite bleiben. Doch dann war sie einfach fortgegangen. Fort aus seinem Leben.

Als Areshva das Zelt verlassen hatte, überfiel Silvrin der drängende Impuls, ihr hinterherzulaufen und sie zurückzuhalten. Aber er bremste sich an der Zelttür. Warum lief sie wieder vor ihm weg?! Hatte diese Nacht denn gar nichts verändert? Er war so überzeugt gewesen, dass es ihm endlich gelungen wäre, ihre Reserve zu überwinden und sie für sich zu gewinnen! Aber er hatte sich geirrt. Für sie hatte diese Nacht anscheinend gar nichts bedeutet. Sie war genauso abweisend wie zuvor.

Sie liebt mich nicht. Deutlicher konnte sie das nicht zeigen. Ob sie immer noch diesem Lumpen Wukur hinterherläuft?! Aber das hätte ich herausgehört. Nein.

Sie kam nicht um meinetwillen in mein Zelt. Wahrscheinlich bin ich ihr mehr oder weniger gleichgültig oder sogar zuwider. Sie hat das für ihre

Göttin getan. Über nichts anderes wollte sie reden als über diese Wolkenherrin. Sagte sie nicht sogar, dass Lystrella sie zu allerlei »Verrenkungen« zwang? Er sollte sich nichts einbilden. Für sie war er nur ein Befehl, den sie ausführen musste.

Vermutlich hofft sie, dass ich sie genug lieben werde, um ihre Göttin anzubeten und sogar für diese zu kämpfen. So ist das doch mit den Zauberinnen. Nichts anderes als ihre Göttin ist ihnen wichtig.

Er griff sich an die Stirn. Enttäuscht ließ er die Hand wieder sinken, drehte sich um und ging zu seinem Lager zurück. Wie leer er sich fühlte. Wertlos. Zurückgewiesen.

Ein Hauch ihrer Nähe lag immer noch in der Luft, er spürte das. Vielleicht gaukelten es ihm seine Sinne auch nur vor. Noch nie hatte er eine schönere Nacht erlebt, noch nie sich so vollkommen, so erfüllt gefühlt. Was würde er darum geben, wenn er Areshva zurückholen, sie für sich gewinnen könnte.

Dumpfe Frustration senkte sich über ihn. Es hatte sich so perfekt angefühlt. Er hatte sich ernsthaft eingebildet, ihr nahe zu sein. Aber ihre Gefühle waren offenbar nicht dieselben.

Schwerfällig ließ er sich auf die Kissen fallen.

Er sollte diese Zauberin aus seinen Gedanken verbannen. Schließlich hatte er heute eine Schlacht zu gewinnen. Hoffentlich kam Fürst Ishtangar nicht in Bedrängnis, bevor er ihm zur Seite stehen konnte.

Eine Göttin, die keine Quota verlangt.

Langsam ging ihm auf, dass diese ferne Lystrella eigentlich gar nicht seine Konkurrentin war, die ihm Areshva streitig machte. Im Gegenteil, sie verdiente, verehrt zu werden! Denn die Götterfrage war nicht nur für seine Geliebte, sondern auch für ihn selbst von größter Wichtigkeit. Belastete ihn doch noch immer jenes fürchterliche Gespräch, das er zuletzt mit Koryelan und den aravennischen Tempelhexen geführt hatte, als sie ihm erzählten, im Namen von Uoshila, der Dunkelgöttin welche Aravenna regierte, Menschen opfern zu müssen. Fünf Hinrichtungen jeden Mond. Unerträglich! Er hatte sich deswegen in der Nacht noch mit Koryelan gestritten, war später zu einem Gespräch in den Tempel geritten und hatte sich dort so aufgeregt, dass er kurz davor war, eine ihrer schändlichen Statuen zu zerschmettern. Diese Uoshila, Göttin der Blutadler, war eine gnadenlose Mörderin, der er auf keinen Fall dienen wollte. Allerdings war sie die Herrin von Aravenna und verlangte deshalb von dem Fürsten der Stadt zwingend ein Bündnis. Dem hatte er sich verweigert, was ihn zwang, seinen Fürstentitel niederzulegen. Innerlich ging ihm das sogar noch gar nicht weit genug. Er hätte Aravenna verlassen müssen, um sich vollkommen von dieser Blutgöttin zu distanzieren.

Aber seinen Freund Koryelan und diese sympathische Stadt, die ihn so überschwänglich empfangen hatte, konnte er nicht einfach ihrem Schicksal überlassen. Darum hatte er trotz allem und mit einem unguten Gefühl im Magen eingewilligt, ihre Armee anzuführen – allerdings nicht als ihr Fürst, diesen Titel führte nun wieder Koryelan. Die schändliche aravennische Göttin und ihre mörderischen Forderungen lagen ihm seitdem wie ein Stein auf der Seele. Und jetzt zeigte ihm Areshva, dass es eine Alternative gab. Dass die freundliche Provinz Aravenna keineswegs gezwungen war, eine blutgierige Adlergöttin anzubeten! Sie könnte einfach zu der warmherzigen Lystrella überlaufen, die Heilkräfte besaß! Natürlich hatte er begriffen, dass die regierenden Götter einen solchen Wechsel keineswegs tolerieren würden. Er war auch nicht sicher, ob er das richtige Bild von dieser Lystrella hatte. Vielleicht hatte er noch nicht alles von ihr gesehen, möglicherweise war sie nicht so gütig, wie es auf den ersten Blick den Anschein gehabt hatte. Aber selbst wenn nicht, würde sie nicht töten. Das erhob sie vor allen anderen Göttern ihn den Himmel. Sie entfachte ihm ganz neue Hoffnung.

Wir müssten in Aravenna kein Blutregime mehr führen. Wenn wir Areshvas Göttin zu uns holen könnten, wären wir frei davon. Unser Volk könnte leben, wir müssten nie wieder opfern. Es ist kein Wunder, dass Areshva nach dieser Herrin so verrückt ist! Ich möchte mehr von ihr wissen, ich muss erfahren, ob sie nicht auch meine Göttin sein könnte.

Ich müsste versuchten, Kontakt zu ihr zu bekommen. Vielleicht gewinne ich dadurch auch welchen zu Areshva! Aber … wie rufe ich eine Göttin?

Er schüttelte den Kopf über sich selbst. Was waren das für Gedanken! Die Götter lebten außerhalb seiner Sphäre, das wusste er doch. Schließlich hatte er seine halbe Kindheit am Tempel von Aravenna verbracht. Er hatte die Bewohnerinnen laut und leidenschaftlich über ihre Herrin und verschiedene Dienste reden hören, die sie für die Himmlische erledigten. Aber selbst hatte er nie eine Göttin gesehen. Obwohl seine Schwester ihm erzählt hatte, dass sie ständig mit ihrer plauderte. Er hatte auch nie die Stimme einer Göttin gehört. Vadinia war sich sicher gewesen, dass Männer das nicht konnten. Es machte daher nicht viel Sinn, sich darüber den Kopf zu zerbrechen.

Aber er hatte gesehen, wie die Hexen in jenen längst vergangenen Zeiten Blumen und Sträucher aus der Erde emporwachsen ließen. Wie sie Brot aus der Luft empfangen hatten. Jetzt erinnerte er sich auch, dass die Strahlen weiß gewesen waren und ihm dämmerte, dass in seiner Kindheit andere Götter regierten, solche wie die gütige Lystrella. Ihre magischen Leuchter hatte er ebenfalls wahrgenommen. Die hatten ihn fasziniert. Er hatte mit ihnen gespielt und Illusionen daraus fabriziert. Deshalb wusste er, dass hinter den Geschichten der Zauberinnen etwas steckte. Etwas, zu dem er keinen Zugang hatte.

Oder? Es war ihm doch gelungen, sich einen Teil der Strahlen anzueignen, zu denen er eigentlich auch keinen Zugang hätte haben sollen. Vielleicht gab es irgendeine Möglichkeit, in Kontakt zu dieser Göttin zu kommen! Ob sie tatsächlich Kriege beenden konnte? Kein Wunder, dass Areshva so fanatisch für sie eintrat!

Langsam stand er auf und trat vor den Pfahl mit der Landkarte, wo er am Abend mit Areshva gestanden hatte. Jetzt kam es ihm vor, als wäre das nur ein Traum gewesen. In Wahrheit war sie unerreichbar, eine Art Luftfee, die er nicht fangen konnte. Die Sehnsucht wühlte sich durch seinen Magen.

»Ich rufe dich, Lystrella, Göttin der Sonne!«, rief er laut und deutlich. Um ihn herum war alles still. Er blickte nach oben. Dort verliefen die Bahnen der Zeltdecke, wie üblich. Sonst nichts. Kein übersinnliches Wesen, kein Geräusch. Nicht der Hauch irgendeiner Magie.

Er rieb sich das Kinn. Tja. Was hatte er erwartet? Dass es diesmal anders sein könnte als früher? Nur weil das seine einzige Möglichkeit war, Areshva zu gewinnen, ihr näher zu kommen?

»Ich weiß nicht, ob du mich hören kannst, große Göttin der Sonne«, fuhr er hartnäckig fort. »Ich möchte für dich arbeiten, wenn ich kann. Wenn es irgendeine Aufgabe gibt, die du mir übertragen willst.«

Habe ich das richtig gesagt? Ist es das, was eine Göttin erwartet? Ich habe keine Ahnung, wie man mit ihnen redet. Areshva hat mir auch nicht gesagt, welche Pläne sie hat. Aber wenn diese gütige Göttin in ihrem Zentrum steht, müssen es großartige Ideen sein, von denen das ganze Land profitieren würde. Ideen, die ich selbst dann unterstützen sollte, wenn es nicht um Areshva ginge! Selbst dann, wenn ich für diese Skeff nur eine Schachfigur bin, die sie für ihr Spiel braucht. Der Gedanke fuhr ihm schmerzhaft durch Mark und Bein. So nah hatte er sich ihr schon gefühlt. Und es war doch nur ein Irrtum?

Ich beweise ihr, dass ich mehr sein kann als das!

Wie lebhaft auf einmal die Bilder dieser Nacht wieder in ihm hochwirbelten, als sie in seinen Armen gelegen hatte. Er meinte, noch die Wärme ihres Körpers zu spüren, ihre samtweichen Flügel auf seinem Rücken und ihre süßen Lippen. Warum war sie gegangen? Ob das wirklich diese Lichtgöttin von ihr verlangt hatte, wie sie sagte? Aber er konnte sich keinen Grund dafür denken, weshalb eine so warmherzige Herrin sich gegen ein Liebespaar stellen sollte. Eher im Gegenteil. Wenn es aber nicht die Göttin befohlen hatte, dann benutzte Areshva das Argument vermutlich als Ausrede, weil sie ihm nicht ins Gesicht sagen wollte, dass sie für ihn nichts empfand.

Das schmerzte.

Sie einfach wieder zu vergessen war unmöglich. Das Wenige, das sie ihm von ihren Plänen verriet, hatte ihm ja bereits eine Ahnung der wunderbaren neuen Welt gegeben, die ihre Göttin ihnen bereiten konnte. Was würde er darum geben, mehr davon zu erfahren - und mit ihr zusammen dafür zu kämpfen, diese Göttin an die Macht zu erheben! Welche Freude, welche Erfüllung wäre das!

Es war nicht das gemeinsame Ziel allein. Er sehnte sich auch mit allen Fasern seines Körpers nach der Glut und der Zärtlichkeit, die sie ihm in der Nacht geschenkt hatte. War das wirklich nur ein Spiel? Es hatte sich so echt, so wahrhaftig und ernsthaft angefühlt.

Und diese Göttin? War sie ihm ebenso fern wie die Magierin?

Er breitete die Arme aus und blickte forschend an die Zeltdecke, so als könnte er die Himmlische entdecken, wenn er nur alle Winkel scharf genug durchforschte.

Was hatte Areshva gesagt? Lystrella wollte Kriege beenden …

Befand er sich nicht gerade selbst auf dem Weg in eine Schlacht? Vielleicht war Areshva ihm deshalb gefolgt. Es war möglicherweise ihr Ziel, den kommenden Angriff im Sinne ihrer Göttin zu verhindern.

Diese Aufgabe konnte auch er übernehmen! Blutvergießen vermeiden. Stattdessen Verhandlungen und Diplomatie. Das kam seinen eigenen Vorstellungen ohnehin entgegen.

»Hörst du mich, Lystrella? Ich will für deinen Frieden kämpfen. Gib mir ein Zeichen, wenn das in deinem Sinne ist!«

Noch immer war die Decke über ihm erbarmungslos leer. Er wollte nicht aufgeben, deshalb hielt er die Blicke starr nach oben gerichtet. Aber er bekam den Zugang nicht. Langsam ließ er die Arme sinken.

Auf seinem Arm fühlte er eine seltsame sanfte Berührung. Er sah genauer hin: Dort hockte die winzige Gestalt einer kleinen Elfe mit durchsichtigen Flügeln. Gerade, als er sie entdeckt hatte, blickte sie zu ihm auf.

»Wartet einen kleinen Augenblick, ich bin gleich wieder da«, piepste sie mit feiner, zuckersüßer Stimme, flog mit ihren zarten Flügelchen auf den Erdboden und betastete diesen mit ihren Fingern. Vermutlich suchte sie etwas, sie tastete sich geschwind ein ganzes Stück vorwärts und ganz plötzlich tat sich zu ihren Füßen der Boden auf. Ein Mauseloch entstand, in das sie hineinkrabbelte und aus dem sie wenig später eine Eichel herausholte. Mit dieser Beute, die für das kleine Wesen fast zu groß zum Tragen war, flog sie zu Silvrin hinauf und legte sie ihm in die Hand.

»Das hat die Göttin mich beauftragt dir zu geben«, erklärte sie treuherzig. »Es ist ein Geschenk!«

Er war verblüfft. *Sie hat mich gehört! Es geht!*

»Danke sehr«, erwiderte er, während neue Hoffnung in ihm zu wachsen begann und sich sein Herz so weitete als ob es das ganze Zelt erfüllen wollte, und betrachtete staunend die Eichel. Lange hatte er davon keine mehr gesehen. »Und wer bist denn du?«

»Deine Schutzelfe. Ich hoffe, du schaffst es!«, sagte das kleine Wesen und setzte sich wieder auf seinen Unterarm. In diesem schien es fast im selben Augenblick zu verschmelzen und dann sah er sie nicht mehr.

Schutzelfen. Vage erinnerte er sich, dass diese kleinen Wesen beim Seelenfest der Lichtgötter geschlüpft waren – früher, es musste viele Jahre her sein, dass er das zuletzt erlebte. Bei diesem Fest hatte er manchmal auch seine eigene

Elfe gesehen, die dann aus seinem Arm auftauchte und später wieder in diesem verschmolz, nun entsann er sich wieder an diese seltenen Begegnungen. Sie war demnach ein Geschöpf der Lichtgöttin. Er bereute, dass sie so schnell verschwunden war. Wozu diese Eichel? Was sollte er damit machen? Areshva wüsste es sicher.

Von draußen hörte er die Stimme seines Freundes Koryelan, der leise und etwas zögerlich fragte, ob er hereinkommen dürfe.

Silvrin wurde sich bewusst, dass er noch immer in der Hauptsache nackt war, nur mit einer leichten Decke über den Schultern bekleidet.

»Warte!«, hörte er seine eigene Stimme, die merkwürdig metallisch klang. Er zog sich an. Heilige Lystrella, ihm zitterten die Hände. Er war gerade einer Göttin begegnet und wusste noch nicht, wohin ihn dieser Weg führen könnte. Er atmete dreimal tief ein und aus und legte die Eichel in die Tasche seines Umhanges. Dann öffnete er die Zelttür. Koryelans Gesicht hellte sich auf, als er ihn sah.

»Es tut mir leid", sagte er leise. »Ich war … erschrocken. Ich hätte diskreter reagieren und deine Freundin nicht verscheuchen dürfen."

»Sie ist nicht vor *dir* davongelaufen", erwiderte Silvrin heiser.

Dann fielen sie einander in die Arme. Sie wurden jedoch unterbrochen von einem aufgeregten Blinken an Koryelans Kontaktring. Die geisterhafte Silhouette seiner Verbündeten, der Priesterin Coreana, floss heraus.

»Was macht ihr denn so lange!", schrie sie. »Die Darghessaner massakrieren unsere Leute! Ihr müsst ihnen helfen, beeilt euch!"

Koryelan wollte das Gespräch schon beenden und auf der Stelle aufbrechen, aber Silvrin hielt ihn zurück und berührte ebenfalls den Kontaktring.

»Wenn Ihr bitte meiner Schwester eine Nachricht überbringen könntet, Priesterin Coreana?«, rief er drängend. »Sagt ihr, dass Areshva einen großartigen Plan hat. Ich wünsche, dass Vadinia Kontakt zu Lystrella, der Göttin des Lichts, aufnimmt und sie bedingungslos unterstützt! Und zwar sofort und mit all ihrer Kraft!«

Drachenkampf

Als Silvrin, Koryelan und ihre Truppe die Anhöhen vor der Stadt Darghessa erreichten, hörten sie schon von weitem Kampflärm und Geschrei. Von einem Aussichtspunkt aus war gut zu beobachten, dass die Truppen der Pallanthier ein Loch in die östliche Stadtmauer geschlagen hatten und bereits mit einem großen Soldatenaufgebot in die Stadt eingedrungen waren. Rings um die zerstörte Mauer sowie in einem weiten Bereich davor schlugen sich hunderte Kämpfer.

»Unsere Leute sind schon in der Stadt«, kommentierte Prinz Koryelan aufgeregt. »Das sieht nicht schlecht aus! Vielleicht gewinnen sie!«

»Das gefällt mir nicht«, erwiderte Silvrin und zog die Augenbrauen zusammen. »Ich hatte mir gewünscht, wir könnten einen Kampf vermeiden.«

»Ich dachte, du wolltest Prinzessin Kia Sephila befreien?«

»Ja. Aber ohne Kampf.«

Prinz Koryelan nickte zustimmend.

»Der Meinung bin ich auch. Sie brauchen unsere Hilfe nicht. Wir können hier oben abwarten, wie es ausgeht.«

Er hält mich für einen Feigling.

»So habe ich es nicht gemeint! Ich würde nur gern Gewalt vermeiden.« Silvrin ballte die Fäuste. Natürlich war ihm klar, dass das ein unrealistischer, sogar ein naiver Gedanke war. Diesen Kampf konnte er nicht mehr abwenden. Hatte diese Göttin wirklich die Macht, Frieden zu bringen? Wie sehr wünschte er sich das und würde sie dabei unterstützen! Aber dieser Friede würde nicht vom Himmel segeln, wenn er hier tatenlos herumsaß, während seine Leute da unten kämpften. Er musste ihnen helfen, musste sich an ihre Seite stellen.

Konnte er sich wirklich aus den Kämpfen heraushalten? Nein … nicht, wenn seine Leute in Gefahr waren, dann musste er ihnen helfen. Schlimmstenfalls auch mit dem Schwert, er sah da keinen anderen Weg. Aber er würde die Augen offen halten und versuchen, die Schlacht abzubrechen und nach einer diplomatischen Lösung zu suchen. Er würde die große Göttin im Herzen behalten und sich bemühen, ihren Weg zu gehen.

»Wir kommen ihnen zur Hilfe!«, befahl Silvrin. »Reiten wir nach Darghessa herunter!«

Sie galoppierten abwärts ins Tal. Silvrin hatte bereits von oben gesehen, dass das Loch in der Stadtmauer sich exakt an der bewussten Stelle befand, die Regimentsführer Lemetrong schon bei ihrem letzten Besuch in Darghessa angreifen wollte. Demnach hatten ihre Feinde die Schwachstelle bis jetzt nicht erkannt und sie demzufolge nicht ausgebessert. Silvrin erinnerte sich sogar noch, wie die Straßenzüge und Häuser hinter dieser Mauer verliefen, weil die beiden alten Feldherren ihm das damals doch so penetrant eingetrichtert hatten. Er war also bestens vorbereitet auf ein erfolgreiches Gemetzel. Die Stadtmauer war an dieser Stelle hoch und aus dunklem

Mauergestein. Ein tiefes, bis auf die Grundmauern eingebrochenes Loch gab seinen Leuten den Weg frei nach drinnen. Scharenweise strömten pallanthische Soldaten in grünen Uniformen und aravennische in blauen durch den Spalt in die Stadt hinein. Irgendeine Verteidigung schien nicht mehr vorhanden zu sein, sie verschwanden durch die Ritze wie in den unersättlichen Magen eines Riesenfisches. Silvrins Ankunft erhöhte die Kampfmoral noch um ganze Dimensionen.

»Silvrin kommt! Jetzt gewinnen wir!«, hörte er die Soldaten johlen. Sie rannten schneller vorwärts als zuvor, noch euphorischer und siegessicherer.

Warum konnte er sich darüber nicht freuen? Dazu war er doch hergekommen, um einen Kampf zu gewinnen! Aber nun biss ihn das Gewissen. Er wollte sich nicht schlagen. Er wollte einen Weg finden, das Blutvergießen zu beenden – und die Prinzessin trotzdem herauszuholen!

»Heilige Lystrella, Göttin der Sonne, gib mir eine Idee!«, wisperte er leise und warf einen Blick zum Himmel. Beinahe sofort spürte er, als wäre das eine Antwort, ein leises Vibrieren seines Magiestabes. Der alte Vierfachstab war das, den er damals von Smorkyn erbeutet hatte. Das Ding war zwar inzwischen an allen vier Enden ausgebrannt, aber er hatte es trotzdem behalten, weil er es mit Hilfe des Erweckungszaubers ja wieder neu entfachen könnte. Rasch rief er sich die Funktionen in Erinnerung – zwei Bombenzauber, zwei Verteidigungszauber … das waren brauchbare Waffen für ein Duell, aber viel zu schwach, um eine ganze Schlacht zu entscheiden. Was meinte die Göttin mit diesem Hinweis?

Als wäre es eine Antwort, hörte er aus dem Inneren der Stadt ein gewaltiges Donnern und Stampfen. Gleichzeitig ertönten schrille Schreie und Gebrüll. Der Strom durch die Stadtmauer schien durch etwas blockiert zu werden, niemand kam mehr hinein. Daher prallten nun alle aufeinander, die hinterherkommen wollten. Ein langer Stau von Reitern entstand, die anfingen zu schimpfen und lautstark zu fragen, warum es nicht weiterging. Die Antwort verbreitete sich wie ein Lauffeuer.

»Ein Drache!«

»Ein riesenhafter Unhold! Flieht! Rette sich, wer kann!«

Silvrin meinte, seinen Ohren nicht zu trauen. Es gab keine Drachen mehr in Damarynth. Soviel er wusste, waren diese Urtiere schon vor Jahrhunderten ausgestorben. Was für ein Spuk ging in der Stadt vor? Auch die Soldaten vor ihm, die mit gezückten Lanzen und Schwertern zur Stadtmauer hindrängten, misstrauten den Rufen.

»Lasst euch nicht einschüchtern!«

»Auf sie! Weiter, weiter!«

Wieder hörte er dieses Donnern, das den Erdboden unter seinem Pferd beben ließ. Er sah sich wachsam um. Ein vielstimmiger Schrei hallte durch die Stadt. Wie ein Ruck ging es durch die Scharen der Reiter um ihn herum, die plötzlich nicht mehr vorwärts, sondern rückwärts gerissen wurden, durch eine Masse von Soldaten, die laut brüllend durch den Riss in der Mauer nach draußen flüchteten.

»Ein Riesendrache! Eine Bestie!«

»Er spuckt Feuer! Weg, nur weg hier!«

Wie eine gewaltige Fontäne strömten immer mehr Flüchtige nach draußen. Bei einigen brannten Mäntel oder

Haare, sodass sie mitten im Galopp versuchten, die Flammen zu löschen. Viele Männer, die bis jetzt noch draußen gestanden hatten, wurden von dem Wirbel mitgerissen und flohen. Immer mehr Menschen in Todesangst ritten oder rannten aus der Stadt. Inzwischen hatten fast alle Rußspuren auf Haut oder Kleidung.

Silvrin saß auf seinem Sattel wie auf Kohlen. Er befand sich seitlich des Flüchtlingsstroms und wurde deshalb nicht von ihm erfasst.

Was jetzt? Sollte auch er fliehen? Das Biest bedrohte seine Armee … Aber da stimmte doch etwas nicht! Ein Riesendrache konnte nicht aus dem Nichts heraus plötzlich in einer Stadt auftauchen. Das war ja, als hätte es ihn vorher gar nicht gegeben.

Hexenwerk, dachte Silvrin sofort. *Das Untier ist nur eine Illusion. Und gegen eine Illusion müsste ich kämpfen können. Mit einem Magielöscher zum Beispiel.*

Eilig zog er zwei der Magiestäbe aus seinem Gürtel, mit denen er sich für diese Schlacht ausgerüstet hatte. Wenn er die ineinanderschob, konnte er daraus einen Löschstab formen. Während er sie bearbeitete und seine Waffe gleich darauf fertiggestellt hatte, huschte ihm eine Gänsehaut über den Nacken. Damals hatte er den Magielöscher gegen einen Feind eingesetzt, der ebenfalls mit Magiestäben arbeitete, wie Silvrin selbst. Aber gegen wen kämpfte er nun? Ob der kleine Stab auch eine so großflächige Illusion wie einen Riesendrachen ausradieren konnte?

Um ihn her hetzte, jagte und brauste alles, wummerten die Hufe der Pferde, erfüllte das Geschrei der Soldaten die Luft, und inmitten des Chaos sah Silvrin zu seinem Schrecken den

Fürsten Ishtangar davonpreschen – mit brennendem Umhang und Bart.

Ein riesiger blauschwarzer gepanzerter Fuß krachte durch die Stadtmauer. Steinbrocken polterten herunter, Staub wirbelte auf. Die Rufe der Menschen gellten schrill.

Ein baumlanges Riesenbein stakste durch die Mauer wie durch Butter. Götter im Himmel. Dieser Drache war größer als der höchste Turm, sein riesiges hauerbewehrtes Maul hing hoch in der Luft. Seine Schuppen glänzten wie blauschwarzes Metall. Jede einzelne seiner Krallen war groß genug, um einen Mann aufzuspießen. Silvrin wich rückwärts. Sollte er wirklich angreifen? Er befand sich nicht in der Gefahrenzone. Der Unhold stürmte vorwärts, dem Schwarm der Flüchtenden hinterher, die er mit Feueratem anfauchte.

Fürst Ishtangar wurde von einem anderen Reiter angerempelt, aus der hastenden Menschenmenge herausgedrängt, verlor den Halt und segelte kopfüber vom Pferd. Der Drache lenkte seine Schritte sofort auf ihn zu.

Zeit einzugreifen. Ob der kleine Stab reicht für das große Tier? Vielleicht nehme ich noch einen stärkeren Stab hinzu!

Hastig brach Silvrin einen der Bombenzauber von seinem Vierfachstab ab, drehte ihn um und stülpte ihn ebenfalls über den Antimagiestab. Dieser verdoppelte sofort seine Größe und fing an zu flimmern. Silvrin packte den Stab heftig, holte tief Luft, dann ritt er näher an den Drachen heran, richtete den Magielöscher auf ihn, berührte diesen mit dem Finger, um dessen Energie herauszulocken und ließ sie herauszischen. Harte, wirbelnde Strahlung fegte heraus, die wie dampfende Luftmassen aussah.

Sie prasselte auf das linke Hinterbein des Riesen. Aber sie radierte dort nichts. Nicht eine einzige Schuppe! Der Stab verpuffte ohne den geringsten Effekt.

Allerdings bemerkte der Drache nun, dass ihn etwas am Bein kitzelte. Der riesenhafte schuppige Kopf drehte sich exakt in Silvrins Richtung.

Mist.

Silvrin wendete hastig sein Pferd und flüchtete im Galopp. Er hätte es wissen sollen, dass das zu riskant war! Hinter ihm donnerten die Tatzen des Lindwurms und brachten die Erde zum Beben. Verwünscht! Wie konnte er sich retten? Eine Stichflamme zischte an seinem Gesicht vorbei und ließ seine Wangen glühen.

Dieser Drache ist keine Illusion, sonst wäre er unter der Antimagie geschmolzen. Aber was ist er dann?

Siedendheiß fielen ihm die Erzählungen der Tempeldienerinnen von Aravenna ein, die behauptet hatten, Areshva könnte sich in ein Monster verwandeln. Wenn das möglich war, dann könnte eine andere mächtige Zauberin sicherlich auch ohne Umstände die Gestalt eines Drachen annehmen.

Vielleicht ist der Drache in Wahrheit also eine Zauberin. Eine mächtige dazu. Wie soll ich mit meinen kargen Waffen gegen eine Hexe kämpfen?

Silvrin hörte das Monster hinter sich so laut fauchen, als stürmte in Wahrheit ein ganzes Bataillon von ihnen hinter ihm her. Etwas traf ihn am Rücken und schleuderte ihn aus dem Sattel. Hart prallte er am Boden auf. Er war benommen. Der Drache! Blitzschnell zog er den Vierfachstab aus seinem Gürtel und entfachte den Kuppelzauber. Dieser aktivierte sich sofort. Eine gläserne Kuppel wuchs über ihm, auf die im nächsten Augenblick bereits ein Meer von Flammen prasselte. Er hörte es knistern und rauschen und sah nichts als Feuer um sich herum. Von der Hitze, die draußen sicherlich herrschen musste, spürte er jedoch nichts. Bald darauf war der Himmel über ihm wieder klar und durch nichts anderes getrübt als durch den Anblick des gigantischen Schuppenwesens, das nun einen seiner Tonnenfüße auf Silvrins Glasschutz knallte. Er drückte die gesamte Kuppel ein Stück ins Erdreich hinein. Den riesigen Fuß direkt über seinem Gesicht zu sehen, ließ Silvrin das Blut in den Adern gefrieren. Wie viel Druck hielt dieser Zauber aus? Wie lange würde er bestehen? Silvrin musste sich schnell etwas einfallen lassen, wie er entkäme!

Hastig untersuchte er seine Waffen. Die kleinen Magiestäbe von Vadinia waren angesichts seines augenblicklichen Gegners vermutlich nicht mehr wert als Kieselsteine, die man gegen einen Felsen wirft. Nur dem Vierfachstab könnte er etwas mehr Kraft zutrauen, denn den hatte doch sicherlich Areshva angefertigt. Leider hatte er von diesem schon alle Zauber aufgebraucht, zwei gerade jetzt und zwei bei früheren Gelegenheiten. Die vier Enden starrten ihm abgebrannt und kraftlos entgegen.

Das einzige, was er tun könnte, wäre, sie mit Smorkyns Regenerierungszauber wieder neu aufzuladen. Aber selbst wenn er das hinbekam – was würde es ihm nützen?

Die nächste Feuerwolke hüllte das Glas über ihm ein. Alles, was er sah, wurde glühend orangerot. Wieder stampfte der Drache auf seine Kuppel, die noch ein Stück tiefer in die Erde einbrach. Langsam wurde es eng darin.

Egal, ob es etwas nützte, Silvrin hatte keine andere Wahl. Eilig benetzte er den Mehrfachstab mit Wasser aus seiner Trinkflasche und erzeugte danach mit einem seiner kleinen Stäbe eine Flamme, mit der er alle vier Teile befeuerte. Dazu flüsterte er die magischen Worte: »Sorcher!«

Die vier bröseligen Arme des Superstabes wurden fester, zogen sich zusammen, begannen zu glänzen und sahen wieder aus wie neu. Silvrin atmete auf. Nun hatte er seine Waffe erneuert, hoffentlich funktionierte sie wie vorher, aber welchen der vier Teile sollte er sinnvollerweise anwenden? Einen der beiden Bombenzauber? Wenn er gut zielte, würde er das Vieh vielleicht erledigen!

Unsinn. Das war kein Vieh, es sah nur aus wie ein Drache, aber in Wahrheit hatte er es mit einer Zauberin zu tun, gegen deren magischen Kräfte er auch mit dem besten Magiestab der Welt niemals mithalten könnte. Den Kuppelspruch könnte er noch einmal benutzen, das verlängerte seinen Schutz, aber es gab ihm keine Möglichkeit zu entkommen. Und der vierte Spruch auf dem Stab, den hatte er selber noch nie benutzt. Damit hatte Smorkyn sich ja in Luft aufgelöst. Ob er den auf sich selbst anwenden sollte? Aber … was genau bewirkte dieser Spruch? Verwandelte er sich dann in eine Ameise – die durch den Feueratem seiner Gegnerin sofort pulverisiert würde? Bräuchte er einen Gegenzauber, um dabei nicht zerfetzt zu werden? Einen unbekannten Zauber an sich selbst auszuprobieren, konnte riskant sein.

Wenn er ihn jedoch an dem Drachen testete? Würde dieser dann verschwinden?

Das war einen Versuch wert. Allerdings musste er dazu die Kuppel auflösen, sonst käme er ja nicht an das Untier heran.

Als ob so ein kleiner Zauber einen riesigen Drachen auflösen könnte!

Auf der anderen Seite, es handelte sich eigentlich nicht um einen Drachen. Wenn seine Überlegungen richtig waren, hatte er es mit einer monsterifizierten Zauberin zu tun, also einem mehr oder weniger normalen Menschen.

Wieder krachte einer der Schuppenfüße auf ihn herunter. Das sah aus, als stürzte der gesamte Himmel über ihm zusammen und verdunkelte die Welt um ihn herum – er stoppte nur wenige Zentimeter über seinen Augen auf dem schützenden Glas. Silvrin hörte seinen eigenen keuchenden Atem.

Verflixt. Das konnte fürchterlich schiefgehen. Er hatte nur einen einzigen Versuch.

»Lystrella«, flüsterte er und versuchte, an dem mächtigen Panzerkörper der Bestie vorbei einen Teil des Himmels zu sehen, »falls du mich hörst, ich könnte jetzt etwas Glück gebrauchen!«

Der Riesenfuß erhob sich wieder nach oben.

8.

Eine neue Strategie

Silvrin löschte seine Kuppel, sprang auf die Beine, zog seinen Stab, aktivierte den Verschwindezauber und warf ihn dem gepanzerten Drachenbauch entgegen, der über seinem Kopf sein gesamtes Sichtfeld überdeckte.

Ein weißer Blitz blendete ihn. Es zischte und prasselte um ihn herum, während er geblendet, ohne etwas zu sehen, davonrannte. Als sich das Flackern und Blinken vor seinen Augen auflöste, blickte er sich um.

Der Drache war wie vom Erdboden verschwunden.

Silvrin wischte sich den Schweiß von der Stirn. Er konnte es kaum glauben. Das hatte tatsächlich funktioniert. Von der Bestie war nicht einmal ein Hautfetzen mehr zu sehen. Es lagen jedoch zahlreiche tote und verletzte Kämpfer am Boden, viele hatten Brandwunden oder rangen noch mit brennenden Kleidungsstücken, die sie versuchten zu löschen.

Rings um ihn her blieben die Soldaten stehen, als hätte jemand sie paralysiert. Alle Blicke wandten sich zu ihm. Eine Stimme von der Stadtmauer her rief: »Das hat Silvrin getan! Der Drachentöter!«

»Der Hexentöter!«

»Silvrin, der größte Krieger unseres Landes!«

Ein Raunen ging durch die Reihen der Menschen.

Die Flucht seiner Leute war gestoppt. Er hörte die Stimme von Lemetrong aus dem Gemenge:

»Der Drache ist erledigt, kehren wir um! Kämpfen wir weiter, wir schaffen es! Jetzt wird uns keiner mehr aufhalten, wenn nicht einmal ein Drache es konnte! Wir gewinnen!«

Lystrella will keinen Krieg, schoss es Silvrin durch den Kopf. *Opfer gibt es schon genug. Wir können unsere Ziele auch auf friedlichem Weg erreichen, zumal der Gegner jetzt vielleicht etwas eingeschüchtert ist.*

»Nein!«, schrie er laut und erhob eine Hand, damit ihn alle sahen, »genug gekämpft für heute! Rückzug! Bergt die Verletzten, wir kehren in unser Lager zurück!«

Kurz darauf ging es in dem leerstehenden Bauernhof, den Fürst Ishtangar zum Hauptquartier erkoren hatte, wie in einem Bienenstock zu. Die Soldaten der beiden Heere von Aravenna und Pallanthia waren unermüdlich damit beschäftigt, immer neue Verwundete die Anhöhe herauf zu schleppen, auf der sich das Quartier befand. Der Bauernhof beherbergte einen geräumigen Stall mit Dutzenden Boxen für Kühe, die sogar noch mit Stroh ausgelegt waren, sodass sie hervorragend für die Unterbringung der vielen Verletzten genutzt werden konnten. Fürst Ishtangar selbst hatte so schwere Brandwunden davongetragen, dass er kaum ansprechbar war. Für ihn wurde ein Krankenzimmer in einem separaten Raum im Obergeschoss eingerichtet. Um Platz für ihn zu schaffen, rückten sie die Heuballen zur Seite, die hier lagerten. Silvrin wachte persönlich an seinem Lager.

Die Regimentsführer Lemetrong und Kessinaj gesellten sich ebenfalls an das Krankenbett. Prinz Koryelan kam hinzu, außerdem Prinz Osving, der Sohn des kranken Fürsten, sowie der pallanthische Heerführer Morangar. Silvrin hatte schon alle Wunden des Kranken verbunden, hatte ihm Wasser und Tee eingeflößt, trotzdem wurde dessen Körper immer heißer, und der Blick des Fürsten trübte sich immer mehr ein. Silvrin konnte nichts mehr tun als zu hoffen.

»Du hast keinen Verstand im Kopf«, zischte Lemetrong nach einer Weile des Schweigens zu Silvrin herüber. »Einen Rückzug befehlen in solch einer Lage. Wir waren im Vorteil! Wir hätten diesen Kampf gewonnen!«

»Wir hätten viele Darghessaner getötet«, verteidigte sich Silvrin. »Und die waren bis zum Sturz des Fürsten Kimiko noch unsere Freunde. Fürst Ishtangar wollte ja sogar seine Tochter mit dem früheren darghessanischen Fürsten verheiraten. Sollten wir unsere Freunde töten?«

»Das war bis zum Sturz des Fürsten Kimiko! Nun regiert ein gewissenloser Tyrann über die Stadt unserer Freunde! Und du willst sie nicht befreien? Kerl! Die Stadtmauer war offen, die Gegner waren von deiner Drachenhexerei beeindruckt – die hätten sich nicht gewehrt! Sie wären zu uns übergelaufen! Anstatt hier zu hocken und uns die Köpfe zu zerbrechen, hätten wir schon gewonnen und würden jetzt feiern!«

Silvrin blitzte Lemetrong mit funkelnden Augen an.

»Du redest, als hätten unsere Feinde nicht mit Waffen auf uns eingedroschen. Wir waren erst am Anfang des Kampfes, der Weg bis zur Prinzessin war noch weit, du kannst nicht wissen, wie weit wir gekommen wären. Gut, wir hätten einen Vorteil gehabt, aber der Kampf war noch lange nicht vorbei. Wir hätten ein enormes Blutvergießen angerichtet. Niemand garantiert dir, dass die anderen nicht noch einen zweiten

Drachen erschaffen konnten! Was hätte ich dann tun können? Ich hatte keine effektiven magischen Waffen mehr! Außerdem: Falls sie vorhin beeindruckt von mir waren – dann sind sie es jetzt immer noch.«

Kessinaj räusperte sich. »Du irrst dich«, sagte er bedächtig. »Du ahnst nicht, wie schnell Gefühle oder Stimmungen wechseln können. Gerade warst du ein Held. Aber wenn unsere Feinde jetzt über dich reden sollten, dann halten sie dich wahrscheinlich schon für einen Schwächling.«

Fürst Ishtangar stöhnte auf seinem Lager. Seine Augen waren geschlossen. »Kia Sephila … meine Perle …«, röchelte er.

Alle Heerführer starrten zu dem Verletzten herüber. Über seiner linken Gesichtshälfte bildeten sich große Brandblasen. Kein Anblick, den man lange ertrug.

»Ich bin schon gespannt auf deinen großartigen Alternativplan«, ätzte Regimentsführer Lemetrong, nun wieder zu Silvrin gewandt. »Ich hoffe sehr, du setzt nicht schon wieder auf Verhandlungen!« Er spuckte das letzte Wort aus, als müsste er sich davon übergeben.

»Doch, exakt«, gab Silvrin zurück. »Ich setze darauf.«

Lemetrong ballte eine Hand zur Faust und schlug sie wütend gegen seine Stirn. »Gebt einem grünen Jüngling den Feldherrenstab, und es endet in einem Desaster!«, brüllte er auf. »Hast du vergessen, wie unsere letzten Verhandlungen ausgingen?«

Silvrin nickte. »Man hat uns mit Hexereien hereingelegt. Das gelingt ihnen aber nicht noch einmal. Ich werde den Platz, an dem wir uns mit ihnen treffen, unter einen Magiebann setzen.«

Lemetrong stand ruckartig auf. Sein Gesicht rötete sich. »Gleich platzt mir der Kragen. Ich bin ein alter Kriegsherr. Ich habe schon das Schwert geschwungen, als du noch in den Windeln lagst. Einen Krieg ficht man mit dem Schwert, verstanden? Dieses Geschwätz, das du planst, ist eine Schmach! Das ertrage ich nicht! Du entreißt uns den Sieg, der schon in der Luft hing, du wirst uns ein zweites Mal zum Narren machen!«

Silvrin erhob sich ebenfalls von seinem Platz und stellte sich dem Älteren gegenüber. »Ich gebe zu, dass ich mich mit Eurer Erfahrung nicht messen kann. Ich kann nicht mal versprechen, dass ich erfolgreich sein werde. Aber wir haben heute viel mehr zu gewinnen als eine Prinzessin! Mehr als eine Schlacht, mehr als nur Ehre! Es geht um die Art, wie wir leben werden! Um das Ende der Bürgerkriege! Um eine neue Weltordnung!«

»Sag mal, hast du getrunken?«, mischte Kessinaj sich ein. »Was fantasierst du?«

Silvrin war erregt bis in die Zehenspitzen. Sein Gespräch mit Areshva über die Göttin erschien ihm jetzt in ganz anderen Dimensionen und er wusste, dass er sich nicht irrte. Dass diese Göttin die Welt verändern konnte. Grundlegend. Aber dazu musste man ihre Regeln öffentlich machen.

Wie soll ich das diesen Herrschaften erklären, sodass sie mich verstehen? Soll ich etwa zu ihnen von einer Göttin sprechen? Keiner von ihnen kann das nachvollziehen. Nicht mal Kessinaj.

Silvrin erhob beide Hände und blickte beschwichtigend von einem zum anderen. Lemetrong starrte ihn an, als wollte er ihn am liebsten erwürgen. Prinz Koryelan schien beschämt, Kessinaj entsetzt, und die beiden pallanthischen

Herrschaften, Prinz Osving und dieser Maratäng, oder wie er noch hieß, sahen äußerst befremdet aus. Na prächtig. Er war dabei, sich zum Idioten zu machen. Aber es half nichts. Er musste versuchen, seine Ideen auszumalen.

»Meine Fantasien sind euch vielleicht gar nicht so unbekannt, wie ihr glaubt«, fuhr Silvrin nachdrücklich fort. »Ihr rühmt euch mit eurer Erfahrung. Gut … dann bitte ich euch, denkt zurück an eure Kindheit und das Leben zu jenen Zeiten. Als ihr noch andere Herren hattet … und andere Götter. Als ihr in Frieden lebtet, in einer blühenden, friedlichen Zeit. Eine Zeit, in der niemand Todesopfer bringen musste. Das war doch so, wenn man mich nicht belogen hat, oder? Erinnert euch! Wenn wir nun die Möglichkeit hätten, diese alte Ordnung zurückzuholen? Wäre das nicht ein Kampf, der sich lohnen würde … auch wenn vielleicht nicht so viel Ehre dabei zu holen ist?«

In diesem Moment spürte er etwas, auf das er innerlich schon gewartet hatte. Ein leichtes tröpfelndes Streichen auf seiner Haut. Areshvas Aura.

Sie ist gekommen! Was will sie wohl hier?

Ihm wurde heiß und kalt gleichzeitig. Seine Nerven wirbelten wie Spinnenweben im Wind. Es kam ihm vor, als wäre er eingesperrt gewesen in einem engen Raum, und jetzt öffnete sich das Tor zur Welt. Er hörte ihre Stimme von unten. Leider konnte er nicht verstehen, was sie sagte.

Hat ihr diese Nacht etwas bedeutet? Ob sie zu mir kommen wird? Was hat sie für Pläne?

Leichte Schritte knarrten über die hölzerne Treppe, die zum Krankenzimmer hinaufführte. Dann öffnete sich die

Tür, und Areshva trat ein, gefolgt von der kleinen Pirina. Sie sah aufgewühlt aus, besorgt, ihre Wangen waren tiefrot.

»Ich grüße Euch«, nickte sie einmal in die Runde, ohne irgendwen speziell anzusehen, »wo ist Fürst Ishtangar?«

Die Regimentsführer machten ihr schweigend Platz. Lemetrong verließ polternd den Raum. »Völlig durchgeknallt«, hörte Silvrin ihn noch zischen, und natürlich wussten alle, wen er meinte.

Er konnte sich nicht rühren. Areshvas Gegenwart erfüllte ihn ganz. Auch wenn ihm jetzt mit beißender Gewissheit deutlich wurde, dass sie augenscheinlich an ihn keinen Gedanken mehr verschwendete, denn sie hockte sich sofort an das Krankenlager und fing an, dem pallanthischen Fürsten langsam mit der Hand über die verletzte Gesichtshälfte und auch alle anderen verbrannten Stellen zu fahren. Er konnte ihr dabei zusehen, wie die Haut des Kranken wieder rosig wurde, seine Gesichtsfarbe sich normalisierte und er zuletzt in einen tiefen, gesunden Schlaf fiel. Danach saß sie eine Weile ganz still, bis Pirina sagte: »Unten sind noch viel mehr Verletzte.«

Da erhob sie sich, und beide verließen den Raum.

Ohne ein Wort zu ihm. Ohne einen einzigen Blick. Die großartige Welt, die sich vor ihm geöffnet hatte, verlöschte, als wäre das nur eine Einbildung gewesen. Er wusste nicht mehr, was er hier eigentlich wollte. Für was er kämpfte. Für eine Welt des Friedens – in der Areshva ihm den Rücken kehrte?

»Silvrin«, sagte Kessinaj sehr behutsam zu ihm, so als sei er eine zerbrechliche Porzellanpuppe. »Versuche, dich etwas zu beruhigen und klar im Kopf zu werden. Du hast in deinem

Leben noch nicht viele Schlachten gekämpft, deshalb bildest du dir ein, diese sei etwas Besonderes. Später wirst du sehen, dass es ein Kampf ist wie jeder andere. Und bei jedem Kampf geht es nur um Siegen oder Untergehen. Schöne Welten willst du schaffen? Paradiese vielleicht? Nimm es mir nicht übel, aber über so etwas können wir reden, wenn du gewonnen hast. Nicht vorher.«

Für einen Moment bildete Silvrin sich ein, dass auch Kessinaj gerade vor seinen Augen an Bedeutung verlor. Dieser Mann war nicht mehr sein Freund, sein Mentor – er verstand ihn nicht, niemand hier verstand ihn, nicht einmal Areshva, die ihm all seine Ideen erst eingeredet hatte. Seine Welt löste sich auf … Er war ein Verrückter. Er hatte keine Visionen, sondern nur Wahnvorstellungen. Was bildete er sich ein! Als ob er eine Göttin beschwören könnte! Als ob er, ein simpler kleiner Schmied, eine Welt ändern könnte!

Areshva liebt mich nicht. Wenn ich ihr nachlaufe? Sie ist da unten. Nur eine Treppe von mir entfernt.

Er stützte den Kopf schwer auf die Hände. Das würde auch nichts ändern.

An jenem Abend hatte ich das Gefühl, sie wäre verrückt nach mir. Das habe ich mir doch nicht eingebildet … Ist es so, wie Kessinaj gesagt hat? Dass sich Stimmungen und Gefühle von einem Augenblick zum nächsten vollkommen ändern können?

»Was ist hier los?«, brummte Fürst Ishtangar von seinem Krankenlager. Verwundert rieb er sich die Haut, setzte sich auf und sah sich um. Ein breites Lächeln trat auf seine Lippen. »Ich habe keine Schmerzen mehr! Als hätte dieses Drachenfeuer mich nie berührt!«

»Areshva hat Euch geheilt«, berichtete Prinz Osving, der am Kopfende des Lagers saß. Er war ein vornehmer Mann, etwas älter als Silvrin, mit blassen Gesichtszügen und langen goldenen Locken. Er war kostümiert, als wollte er zu einem Ball, trug grüne Pluderhosen und ein mit aufgestickten goldenen Fäden verziertes Hemd. Ein gekrümmter Dolch hing an seinem Gürtel, der jedoch mehr nach einem Ziergegenstand als nach einer Waffe aussah.

»Sehr gut! Das wird Kirisha freuen zu hören!« Ishtangar winkte einem Diener, der ihm seine Uniform brachte. »Wie läuft die Schlacht?«

»Wir haben sie abbrechen lassen, nachdem Ihr verletzt wurdet«, berichtete der pallanthische Regimentsführer, der bisher noch kein Wort gesagt hatte. Er hatte eine nasale, gleichgültig klingende Stimme.

Fürst Ishtangar zog sich die Uniformjacke über und knöpfte sie zu. Seine Blicke glitten von einem Regimentsführer zum nächsten. Als er den Prinzen Koryelan erreicht hatte, lächelte er.

»Das habe ich sicherlich dir zu verdanken, mein bester, zuverlässigster Freund! Ich danke dir von ganzem Herzen, dass du auf mich solche Rücksicht genommen hast! Ich glaubte, mein Ende sei nahe! Wie schön, dich zu sehen, lass dich an meine Brust drücken!«

Er streckte die Hände aus, um ihn zu umarmen, aber Prinz Koryelan schüttelte den Kopf und wies auf Silvrin. »Danke nicht mir. Silvrin hat zum Abbruch geblasen.«

Jetzt war die Freude schon nicht mehr ganz so riesig. Fürst Ishtangar schwang die Beine aus dem Bett und zog sich auch noch seine Uniformhose an. Dann wandte er sich, zuerst etwas zögerlich, aber doch entschlossen, Silvrin zu und umarmte ihn. »Danke.«

Silvrin wusste vor Überraschung gar nicht, was er sagen sollte.

»Ich muss mich wohl entschuldigen für mein Benehmen Euch gegenüber«, murmelte Fürst Ishtangar. »Ich kann mich glücklich schätzen, einen Partner wie Euch zu haben. Ein anderer Heerführer hätte vielleicht die Schlacht gnadenlos fortführen wollen ohne Rücksicht auf meine Gesundheit.«

»Ihr müsst Euch nicht entschuldigen«, entgegnete Silvrin verlegen. »Ihr hattet Grund dazu, mich abzulehnen. Ich habe mich schlecht betragen auf jenem Fest damals in Pallanthia und es tut mir leid. Ich wollte nicht…«

»Ist ja schon gut.« Fürst Ishtangar winkte ab. »Ich habe es schon vergessen. Jetzt ist nur eins wichtig, dass wir Kia Sephila retten! Ich beschwöre Euch, Silvrin, holt sie heraus aus diesem Verbrechernest, und tut das schnell, bevor sie noch mehr Drachen herbeihexen!«

»Heißt das, ich bekomme den Oberbefehl?«

»Ihr bekommt alles, was ihr wollt, wenn Ihr sie nur rettet. Eben gerade musste ich ja denken, meine gesamte Armee würde verfeuert, und mein Herzblut würde für ewig in der Burg unserer Feinde verschmachten! Das darf nicht geschehen! Oh, rettet sie doch, Silvrin, und Ihr wäret mein Freund, mein Sohn! Ich gebe Euch mein Herz, meine Seele, ich lege Euch ganz Pallanthia zu Füßen! Ja, wenn Ihr mögt, gebe ich Euch meine Tochter zur Frau, Prinzessin Isimela! Sie ist ja sowieso schon ganz verrückt nach Euch.”

»Nicht so eilig«, wehrte Silvrin ab. Als ob er jemals nach der Hand einer Prinzessin getrachtet hätte, hier ging es doch um wesentlich wichtigere Dinge. Aber bevor er versuchen konnte, dem Fürsten von Pallanthia zu erklären, wie er die Weltordnung verändern wollte, spürte er Areshvas Aura wieder näher herankommen und hörte kurz darauf auch ihre Schritte auf der Treppe. Seine Lungen zogen sich schmerzhaft zusammen und pressten ihm die Luft ab. Was wollte sie? Vermutlich hatte sie inzwischen alle Verletzten geheilt und hatte endlich Zeit für … anderes?

Da stand sie auch schon in der Tür, eifrig, eine ihrer schwarzen Haarsträhnen hing quer über ihrer Stirn. Sie blickte mit flackernden Augen in die Runde. An ihm vorbei.

»Areshva!«, rief Fürst Ishtangar streng. »Gut, dass du hier bist! Kirisha macht sich große Sorgen um dich. Warum, bei der Heiligen Göttin, meldest du dich nicht bei uns? Kannst du dir nicht denken, welche Angst meine Partnerin darum hat, dass du ihr wieder aus dem Ruder läufst … wie schon so oft vorher?«

Areshva nickte eifrig. »Ich konnte mich nicht melden, weil ich nicht mehr auf eurer Strahlenebene bin. Fürst Ishtangar, ich bin zu Lystrella zurückgekehrt! Und ich hoffe, ich erreiche auch noch mehr! Hat Maari euch nicht davon berichtet? – Aber das können wir ja sofort korrigieren. Ihr habt doch einen eigenen Kontaktring, ruft Kirisha, ich würde mich so freuen, wenn ich ihr die gute Nachricht selbst bringen könnte!«

Fürst Ishtangar nickte und drehte an seinem Ring. Dieser blinkte aber nur schwach und schien nicht richtig zu funktionieren. Areshva biss sich auf die Lippen. »Ihr wart verletzt. Das muss auch Kirisha getroffen haben. Vielleicht ist sie geschwächt. Versuchen wir es später noch einmal.«

Sie konnte kaum ruhig stehen. Etwas schien sie unruhig zu machen. Nun sah sie einmal hastig in die Runde … wich Silvrins Blick schnell aus … und verharrte schließlich bei dem Prinzen Osving. »Mit Euch habe ich etwas Wichtiges zu besprechen. Habt Ihr einen Moment Zeit?«

Das hatte der pallanthische Prinz. Zu Dritt, mit Pirina im Gefolge, gingen sie durch eine Nebentür, die hinter ihnen wieder zufiel. Silvrin fühlte sich wie mit Tonnengewichten auf den Erdboden heruntergedrückt. He! Was war das für ein Spiel? Wodurch hatte sich der Herr Prinz herausgehoben, dass man neuerdings mit ihm flirtete? Natürlich wusste Silvrin selbst, worin Osving ihm überlegen war, nämlich im Adel der Geburt – und vielleicht gefielen ihr die langen blonden Locken des Kerls auch besser als seine kurzgeschnittenen Büschel. Ein tiefer Stich durchfuhr ihn, stach durch alle Adern. Er musste an sich halten, um den beiden nicht nachzulaufen. Welche Genugtuung wäre es, diesen nichtswürdigen Prinzen zu packen und niederzuwerfen!

»Ihr solltet nicht so unbedacht Oberbefehle vergeben, Fürst Ishtangar«, meldete sich Kessinaj zu Wort. »Silvrin ist gerade erst hier angekommen und hat noch keinen Plan.«

»Und wie ich einen Plan habe«, erwiderte Silvrin hitzig. »Vor allem lasse ich mich nicht von jedem Besserwisser unterdrücken, damit das klar ist!«

»Entschuldigung.« Kessinaj nickte ihm zu. »Ich wollte dich nicht beleidigen, aber hier geht es um das Leben der Prinzessin. Wie lautet dein Plan, wenn ich fragen darf?«

»Das sagte ich doch, verhandeln!«

Silvrin hörte selbst, dass seine Stimme immer lauter und schärfer wurde. Aber Areshva nebenan zu wissen und diesen

Palastwichtel Osving bei ihr, mit dem sie geheime Techtelmechtel aushaste, brachte ihm fürchterlich das Blut in Wallung.

»Verhandeln«, wiederholte Kessinaj mit ruhiger Stimme, »das hat Fürst Ishtangar vor Beginn der Schlacht über mehrere Wochen schon selbst versucht. Er schickte Briefe mit Bitten, mit Schmeicheleien, er bot dem Feind Gold in Hülle und Fülle, er lockte mit Dienstleistungen … nichts erreichte sein Ziel. Was wollt Ihr unseren Feinden anbieten, um die Prinzessin auszulösen?«

Als Erstes trete ich Osving in den Hintern, und zwar so kräftig, dass er die nächsten Wochen auf dem Bauch schlafen muss!

Silvrin konnte kaum klar denken. Areshva beherrschte all seine Gedanken. Und dann sollte er Kessinaj noch brauchbare Argumente liefern! Als ob er allein gegen die ganze Welt anrannte! Nun wurden sie im Nebenraum etwas lauter, sodass Silvrin einige Satzfetzen verstehen konnte.

»Lieber nicht!«, rief Pirina flehentlich.

Areshva antwortete etwas mit leiser Stimme, wurde aber nach und nach ebenfalls lauter. »Deswegen muss ich das Kleinod dabeihaben! Und es ist optimal, wenn Osving es trägt. Jetzt hilf mir schon, es herauszuholen! Hast du alles vergessen, was wir besprachen?«

»Hast *du* vergessen …?«, wimmerte Pirina.

»Dir passiert nichts, wenn du dich beeilst!«

Nun ertönte die Stimme von Osving.

»Wieso hat die Kleine solche Angst?«

Was macht sie denn da bloß? Da ist doch irgendwas faul!

»Du weißt nicht mal, um was du überhaupt verhandeln willst«, sagte Kessinaj verärgert und holte Silvrin damit wieder in die Wirklichkeit zurück.

»Ich will erst einmal die Lage sondieren«, erwiderte Silvrin erregt. »Ich werde darauf bestehen, dass die Prinzessin an den Verhandlungen teilnimmt, damit wir sehen können, wie es ihr geht. Und ich versuche herauszufinden, was dieser Lumpenfürst will und wie wir an ihn herankommen.«

»Sehr gut!«, lobte Fürst Ishtangar. »Wie sehr sehne ich mich danach, mein Töchterchen zu sehen! Wenn ihr wüsstet, welche Albträume mich nachts quälen, wenn ich mir vorstelle, welche Martern sie in diesem Höllenpalast womöglich erleidet! Nun werde ich sie wenigstens treffen. Und sprechen. Das ist eine ausgezeichnete Idee. Vielleicht kommen wir dann schon einen Schritt weiter.«

»Wie denn?«, mahnte Kessinaj. »Wir haben nichts in der Hand, das wir dem Usurpator anbieten könnten. Nichts, gegen das er Willens sein könnte, sie herauszugeben.«

»Angst«, schnitt Silvrin ihm das Wort ab. »Ich habe den Kerl schon mal vom Pferd gefegt. Das hat er sicherlich nicht vergessen.«

Dabei sah er Kessinaj eindringlich an. Der schwieg. Auch die anderen waren still. Nun konnte man Areshva nebenan reden hören. Leider diesmal so leise, dass Silvrin sich noch immer keinen Reim darauf machen konnte, worum es ging. Der Stich in seinem Herzen wurde tiefer und quälender. »Was will Areshva von dem Prinzen Osving?«, fragte er mit zusammengepresster Stimme.

»Vermutlich geht es um den Ring«, sagte Fürst Ishtangar mit einem geheimnisvollen Unterton. »Damit könnte Osving aufsteigen. Kirisha und ich haben uns immer gewünscht, dass unser Sohn eines Tages König unseres Landes wird. Areshva hätte die Macht dazu, ihn dorthin zu bringen, wenn sie sich mit Osving verbündet. Vielleicht stehen uns großartige Entwicklungen uns bevor. Pallanthia könnte schon bald wieder die Königsstadt sein, die es immer war!«

Fürst Ishtangar erhob sein Gesicht zur Decke und lächelte dabei, als sähe er dort oben ein Paradies.

Na prächtig. Ein Bündnis mit einem Königssohn. Dagegen konnte Silvrin natürlich nicht mithalten. Immer deutlicher begriff er, dass Areshva in ihm vermutlich nur einen Spielstein gesehen hatte, den sie auf dem Weg zu ihrem Ziel benutzt hatte.

Mehr nicht.

Alle Energie, die ihn eben noch angetrieben hatte, verpuffte in ihm und ließ ihn leer und hoffnungslos zurück. Selbst die leuchtende Göttin erschien ihm plötzlich nicht mehr so großartig wie noch einen Augenblick zuvor.

Von unten war Tumult zu hören. Offenbar kamen neue Soldaten in den Krankensaal herein, mit weiteren Verletzten. Mehrere Stimmen riefen nach Areshva, die den Kranken helfen sollte.

Die Magierin öffnete die Tür, huschte durch den Raum, ohne jemanden dort zur Kenntnis zu nehmen, und verschwand die Treppe hinunter. Pirina lief ihr hinterher. Prinz Osving trat ebenfalls aus dem Zimmer. Ein überraschter Ausdruck, gepaart mit einer gewissen freudigen Erwartung, lag auf seinem Gesicht.

Silvrin überkam ein Schwall kochender Wut. Er würde dem Lockenkopf am liebsten ins Gesicht schlagen. Mit viel

Mühe zwang er sich zur Mäßigung, aber er konnte ihn auch nicht einfach davongehen lassen, also verstellte er ihm den Weg. »Was hat Areshva mit dir besprochen?«

»Das ist eine sehr geheime Angelegenheit, die auch nicht ohne Risiko ist. Deshalb bitte ich dich, keine weiteren Fragen zu stellen«, flötete Prinz Osving.

Silvrin sah rot. Nun, er konnte wenigstens überprüfen, ob es tatsächlich um einen Ring und ein Bündnis gegangen war. Das war nicht ohne Weiteres zu sehen, denn der Prinz trug lederne Schutzhandschuhe. Silvrin packte ihn am Arm und riss seinen rechten Handschuh herunter. An seinem Mittelfinger trug Osving einen plump aussehenden, steinernen Ring. Auf den ersten Blick hätte Silvrin dieses seltsame Schmuckstück für ein Überbleibsel aus irgendeiner primitiven Urzeitkultur gehalten. *Damit kann man also König des Landes werden?* Sollte das der ominöse Königsring sein, von dem Silvrin schon reden gehört hatte? Magische Strahlung konnte er daran jedoch nicht entdecken.

Wovor hatte sich Pirina so gefürchtet? Doch nicht vor diesem kleinen Steinchen?

Osving befreite sich mit einer Handbewegung aus Silvrins Griff.

»Ihr vergesst Euch«, tadelte er und zog mit heftigen, verärgerten Bewegungen seinen Handschuh wieder über. Dabei sah Silvrin, wie bei der Berührung mit dem Stoff mehrere kleine Funken um den Ring stoben, bevor er unter der Bedeckung verschwand.

Also doch ein Hexenring! Vermutlich war er noch nicht aktiviert und sah deshalb so versteinert aus.

Ich bin raus aus dem Spiel. Sie macht jetzt mit Osving weiter.

Die Armee der Skelette

Im Tempel der Priesterin Meriedyce von Darghessa herrschte ein schummriges Halbdunkel. Auf einem Weg vor der blau glimmenden Kristallkugel hatte die Tempelherrin ihre sechs fähigsten Dienerinnen versammelt. Rings um diesen Weg glänzte und blubberte eine widrig aussehende braunschwarze Flüssigkeit von atemberaubendem Gestank. Aber keine der Damen hatte den Geruch thematisiert, obwohl er, zugegeben, schon deutlich oberhalb der Grenze des Erträglichen lag und zwei der Dienerinnen so grün im Gesicht waren, als könnten sie jeden Moment in Ohnmacht fallen. Aber sie hielten sich nicht einmal die Nase zu. Was man durch konsequente Erziehungsmaßnahmen nicht alles erreichte. Meriedyce lächelte kalt und lauschte dem Klappern der drei Totenschädel, die an ihrem Gürtel hingen und bei jedem ihrer Schritte aneinander schabten.

Sie konnte es kaum erwarten, endlich mit ihrem Experiment zu beginnen. Sie würde etwas erschaffen, das dieses Land in die Knie zwingen könnte – falls es gelang: die größte und mächtigste Wunderwaffe der Welt! Ihre Erfindung war so einfach und so genial, dass sie sich wunderte, warum das nicht schon längst früher einer ehrgeizigen Zauberin eingefallen war.

»Es geht los!«, brüllte sie und klatschte in die Hände. »Auf die Brücken!«

Gehorsam marschierte jede der Dienerinnen auf eine andere der sieben Brücken, die die Kristallkugel sternförmig umgaben und die über die stinkende Brühe hinüberführten. Meriedyce selbst begab sich auf die größte und stellte sich in ihre Mitte. In dem blubbernden Morast unter ihr schaukelte eine Suppe aus menschlichen Gedärmen, Gehirnen, Knochen, einzelnen herumschwimmenden Augen, Armen, zerrissenen Mänteln oder Schuhteilen. Da wogten frische, ganze Leichen mit starren Augen neben verfaultem Fleisch, und Totenschädel tanzten wie Bälle über die Wasseroberfläche.

Ausgezeichnetes Material für das neue Heer, das Meriedyce erschaffen wollte. Das würde kein gewöhnliches, leicht zu zerstörendes Soldatenregiment werden. Oh nein, diese Armee des Todes konnte niemand vernichten, weil sie schon tot war. Die perfekte Waffe.

»Beschwört die Materie!«, befahl Meriedyce mit donnernder Stimme. Angespannt beobachtete sie, wie ihre Dienerinnen Knochen aus der wogenden Flüssigkeit emportauchen ließen, die durch magische Fäden gehalten zusammenklebten, wieder auseinanderfielen, die klappernd zusammenstießen und dabei hohle und dumpfe Geräusche erzeugten wie ein makabres unterirdisches Knochenorchester.

»Gebt euch mehr Mühe!«, fauchte sie und streckte eine Hand in Richtung einer ihrer knallgelben Vipern aus, die sich vom Erdboden aufschwang und begann, sich um ihre Arme zu schlängeln. »Eure Kreaturen müssen marschieren können! Ihr müsst die Knochen zuerst sortieren und dann richtig zusammenfügen!«

Was für eine unfähige Rotte von Dienerinnen, die sie von der früheren Tempelherrin geerbt hatte. Meriedyce fletschte die Zähne. Am liebsten hätte sie diese dummen Hühner alle umgebracht. Die dämlichsten Gestalten moderten auch bereits in der Brühe, zusammen mit zwei frechen Aufrührerinnen, die es gewagt hatten, Befehle infrage zu stellen. Aber leider war es nicht leicht, brauchbaren Ersatz zu rekrutieren. Sonst hätte sie schon viel früher aufrüsten und experimentieren können.

Das Hallen von eiligen Schritten und das Knarren des Eingangstores zur Kristallhalle ließ die Priesterin herumfahren. Umära trabte herein, ihre neue Schülerin.

»Ihr habt mich rufen lassen, ehrwürdige Priesterin?«, hörte sie die unterwürfige Stimme der Hexe, die bereits am hinteren Ende der Hauptbrücke angekommen war und eilig auf Meriedyce zu hastete. Umära war eine hochgewachsene Elgo, wie die Tempelherrin selbst. Ihre rötliche Pferdemähne umwehte ihr hageres Gesicht so üppig, dass sie an die eines Löwen erinnerte. Atemlos blieb sie vor der Priesterin stehen und verneigte sich. Auf ihren Schultern und ihren Oberschenkeln glänzten noch die Reste metallblauer Drachenzacken.

»Es tut m…«, begann sie, aber Meriedyce brachte sie mit einem Fußtritt gegen die Knie zum Schweigen. Umära stolperte und wäre fast in die Leichensuppe gefallen. Es gelang ihr gerade noch, sich an den Brückenbalken festzuhalten.

»Dich hielt ich für eine herausragende Dienerin«, zischte Meriedyce. »Pfui Schädelknochen! Was für eine Blamage!«

»Das war mein erster Versuch, ich habe mich noch nie vorher in einen Drachen verwandelt!«, wisperte Umära kaum hörbar. »Ich habe doch gerade erst die Machthöhe erreicht, die dafür nötig ist!«

»Wenn du dich reden hörtest, würdest du kotzen! Von einem Mann entzaubert und in Stein verwandelt! Und du wagst mir noch ins Gesicht zu sehen?«

»Soll die Pest ihn holen, diesen Scharlatan!« Umära sprang auf die Beine. »Den erwische ich noch! Ich grille ihm die Rippen von innen!«

»Raus!« Meriedyce streckte ihren Arm von sich. »Eine Versagerin kann ich hier nicht gebrauchen!«

Die Schülerin taumelte mit weit aufgerissenen Augen rückwärts.

»Gebt mir noch eine Chance!«, rief sie. »Ich habe wichtige Nachrichten für Euch. Ich war draußen vor der Stadt. Dort treiben sich fremde Zauberinnen herum. Bei einigen habe ich Anhänger mit dem Spinnenzeichen gesehen. Deshalb glaube ich, sie dienen der Hohepriesterin!«

Meriedyce stemmte die Hände in die Seiten.

»Solchen hanebüchenen Unsinn hat noch nie eine Untergebene gewagt mir aufzutischen. Warum, bei allen Dämonen der Unterwelt, sollte die Hohepriesterin ihre Dienerinnen herschicken? Sie könnte mir einfach über meine Kristallkugel einen Befehl geben, wenn sie etwas von mir wollte!«

»Da läuft etwas! Irgendein Geheimnis, von dem wir nicht erfahren sollen. Darum informiert sie Euch nicht.«

Meriedyce ließ einen Armknochen aus dem Morast herausflutschen, fing ihn auf und trommelte wütend mit ihren Fingernägeln darauf herum.

»So! Ein Geheimnis?«, höhnte sie. »Welches könnte das sein? Hier herrschen doch klare Verhältnisse! Auf den Hügeln vor unserer Stadt lagern die Versagerheere von Pallanthia und Aravenna. Für die habe ich nur ein müdes Grinsen übrig. Ich zerquetsche sie zwischen meinen kleinen Fingern, sobald meine Spezialarmee fertig ist zum Einsatz. Die einzige, die mir Paroli bieten könnte, wäre Areshva. Wenn die sich in einen Blaudrachen verwandelt hätte, stünde jetzt in Darghessa kein Stein mehr auf dem anderen. Aber wie ich höre, hat sie sich aus dem Staub gemacht. Die habe ich aus dem Weg. Irgendwelche Spinnenhexen interessieren mich einen feuchten Dreck.«

Sie blickte sich um. Eine ihrer Dienerinnen auf der Nachbarbrücke hatte den Dreh bereits herausgefunden und ein einigermaßen akzeptables Skelett zusammengehext, das tatsächlich ungefähr aussah wie ein aufrecht gehendes Wesen. Gerade war sie dabei, ein zweites zu erschaffen.

»Aber wenn die Hohepriesterin auf Seiten unserer Feinde steht?«, rief Umära. »Wenn sie irgendetwas Wichtiges plant, von dem wir nicht wissen?«

»Du bist dumm! Die Hohepriesterin hat sich noch niemals in irgendwelche Schlachten eingemischt! Sie begrüßt jede Art von Gemetzel, weil ich ihr doch für jeden Toten, den ich eintreibe, Magiesteuern zahlen muss. Ebenso wie es unsere

Gegner tun müssen. Daher ist es ihr völlig gleich, wer gewinnt!«

»Ich könnte mich nach draußen schleichen und spionieren. Vielleicht droht uns ein großer Schaden, den ich abwenden könnte!«

»Du willst nur von deinem Versagen als Drache ablenken. Schluss jetzt!«

Meriedyce streckte beide Hände dem Totensumpf entgegen, sog einen Schwall magisch leuchtende Flüssigkeit daraus empor und schleuderte diese auf ihre Dienerin. Die junge Frau wurde durch die Luft gewirbelt, knallte gegen die Wand der Halle und blieb dort kleben, Seite an Seite mit zahlreichen weiteren Gefangenen.

Als Meriedyce sich jetzt zu den Brücken umsah, fiel der Anblick schon wesentlich vielversprechender aus. Von den sechs Tempelhexen waren fünf emsig mit der Produktion von Skeletten beschäftigt und hatten bereits ein gutes Dutzend fertig gestellt, die knochig, steif und reglos mitten im Morast standen. Nur die letzte Dienerin hatte Probleme, sie kniete auf den Brückenbalken und fischte verzweifelt mit den Händen in der Totenbrühe. Ein hoffnungsloser Fall. Die Priesterin erzeugte eine Giftkugel und schleuderte sie auf die Brücke der Versagerin. Sie krachte auf den Balken, platzte auf, und eine Wolke grünlicher Dampf zischte heraus, der die Hexe umhüllte. Sie kreischte laut, versuchte zu fliehen, doch schon nach wenigen Schritten knickte sie in die Knie ein und fiel zu Boden. Ihre Schreie gingen in ein dumpfes Röcheln über. Dann brach sie zusammen. Ihr Körper polterte auf die Brückenbalken, der Kopf rutschte in die schwarze Knochenbrühe, wo eine skelettierte Hand nach ihm griff und den Leichnam unter die Wasseroberfläche zog. Mit einem leisen Blubbern versank er.

Meriedyce wandte sich den fünf erfolgreichen Hexen zu. Es war Zeit für den entscheidenden Schritt: Sie musste den neuen knöchernen Kreaturen Leben einhauchen. Das sollte nicht so schwer sein, wie es sich anhörte. Denn was war Leben anderes als Materie? Alle diese verwesenden Teilchen zu ihren Füßen waren einmal atmende Wesen gewesen, daher konnte sie mit ihrer neu entwickelten Methode auch wieder eine lebensähnliche Mechanik in sie hereinpressen. Bei ihren früheren Versuchen war sie immer daran gescheitert, dass ihre Wesen ohne Seele nicht funktionierten. Doch vor kurzem hatte sie herausgefunden, dass sie die fehlende Seele ganz einfach durch einen kleinen Gehirnfetzen ersetzen konnte, den sie an ihr eigenes Bewusstsein koppelte. Dadurch verwandelte sie die zusammengebastelte Materie zu Dienern, die jeden ihrer Befehle unfehlbar und unwiderruflich befolgten. Wer eine Armee solcher Werkzeuge hatte, konnte Weltrang erreichen. Das würden ihre Feinde heute noch am eigenen Leib erfahren.

Sie rief Gorrogon. Die Göttin der Schlangen verfügte über zahlreiche heimtückische Waffen unterschiedlichen Kalibers und hatte sich dadurch Meriedyces bedingungslose Anbetung gesichert. Zwar war die Priesterin keinesfalls verzückt von giftigen Reptilien – jedenfalls nicht in dem Ausmaß, dass sie sich die Nattern wie Schals um den Hals hängen würde, wie das die meisten ihrer Dienerinnen machten. Sie verachtete vielmehr all die Dummköpfe, die ihre Vipern wie Haustiere hätschelten und niemals vergaßen, ihnen die Hauer zu putzen. Es gab keinen Grund, irgendwelche Reptilien wie

Familienmitglieder zu behandeln! Jede Art von emotionaler Bindung war ein Zeichen von Charakterschwäche. So manch einer Tempelhexe musste sie diese Weisheit mit Gewalt einprügeln. Aus diesem Grund hatte Meriedyce bewusst nicht die Schlange, sondern den Totenkopf zu ihrem Wappen erkoren.

»Großmächtige Gorrogon! Gib mir Strahlung!«, rief Meriedyce. Ihr Körper begann zu brodeln, als brannte ein Feuer unter ihren Füßen. Sie ließ einen dicken Magiestrahl in die Gedärmsuppe zischen. Es dampfte und blubberte so heftig, dass Wellen entstanden und die anderen Hexen auf ihren Brücken vor Schreck hochhüpften und erstickte Rufe ausstießen. Meriedyce lenkte die Dämpfe auf eines der Skelette, das ihr am nächsten stand, eine gebeugte Gestalt mit eingesunkenen Rippen. Das Innere zwischen deren Knochen füllte sich mit dampfendem pechschwarzen Rauch.

»Bei Fuß!«, befahl sie und winkte mit dem Finger. Tatsächlich stakste das Skelett mit klappernden Gliedern aus dem Morast auf die nächstgelegene Brücke. Von dort plumpste es wieder in die glibberige Suppe, die ihm bis über die Knie reichte, und schob sich mit ungelenk aussehenden Bewegungen vorwärts, bis es Meriedyces Brücke erreicht hatte und vor seiner Herrin Haltung annahm.

Nicht schlecht. Überhaupt nicht schlecht.

Wieder wurde das Eingangstor aufgerissen, diesmal jedoch mit solchem Schwung, dass es dröhnend gegen die Wand schlug. Meriedyce hasste es, bei wichtigen Tätigkeiten unterbrochen zu werden. Auch wenn der Anlass ihr eigener Verbündeter war, Fürst Wukur von Darghessa, der eben in ihre Kristallhalle hineinstürzte. Er trug ein Ledergewand mit einem Fuchspelz am Kragen sowie ein Schwert an seinem Gürtel, und er kam rasend schnell voran, weil er durch gelegentliche Schläge mit seinen langen Fledermausflügeln bei jedem Schritt mehrere Meter weit vorwärts jagte. Sein Gesicht war erhitzt und seine dunklen Haare flatterten hinter ihm her.

»Warum störst du mich?«, blaffte die Priesterin ihn an. »Ich hoffe, deine Armee ist angriffsbereit! Meine steht in etwa einer Stunde unter Volldampf. Dann stürmen wir ihr Lager und metzeln sie derartig nieder, dass das Blut in Strömen von allen Hügeln heruntersprudelt!«

»Warte noch.« Wukur rannte auf die Brücke und kickte das Skelett zur Seite, das ihm im Weg stand und das klappernd in den Totensumpf stürzte. »Erstens, mein Freund Vandrasil hat eingewilligt, uns in der kommenden Schlacht zu unterstützen, unter der Bedingung, dass er den Prinzen Koryelan persönlich abstechen darf.«

Wukur grinste zufrieden und warf einen Blick auf die mittlere Brücke, über die er gekommen war und auf welcher ihm der Fürst Vandrasil von Millesana folgte, ein gedrungener Elgo mit langem braunen Bart und ebensolcher Mähne. Dieser war nach Darghessa geflüchtet, nachdem Areshva in Gestalt eines Monsters sein Lager verwüstet und das Heer angefallen hatte. Mit einer Truppenstärke von knapp 1000 Mann lagerte er nun vor den Toren von Darghessa, und die beiden Männer hatten schnell festgestellt, dass ihr gemeinsamer Hass auf die Aravennaer sie zu idealen Verbündeten machte.

»Spricht nichts dagegen«, brummte Meriedyce, ohne den Gast eines Blickes zu würdigen. »Aber aus dem Tempel soll er verschwinden, weil sein Volk nicht zu der richtigen Göttin betet.«

Fürst Vandrasil, der bereits vom Anblick der vielen herumwandernden klappernden Skelette verunsichert worden war, nickte als Zeichen seines Einverständnisses und verabschiedete sich eilig.

Wukur wandte sich wieder seiner Priesterin zu. »Und zweitens, Prinzessin Kia Sephila flennt mir die Ohren voll. Sie will unbedingt ihren Vater sprechen. Lass uns kurz mit dem Saftsack reden, bevor wir die lästigen Hunde abschlachten.«

»Reden?« Meriedyce klatschte sich mit der Hand gegen die Stirn und sah mit grimmigen Blicken dabei zu, wie ein schwankendes Skelett mühsam aus dem Knochensee heraus stakste. »Was gibt es denn da zu plappern? Zeig deiner Holden, wo ihr Platz ist! Im Krieg hat sie das Maul zu halten. Wir kämpfen!«

Wukur knirschte mit den Zähnen. »Ich bin selbst nicht scharf darauf, vor dem eingebildeten Fatzke zu katzbuckeln, das kann ich dir flüstern. Ihr Alter bildet sich ein, ich müsste wie ein Lakai vor seinem Thron knien! Der hat seine Lektion noch zu lernen. Aber wenn das für sie so verdammt wichtig ist … Ist der Fürst von Pallanthia überhaupt noch am Leben? Deine Drachenhexe hat ihm doch ordentlich das Fell geröstet, so viel ich gesehen habe?«

Er warf einen Blick auf die hohe Kristallkugel im Hintergrund. Diese hatte bis jetzt nur schwach gefunzelt. Meriedyce entzündete sie mit einer unwilligen Handbewegung, indem sie einen Schwall Magiestrahlung gegen die Kugel warf. Diese blitzte auf, fing rötlich an zu leuchten und erhellte dann ein riesenhaftes Bild, das über ihre gesamte Oberfläche verlief und exakt jenen Bauernhof zeigte, in dem die gegnerischen Armeen ihr Hauptquartier eingerichtet hatten. Scharen von Soldaten trugen Verwundete auf notdürftig errichteten Bahren herein. Meriedyce dirigierte das Bild mit einem weiteren Energiestrahl näher heran, führte es in das Innere des Stalles und von dort bis zu jener Krankenstube, in der Fürst Ishtangar von Pallanthia lag. Gerade war zu sehen, wie Silvrin auf den Prinzen Osving losging und ihm einen Handschuh entriss. Danach glotzten die Herrschaften auf die Prinzenhand, als hielte er einen Goldklumpen. Meriedyces Blicke hefteten sich auf den steinernen Ring an seinem Mittelfinger. Die Augen ploppten ihr aus den Höhlen. »Ich werde verrückt!«

Sie vergrößerte das Bild, bis der Ring mit den unebenen Zacken ihre gesamte Kristallkugel einnahm, und stierte es ungläubig an.

Das konnte doch wohl nicht …?

Oder doch?

Der Ring.

Ihre Feinde besaßen den Schlüssel zur Allmacht. Ganz dicht vor ihrer Nase. Nach diesem Kleinod forschte sie doch schon ihr halbes Leben! Und jetzt befand es sich in Reichweite. Hohepriesterin konnte sie werden. Herrscherin über ganz Damarynth.

»Sie haben den *Königsring*!«, geiferte Meriedyce, wobei sie sich so erhitzte, dass ihr beim Sprechen Speichel aus dem Mundwinkel spritzte. »Dieser Hanswurst Osving trägt den Königsring an seiner Hand!«

Das knöcherne Klacken und Knistern, das bis gerade eben noch die Kristallhalle erfüllt hatte, verstummte abrupt. Denn nun waren auch die Tempeldienerinnen auf den anderen Brücken aufmerksam geworden, deren emsige Produktion neuer Skelettsoldaten zum Stillstand kam.

»Das ändert alles. Erobern wir den Ring, erobern wir grenzenlose Macht! Wir müssen ihn unbedingt in unsere Gewalt bekommen!«

Meriedyce begann es in den Ohren zu klappern, als ob sämtliche Knochen in ihrem Leichengebräu gleichzeitig gegeneinander schlügen.

Wie komme ich an den Ring heran? Indem ich ihr Hauptquartier stürme? Keine gute Idee. Sie wissen, was das Teil Wert ist. Sie werden den Ring schützen. Osving hat an den bisherigen Kämpfen gar nicht teilgenommen, jetzt weiß ich warum. Der Ring darf mir auf gar keinen Fall durch die Lappen gehen!

»Vielleicht sollten wir doch mit ihnen verhandeln«, knurrte Wukur. »Wir stellen einfach die Bedingung, dass der Grünschnabel dabei sein muss und dann lass ich mir schon was einfallen, wie ich ihm das Schmuckstück klaue. Während meine Prinzessin die Gelegenheit bekommt, ihren Vater zu sehen und damit hoffentlich vollauf zufrieden und beschäftigt sein wird.«

»Das ist eine Aktion für Feiglinge«, fauchte Meriedyce, die kaum ihre Hände ruhig halten konnte und immer wieder zwischen den Fingern gründampfende Schwaden erzeugte. »Massakrieren wir sie! Das ganze Rudel!«

In ihrem Kopf begannen die Gedanken zu rasen. Sie war ganz nah dran an dem großen Coup, von dem sie schon träumte, seit sie aufrecht gehen konnte. Hohepriesterin! Herrscherin in Kalamachai! Sie würde all das Gewürm zu ihren Füßen zertreten. Zerstampfen. Sie würde eine

Stadtmauer aus Totenköpfen errichten, im Herbst würde der Wind die Knochen der Gehängten in rauen Mengen von den Bäumen wehen, anstelle von Blättern …

Ruhig bleiben. Für so eine Aktion brauchst du einen klaren Kopf. Vielleicht hat Wukur ausnahmsweise Recht. Im Chaos einer Schlacht kann der Ring abhandenkommen. Besser ist es, gezielt zuzuschlagen.

»Wir ändern den Plan«, befahl sie schließlich und musterte Wukur mit hartem Blick. »Du gehst als Bote zu diesen Herrschaften. Mit weißer Fahne. Zuerst markierst du den starken Krieger. Dann knickst du ein, als ob ihr Geschwafel dir Angst eingejagt hätte. Du kriechst ihnen komplett in den Arsch, insbesondere dem Knecht Osving. Du versprichst, dass du ihnen Kia Sephila auslieferst, weil du die Größe des alten Königsgeschlechts anerkennst und dich der größeren Macht beugen willst und so weiter und so weiter, du hast selbst solche Speichelleckereien hundertmal gehört, du weißt, wie es geht. Übergib ihnen Geschenke. Bring Weinkisten mit. Trink Brüderschaft mit dem Gewürm! Mach, egal was dir einfällt. Und dann sperrst du deine Lauscher auf und wenn ich *jetzt* sage, reißt du ihm den Ring vom Finger oder hackst ihm gleich die ganze Hand ab. Oder lässt ihn von deinen Leuten entführen! Falls du nicht herankommst, lasse ich Osving auch noch von anderer Seite observieren.«

Wukur kratzte sich unter der Achselhöhle und warf ihr einen finsteren Blick zu. »Da sehe ich nur ein kleines Problem.«

»Und zwar?«

»Silvrin! Genauer gesagt sein Schwert. Falls du dich erinnerst, habe ich schon einmal druntergelegen. Der Hund wird doch garantiert in unseren Verhandlungen sitzen.«

Meriedyce verzog die Lippen. »Der wirft dich kein zweites Mal zu Boden.«

Sie streckte ihren Arm aus. Ein kräftiger Schwall schoss aus der blubbernden Brühe zu ihren Füßen. Er verdampfte in ihrer Hand zu einem kohlschwarzen Pulver. Gleichzeitig flog ein zweiter glänzender Magiestrahl aus der Kristallkugel mitten in das Pulver und löste es zu einer lehmigen Masse auf. Wukur hielt ihr sein Schwert entgegen. Mit zärtlichen Bewegungen cremte sie die Spitze der Waffe damit ein, bis sie sich schwärzlich verfärbte. Den Rest des Lehmgemisches klatschte sie ihm auf das Handgelenk. Er brüllte auf und zog den Arm zurück, als hätte sie ihn mit einem Messer gestochen. »Verflucht! Willst du mich vergiften?«

»Sei nicht so zimperlich. Das Zeug auf deinem Schwert schlägt jeden Feind aus dem Rennen, ist aber nach ein paar Schlägen verbraucht, also sei effektiv und sparsam damit. Die Soße auf deinem Arm ist nur für die Optik. Sobald du sie mit einem Finger berührst, ergibt sich ein riesiger Effekt, der dir eine Zeitlang enorme Vorteile geben wird. Ich hoffe, genug, um den Ring zu erobern. Sobald der Königsring an deinem Finger ruht, explodiert meine Macht. Dann kann Areshva uns nicht mal mehr an der Fußsohle kitzeln! Haben wir uns verstanden?«

Wukur zog die Stirn in Falten. »Wieso Areshva? Ich dachte, sie ist nicht mehr mit von der Partie?«

»Da wäre ich mir nicht zu sicher«, knurrte Meriedyce. »Als wir uns vor ein paar Monden zum ersten Mal sahen, ist spontan eine innige Feindschaft zwischen uns entstanden, und ich kann mir nicht vorstellen, dass die von ihrer Seite aus plötzlich verflogen sein sollte. Deshalb rechne ich damit, dass sie versuchen wird, mir in die Hacken zu treten. Aber sie hat keine Ahnung, welche Register ich ziehen kann. Die bringe ich zu Fall und mache mir dabei nicht mal die Hände dreckig, du wirst sehen!«

Die Priesterin Meriedyce schickte Wukur mit einer Palastgarde von dreißig Mann, darunter seinen zuverlässigen Schergen Dorg und Kerber mit grimmigen Visagen, den Belagerern entgegen. Ihre eigenen, verlässlichen Dienerinnen wollte sie nicht entbehren, da diese weiterhin mit der Produktion ihrer Skelettarmee beschäftigt waren, die laut Plan heute noch zum Einsatz kommen würde. Deshalb schickte sie Umära mit einer Abordnung von zehn Tempelmägden. Die Schülerin hatte sie zwar gerade erst öffentlich gedemütigt, aber das gehörte mit zur Ausbildung. Wenn man gute Leute heranzüchten wollte, durfte man nicht die geringste Schwäche tolerieren. Und Umära hatte exzellente Fähigkeiten. Meriedyce hatte in ihrem Leben noch nicht viele Zauberinnen gesehen, die in der Lage waren, ihren Körper zu Monstergestalt auszudehnen. Seltsam, dass diese hochbegabten Hexen selbst nicht begriffen, wie sehr überlegen sie allen anderen sein könnten! Aber Talent allein reiche nicht aus. Man musste auch den Kopf für gewagte Ideen haben und den Mut, sie auszuführen.

Meriedyce hatte Umära versprochen, sie zur Priesterin zu weihen, falls sie es schaffte, den Ring zu klauen. Dieses Versprechen gedachte sie natürlich nicht einzuhalten. Sie war nicht so leichtsinnig, ihre Untergebenen mit Machtpotential auszustatten, das diese verleiten könnte, ihr den Tempel streitig machen zu wollen.

Deshalb sollten in erster Linie Wukur oder seine Leute Jagd auf Osving machen. Dorg und Kerber hatten sich im Einfangen und Massakrieren von Strolchen bereits einen Namen gemacht. Umäras Abteilung sollte nur dann auf das Kleinod losgehen, falls die Soldaten versagten.

Die Jagd nach dem Ring

Wie festgenagelt klebte die Priesterin vor ihrer Kristallkugel, die ihr in einem gigantischen Bild anzeigte, was gerade draußen vor ihren Stadttoren geschah. Sie entfachte das Feuer im Inneren, bis es die Geschehnisse in größtmöglicher Helligkeit spiegelte, damit ihr kein noch so winziges Mikrodetail entging. In der Ferne zeigte ihr die Kugel die Delegation ihrer Feinde, die gerade von einem der sieben Berge vor der Stadt herunterkamen. Fürst Ishtangar mit seinem wallenden blonden Bart ritt ganz vorn, gefolgt von Silvrin, den Prinzen Osving (er war dabei! Perfekt!) und Koryelan, der das Zepter der Fürstenwürde trug, so als wäre er der Herr über Aravenna – was die Priesterin jedoch als ein völlig unwichtiges Detail betrachtete. Hinter diesen ritten ein paar hochnäsig dreinblickende Regimentsführer und ihnen nach folgten ihre Truppen. Relativ weit vorn entdeckte die Priesterin auch zwei Hexen. Die eine war unzweifelhaft Areshva. Neben ihr flog ein kleines Mädchen, das Meriedyce nicht kannte.

Ist sie also doch gekommen. Verwünscht, ich hatte gehofft, es nicht direkt mit ihr aufnehmen zu müssen. Und nicht gleich jetzt, in der wichtigsten Phase. Ich spüre schon, dass sie mir reinpfuschen wird.

Weiß sie von dem Königsring?

Meriedyce beobachtete abwechselnd die feindliche und ihre eigene Delegation, wie sie sich einander näherten. Wukurs Trupp hatte gerade die Stadttore von Darghessa hinter sich gelassen. Hinter ihm gingen seine eigenen Soldaten gemeinsam mit der Verstärkung aus Millesana, die ihn bei einer eventuellen Schlacht unterstützen wollte. Langsam bewegte sich die Karawane vorwärts. Umära, die im Schatten des Fürsten Wukur ritt, drehte an ihrem Kontaktring und sandte einen Ruf Richtung Tempel, der die Kristallkugel aufblitzen ließ. Das Bild der Schülerin leuchtete darin auf.

»Was gibt's?«, fragte Meriedyce knapp.

»Ganz hinten in dem Wäldchen auf der anderen Seite, oben in den Baumkronen, verstecken sich mehrere Skeff. Hexen mit funkelnden Auren. Ich kann von hier aus nicht erkennen, wie viele es sind und auch nicht, wer sie geschickt hat, aber die saßen während des Kampfes schon dort und haben sich seitdem nicht gemuckst. Deshalb glaube ich nicht, dass sie zu den Aravennaern oder den Pallanthiern gehören.«

»Du hältst also an der Spinnentheorie fest? Spione der Hohepriesterin?«

»Absolut.«

Das Gespräch brach ab.

Meriedyce warf einen Magiestrahl gegen ihre Kristallkugel, mit dem sie einen Ruf nach Kalamachai schickte. Ihre Kugel blinkte dreimal in schrillem Rot. Dann leuchtete ein neues Bild auf. Es zeigte eine riesenhafte geisterhafte Feuersäule, die aussah, als ragte sie weit über die Kugel hinaus. Meriedyce trat unwillkürlich einen Schritt zurück und wendete den Blick ab – die Blendkraft des gewaltigen Feuers war unerträglich. Nun krachte auch noch die Aura der Hohepriesterin auf sie nieder und presste sie derartig zu Boden, dass sie kaum aufrecht stehen bleiben konnte. Einer der Gründe, warum die Priesterin niemals ohne Not die hohe Herrin in ihren Tempel rief – die konnte es sich nie verkneifen, ihre Macht zu zeigen und die Tempelpriesterinnen vor sich in den Staub zu zwingen. Es gab nichts, was die Priesterin von Darghessa mehr die Pest an den Hals ärgerte als eine solche Demütigung.

»Ich habe gerade einen Trupp Spione in meinem Revier entdeckt«, erklärte Meriedyce nun betont forsch, so als hätte ihr Herz nicht gerade beträchtlich zu klappern angefangen. »Sie tragen Euer Zeichen. Gibt es dafür eine Erklärung?«

Über der Feuersäule erschien ein verwaschenes breites Gesicht mit äußerst säuerlichem Ausdruck.

»Die Erklärung reitet mit den Boten eurer Feinde.«

»Etwa … Areshva?«

Die Feuersäule begann zu zischen und zu fauchen. »Man hat mir berichtet, dass sie Kontakt zu verbotenen Göttern aufgenommen haben soll!«

»Sakrileg!« Meriedyce stellten sich die Augenbrauen auf. »Das ist unverzeihlich! Warum tötet Ihr sie nicht?«

»Bis jetzt habe ich nichts Verdächtiges bestätigen können. Ich lasse sie jedoch beschatten.«

So rasch, wie sie erschienen war, verschwand die Feuersäule wieder.

Meriedyce runzelte die Stirn. Sie zweifelte, ob die Hohepriesterin ihr die Wahrheit gesagt hatte.

Das passt nicht zusammen. Sonst ist sie nicht zimperlich mit Todesurteilen. Will sie Areshva wirklich nur beobachten? Die Geschichte von den verbotenen Göttern ist natürlich hirnverbrannter Blödsinn. Areshva ist genauso machtbesessen wie ich, die würde sich doch nicht absichtlich die Rache aller Magierinnen dieses Landes zuziehen und ihr Leben verwirken – nur um zu irgendwelchen schwächlichen Versagergöttern herabzusteigen.

Da diese Option ausgeschlossen ist: Weiß sie womöglich von dem Königsring? Ist sie deshalb hier? Könnte das auch die nervösen Spinnenhexen erklären, die hier auf der Lauer liegen? Aber ... wenn Areshva von dem Ring weiß, und die Oberhexe ebenfalls und ihre Garde lungert schon hier herum ... Wieso krallen sie sich nicht einfach den Ring? Was läuft hier ab ...?

Meriedyce setzte sich auf ihren Steinthron neben der Kristallkugel und warf deren Beleuchtung wieder an. Die Kugel flimmerte eine Weile in verschiedenen Blautönen und zeigte schließlich großflächig das Areal zwischen den Stadttoren von Darghessa und dem Hügel, von dem die Delegation der Pallanthier und Aravennaer herabmarschierten. Meriedyces eigenen Leute mit Wukur und dem verbündeten Millesaner Vandrasil an der Spitze hatten inzwischen eine Formation von kleineren Felsen erreicht, die aufgrund ihrer Größe gut als Sitzplätze genutzt werden konnten. Wukur ließ dort anhalten. Seine Begleiter stiegen von ihren Pferden und verteilten sich auf den Steinen. Er stellte sich gemeinsam mit Vandrasil in die Mitte und schwenkte seine weiße Fahne als Zeichen, dass er verhandeln wollte.

Die gegnerischen Botschafter stoppten etwa zwanzig Schritt von ihnen entfernt. Auch dort lagen vereinzelt

Felsblöcke in der Steppe, auf denen sie sich niedersetzten. Fürst Ishtangar stemmte einen Fuß auf einen kleineren Stein und blickte misstrauisch nach gegenüber. Silvrin und Koryelan platzierten sich an seiner Seite. Prinz Osving fungierte hier als Fahnenträger. Er stand gleich neben dem Fürsten und war umringt von seinen Leuten, wie Meriedyce verärgert zur Kenntnis nehmen musste. Es würde nicht leicht werden, ihn von den anderen abzuspalten.

»Menschenräuber!«, donnerte Fürst Ishtangar von Pallanthia zur Begrüßung.

Meriedyce grinste breit. Diese Verhandlungen versprachen schnell zu versanden, was durchaus in ihrer Absicht lag. Es wäre doch zu schade, wenn der erhabenen Gorrogon, der Göttin der Schlangen und Meriedyces verehrter Herrin, das erhoffte Schlachtfest entginge. Nur der Ring …

Fürst Wukur streckte seine Flügel aus, hob beschwichtigend beide Hände hoch und erwiderte laut und stolz, doch auch ein wenig hölzern, als hätte er seine Worte vorher auswendig gelernt:

»Ihr habt keinen Grund, mich zu beleidigen. Noch nie in meinem Leben habe ich je einen Menschen geraubt. Ich bin gekommen, um Euch den Frieden anzubieten!«

»Lügt nicht! Ich weiß, dass meine Tochter als Gefangene in Euren Verliesen schmachtet! Ich fordere die unverzügliche Herausgabe der Prinzessin Kia Sephila!«

»Man hat Euch falsch informiert«, sagte Fürst Wukur ausgesucht höflich. »Ich habe sie im Gegenteil persönlich aus der Gefangenschaft bei dem schrecklichen Smorkyn befreit, wie ich Euch schon mehrfach berichtete. Seitdem lebt sie als Gast bei uns, und es fehlt ihr an nichts. Ich bin ihr zutiefst ergeben. Fürst Ishtangar! Großmächtiger König! Ich bitte um ihre Hand! Ich möchte sie heiraten, sie auf Händen tragen!«

Fürst Ishtangar fuhr zurück, er schien im ersten Moment außerordentlich verblüfft. »Unverschämtheit!«

»Ich kann ihr vieles bieten«, sagte Wukur unterwürfig. »Darghessa ist eine aufstrebende Provinz.«

»Mäßigt Euch!«, zischte Fürst Ishtangar und stieß sein langes Feldherrenzepter energisch auf den steinigen Boden. »Das ist meiner und ihrer unwürdig! Darghessa ist nicht Euer, Ihr habt die Provinz schändlich überfallen und den rechtmäßigen Fürsten Kimiko verjagt. Ihr unterjocht die Bewohner zu Unrecht! Auch meine Tochter habt Ihr geraubt, gegen jedes Gesetz und allen Anstand. Ihr hieltet sie gegen ihren Willen bei Euch fest, Ihr übermitteltet mir unverschämte Botschaften – und jetzt habt Ihr die Stirn, Euch als Edelmann auszugeben? Wer seid Ihr denn? Ein hergelaufener Ganove! Ein Verbrecher, ein Bluthund! Wagt es nicht, die Hand meiner Tochter zu begehren!«

Die Priesterin Meriedyce war inzwischen aufgestanden. Sie glotzte auf die Spiegelungen in ihrer Kristallkugel wie festgeklebt, die im Übrigen auch sehr schöne klare Bilder lieferte. Ihr durfte kein noch so kleines Detail entgehen. Noch nie vorher hatte sie den Königsring überhaupt nur gesehen, und jetzt befand er sich in Reichweite! Er würde ihr gehören! Er *musste* ihr gehören!

Außer dem Ring hatte Meriedyce ihre Aufmerksamkeit in erster Linie auf Areshva gerichtet. Diese war ihre gefährlichste Gegnerin. Wenn sie die Hexe wirklich zu Fall bringen wollte, musste sie die Falle richtig anlegen. Sie war etwas verwundert, dass sich Areshva in die Diskussion gar nicht einmischte, es schien ja fast, als langweilte sie die Unterhaltung. Sie starrte mit einem umwölkten Gesichtsausdruck Wukur an. Oder nein, das war nicht er, der sie interessierte. Sie stierte vielmehr irgendwohin in die Luft. Man hätte wissen wollen, was sie wohl gerade ausbrütete. Fürst Silvrin dagegen sah aus, als säße er auf Kohlen, er ging unruhig hin und her und stellte sich schließlich direkt neben Areshva. Meriedyce hatte aufgrund von Wukurs Andeutungen geglaubt, dass zwischen den beiden etwas lief. Allerdings sah es nicht danach aus.

Dort stand Prinz Osving mit dem brutal strahlenden Königsring an seiner Hand. Die Gier danach zersprengte ihr fast das Gehirn. Ob Areshva sich mit dem Prinzen verbündet hatte? Vermutlich, wer denn sonst? Es war keine andere erwachsene Hexe in der Gesellschaft. Oh! Der Ring! Die Macht! Sie würde erhöht werden wie eine Göttin!

Gerade hatte Fürst Ishtangar eine Frage an Silvrin gestellt. Dieser antwortete jedoch nicht, sah den Sprecher auch gar nicht an, so als hätte er die Frage nicht gehört. Was war los mit ihm? Es ging hier doch um Krieg oder Frieden! Um einen Feldzug, den er seit Wochen plante. Wie konnte man da in den Verhandlungen herumstehen und träumen?

Er sah allerdings nicht so aus, als ob er träumte. Oh nein, er war im Gegenteil hoch konzentriert. Seine Stirn war gerötet, seine Hände zitterten leicht vor Anspannung. Und Areshva, neben ihm, genauso. Ihre Wangen glühten dunkelrot. Obwohl sie kein Wort sagte und nur den Himmel anstarrte. Dies war ja mal ein merkwürdiger Anblick.

Meriedyce betrachtete die beiden längere Zeit und kam so langsam zu dem Schluss, dass da sehr wohl eine Art winzige Kommunikation zwischen ihnen ablief. Er berührte ihren

Unterarm mit seinem, nur gerade so lange, wie ein Regentropfen braucht, um auf den Boden zu fallen, worauf sich ihre Wangen schlagartig röteten. Er sagte zwei harmlose Worte zu ihr, entschuldigte sich für die Berührung, ihr fingen die Hände an zu zittern. Meriedyce lachte sich ins Fäustchen. *Sehr schön. Macht ruhig weiter so.* Die zwei Turteltäubchen hatten nur Augen und Ohren für einander und beide waren zu nervös, um die absolut eindeutigen Signale des anderen zu begreifen. Areshva war dermaßen abgelenkt, dass sie wohl auch einen Blitzeinschlag vor ihrer Nase übersehen hätte. Diese Feindin brauchte sie nicht zu fürchten.

Wukur hatte indessen seine Rolle bis jetzt vortrefflich gespielt und befand sich bereits in der Endphase.

»Ich bin Euer ergebenster Diener!«, schmeichelte er gerade dem Fürsten Ishtangar. »Ich wollte weder Euch noch Eurer Tochter irgendein Unrecht zufügen. Ich würde ein Himmelreich dafür geben, wenn Ihr mir nicht feindlich gesonnen wäret!«

»Gebt meine Tochter heraus, sofort, ohne Bedingungen, und ich werde nicht feindlich gesonnen sein!«, erwiderte Ishtangar kühl.

»Gut! Einverstanden! Wache, Ihr überbringt Prinzessin Kia Sephila die freudige Nachricht, dass sie ab sofort an den Verhandlungen teilnehmen wird. Das hat sie sich ja ohnehin gewünscht. Bringt sie in unserer besten Kutsche hierher!«

Seine Soldaten gehorchten. Schon ritt eine Eskorte zu den Stadttoren zurück. Fürst Ishtangar war verblüfft. »Ihr gebt meine Tochter heraus?«

»Ich lasse sie herbringen und wir können gemeinsam weiterreden! Ich wäre der glücklichste Mann, wenn ich Eure Freundschaft gewinnen könnte!«

Fürst Ishtangar erwiderte diesen Wunsch keineswegs, das war ihm anzusehen, aber er setzte ein halbherziges Lächeln auf. »Man wird sehen, was möglich ist. Wenn Ihr sie nur freilasst.«

»Bringt Wein!«, rief Fürst Wukur. »Das müssen wir feiern!«

Dieser Befehl ließ sich viel leichter erfüllen, denn er hatte den Wein bereits in seinem Gepäck. Becher wurden gereicht, wenngleich die Belagerer noch zögerten, mit den Darghessanern anzustoßen, und nur hier und dort an den Gefäßen nippten.

Meriedyce wurde langsam ungeduldig.

Wukur, dieser Narr, dieser liebestolle Gockel, verliert hoffentlich nicht unser wahres Ziel aus dem Fokus? Aus dieser Entfernung kommt er nie an Osving heran! Es wird Zeit, sich heranzutasten! Mit dem Becher in der Hand sollte das doch nicht so schwer sein!

Ihr Skelettheer wuchs unterdessen in der dunklen Brühe zwischen den sieben Brücken ringsum der Kristallkugel stetig an der Zahl. Als Meriedyce nun einen kurzen Blick auf ihre Kreaturen warf, herrschte bereits ein munteres Gedrängel in der Leichensuppe. Sie lächelte grimmig, während sie damit begann, große Mengen aus der moddrigen Flüssigkeit in Dampf umzuwandeln und diesen den Skeletten einzuhauchen. Schon bald waberten dunkelgraue Rauchschwaden um jedes einzelne.

»Disa! Du führst dieses Regiment vor den Tempel, ordnest die Krieger in Zehnerreihen und wartest auf meinen Befehl zum Angriff!«

»Zu Befehl!«

Ein ohrenbetäubendes Rappeln und Klappern erfüllte den Tempel, als sich nun alle Skelette gleichzeitig in Bewegung setzten, auf die Brücken hinaufkletterten und dann im Gleichschritt nach draußen bewegten. Disa, eine dralle Elgo, verließ eilig ihren Platz und trat vor die Priesterin.

»Sollten wir sie nicht noch etwas ausrüsten? Waffen, Helme, Uniformen?«

Meriedyce winkte ab. »Nicht nötig. Sie töten durch die Dämpfe, die sie absondern. Natürlich nicht dich. Die Anhänger der Gorrogon sind immun.«

»Das dachte ich mir schon ... aber würden sie nicht gefährlicher aussehen mit einer entsprechenden Verkleidung?«

»Deiner Fantasie sind keine Grenzen gesetzt. Solange es dich nicht zu viel Zeit kostet.«

Meriedyce linste aus den Augenwinkeln zu den Friedensverhandlungen, die ihre Kristallkugel weiterhin im Großformat spiegelte. Aber die Prinzessin war noch immer nicht eingetroffen und die Fürsten beschäftigten sich damit, Wein zu schlürfen und sich ansonsten misstrauisch anzustarren. Deshalb ließ Meriedyce das Bild in ihrer magischen Kugel nun zu dem Aufmarsch vor ihrem Tempel fahren. Dort sammelten sich die knöchernen Skelette, denen Disa bereits Helme, Lanzen und diverse eiserne Schutzpanzer verpasst hatte. Aus ihren dampfenden Rippen stiegen schwarze, grünliche und braune Schwaden in unheiligen Fäden empor. Der Himmel verdunkelte sich großflächig wie bei einem drohenden Gewitter. Ab und zu fielen Vögel tot aus der Dampfwolke zu Boden. Die Priesterin rieb sich die Hände. Das sah gut aus.

Sie ließ ihr Bild zu den Stadttoren von Darghessa gleiten. Dort bereitete sich bereits eine zweite Armee auf den baldigen Angriff vor, angeführt von Wukurs treuem Rittmeister Zeddir. Diese rückte gerade durch die Tore hindurch, um sich direkt vor der Mauer aufzustellen. Ein geschicktes Manöver der Priesterin verhinderte jedoch, dass ihre Feinde diese Maßnahme bemerkten, denn sie hatte die Illusion einer zweiten steinernen Mauer davorgesetzt. Vom Verhandlungsplatz aus gesehen dürfte die Stadtmauer ebenso leer und ungeschützt wie vorher aussehen. Nicht einmal das klaffende Loch an der Seite spielte noch eine Rolle, denn dieses war durch eine geschickte Illusion nicht mehr zu sehen.

»Dem Gemetzel entgeht ihr nicht«, stieß Meriedyce zwischen den Zähnen hervor. »Es lebe Gorrogon, die Größte unter den Göttern der Dunkelheit!«

Die Schlacht der vier Armeen

Nun öffneten sich die Stadttore und die illusionären Zweittore ein Stück weiter vorne ebenfalls. Heraus trabte eine goldene Kutsche, die von acht Pferden gezogen und von Dutzenden Palastwächtern begleitet wurde. Darin saß Prinzessin Kia Sephila, gekleidet wie eine Königin in ein mit Perlen besticktes Seidenkleid mit Schärpe, natürlich in Darghessa-Rot, und mit einer kleinen goldenen Krone in den langen gelockten Haaren. Dass diese Dame gesund und munter war und keinerlei Entbehrungen hatte auf sich nehmen müssen, war auf den ersten Blick ersichtlich. Als die Kutsche näher an den Verhandlungsplatz heranrollte, stand die Prinzessin auf und grüßte freudig.

»Vater! Wie freue ich mich, dich zu sehen!«, jubelte sie.

Da brach lauter Jubel auch bei den feindlichen Würdenträgern aus. Fürst Ishtangar, Silvrin, Prinz Osving und Koryelan schwenkten ihre Helme und begrüßten die Prinzessin enthusiastisch.

Wukur marschierte der Kutsche mit schnellen Schritten entgegen, wirbelte mit zwei kräftigen Schlägen seiner Fledermausflügel meterhoch in die Luft und sprang zu

Prinzessin Kia Sephila in den offenen Wagen. Sofort redete er eifrig und drängend auf sie ein. Meriedyce stöhnte auf. Das war nicht abgesprochen und es ärgerte sie ungeheuer. Was, bei Gorrogon, gab es denn jetzt wieder zu palavern? Das ewige Geturtel hatte ja wohl seine Grenzen, besonders in diesem Augenblick, wo so viel auf dem Spiel stand! Auch die feindlichen Würdenträger schienen von dem Geschäkere überhaupt nicht begeistert.

»Jetzt reicht es! Gebt meine Tochter endlich frei!«, brüllte Fürst Ishtangar. Wukur drehte sich zu ihm herum. »Sie ist schon frei! Wie ein Vogel!«

Eine tiefe Stille folgte seinen Worten. Schlagartig verstummte das unwillige Gemurmel, das Meriedyce eben noch aus den Reihen der pallanthischen und aravennischen Soldaten gehört hatte. Alle glotzten Wukur an, als wollten sie ihren Ohren nicht trauen.

»Sie ist… frei?«, wiederholte Fürst Ishtangar ungläubig.

»Ja, Mann!«, bekräftigte Wukur. »Sie kann machen, was sie will! Das konnte sie übrigens schon die ganze Zeit über.«

Noch immer waren die Belagerer sichtlich verwirrt, und es dauerte eine Weile, bis diese Worte in ihrer vollen Tragweite bei ihnen ankamen. Das Gesicht des Fürsten Ishtangar rötete sich verdächtig. »Wenn sie wirklich frei ist«, rief er, immer noch sehr laut, »dann lasst sie zu mir kommen!«

Fürst Wukur zog eine unfreundliche Grimasse. Dann wandte er sich an die Prinzessin und raunte ihr zu: »Da hast du es. Ich dachte mir schon, dass er darauf bestehen würde, dich in die Finger zu kriegen. Es war dumm, das Ganze so anzufangen. Ich lasse dich nicht zu ihm heruntergehen. Er gibt dich nie wieder raus!«

»Du musst mich gehen lassen«, erwiderte Prinzessin Kia Sephila ebenso leise. »Du musst, denn sonst vertraut er dir nie im Leben. Wukur, ich kann dich doch ohne den Segen meines Vaters nicht heiraten. Lass ihm ein wenig Zeit, damit er begreifen kann, dass du viel besser bist als dein Ruf!«

»Nein!«, fauchte Wukur heftig. »Das läuft so nicht. Ich kenne Typen wie den. Wenn ich dich deinem Vater schicke, verliere ich dich!«

Kia Sephila legte ihre Hand auf seine und sah ihn zärtlich an. »Bitte, Wukur. Mein Vater ist ein ehrbarer Mann und er braucht einen Beweis dafür, dass du ebenfalls solch einer bist. Lass mich hingehen. Es dauert nicht lange, ich komme gleich wieder zu dir zurück. Vertrau mir, es wird alles gut.«

Fürst Wukur kniff die Lippen zusammen. Seine schwarzen Haare zitterten leicht im Wind. Er hatte noch niemals jemandem vertraut und war gut mit der Strategie gefahren. Deshalb widerstrebte ihm diese Bitte kolossal – aber welche andere Möglichkeit blieb ihm? Dies war das letzte Hindernis, das er noch überwinden musste. Darum fügte er sich widerstrebend. Er winkte seinen Leuten.

Meriedyce vor ihrer Tempelkugel bekam vor Ungeduld schon fast die Krätze. Die beiden Ganoven Dorg und Kerber, anstatt endlich den Ring ins Visier zu fassen, diese unzuverlässigen Dumpfbacken, nahmen die Prinzessin in ihre Mitte und führten sie von der Kutsche fort, ihrem Vater entgegen. Die kleinen Gesten zwischen Wukur und Kia Sephila hatten allerdings bereits genügt, um den Belagerern zu zeigen, wie die Dinge zwischen diesen beiden standen. Fürst Ishtangar griff sich fassungslos an die Stirn. Nun schritt Prinzessin Kia Sephila hoheitsvoll wie eine Königin ihm entgegen und grüßte ihn, als sie näher kam, lächelnd und gleichzeitig ehrerbietig.

Meriedyce fing derweil schon an zu kochen. Wie konnte diese Meute den Wahnsinnsring einfach so vergessen! Sie schickte einen wütenden Ruf an ihren Verbündeten und konnte auch in ihrer Kugel deutlich erkennen, wie Wukurs Kontaktring wie wild rot zu blinken begann. Aber sie war offensichtlich die Einzige, die es bemerkte.

»Was hat das zu bedeuten, Kia Sephila?«, fragte Fürst Ishtangar heiser. »Was hat er mit dir gemacht?«

»Vater, er hat mich unter Einsatz seines Lebens aus der Räuberburg des Smorkyn gerettet«, sagte Prinzessin Kia Sephila bedeutungsvoll. »Dann brachte er mich hierher und behandelte mich die ganze Zeit über, wie es sich für eine Prinzessin von meinem Rang gebührt. Du hast keinen Grund, ihn so misstrauisch zu betrachten. Ganz im Gegenteil.«

»Ich hoffe, du nimmst dieses Subjekt nicht auch noch in Schutz?«, fauchte Fürst Ishtangar. »Wenn er so edelmütig ist, warum ging dann das Gerücht durchs Land, er wolle dich gewaltsam zu seiner Frau machen? Warum beleidigte er mich in seinen Briefen mit den unflätigsten Beschimpfungen? Warum muss ich ihn mit Waffen bedrohen, um dich sehen zu können?«

»Aber das ist ein Missverständnis, Vater. Du siehst selbst, dass Gewalt hier nicht ausgeübt wird und auch nicht vonnöten ist. Fürst Wukur ist …« Sie senkte verschämt die Augen, »ein guter Mensch, Vater, der Frieden bringen wird über Darghessa und über …«

»Kia Sephila!«, donnerte Fürst Ishtangar, der vor Zorn bis unter die Haarwurzeln errötet war. »Hast du den Verstand verloren? Weißt du denn nicht, dass man diesen Unhold im ganzen Land nur den »Räuberfürsten« nennt? Im Bezirk Sintana wird er wegen heimtückischen Mordes und Unzucht an mindestens fünf Hofdamen gesucht. Bei uns in Pallanthia brannte er ein Dorf nieder und überfiel einen Juwelentransport meiner Hofgarde. In Manika …«

»Dafür hätte ich gerne ein paar Beweise«, unterbrach ihn die Prinzessin nachdrücklich, »ich habe schließlich gesehen und gehört, was er hier getan hat. Er hat früher in schlechter Gesellschaft gelebt, davon hörte ich. Aber er hat ein gutes Herz, und er ist nicht verdorben! Es tut ihm leid, was er Böses tat. Er hat sich verändert. Du darfst ihn nicht ablehnen ohne ihn zu kennen. Gib ihm die Chance, dich seine Güte erkennen zu lassen.«

»Wozu? Ich lege darauf keinen Wert.«

»Aber ich. Denn ich liebe ihn, und wir wollen heiraten.«

»Bei allen Göttern! Mein Kind! Lass uns nach Hause reiten. Die fremde Umgebung hier und die viele Aufregung hat dich verstört.«

»Ich bin nicht im Geringsten verstört. Und ich möchte nicht nach Hause reiten. Ich werde hierbleiben, wo ich hingehöre.«

»Jetzt hör mir genau zu, meine Tochter! Du glaubst, du wärst der Engel, der den Dämonen wieder auf die rechte Bahn führen kann. Leider kommt das bei jungen Mädchen recht häufig vor. Du wirfst dein eigenes Leben weg, um seins zu retten. Lass mich dir prophezeien, dass dein Opfer vergebens sein wird. Einen erwachsenen Menschen kannst du nicht mehr von Grund auf verändern. Du holst ihn nicht aus dem Sumpf, sondern er wird dich mit sich herunterziehen!«

»Ich werfe mein Leben nicht weg! Ich liebe ihn! Ich kann mir nichts Anderes, nichts Schöneres vorstellen, als ewig an seiner Seite zu stehen!«

»Das ist nicht Liebe! Das ist eine Sinnestäuschung! Meine Tochter, höre einen erfahrenen Mann an. Du wählst einen Lebenspartner. Er wird dein ganzes weiteres Leben formen, ob du es willst oder nicht. Wenn er niedrig ist, wird er auch dich niedrig machen. Deine Liebe wird erlöschen, wenn du begreifst, dass er dich in den Morast zieht, in dem er lebt … Und du wirst neben ihm sitzen und an der Schande zugrundegehen!«

Prinzessin Kia Sephila starrte den Fürsten mit funkelnden Augen an. »Ist das tatsächlich so, Vater? Dass der Partner mein Leben formt? Dann erkenne doch, dass auch ich sein Leben formen werde! Nicht wahr? Du schlägst dich gerade mit deinen eigenen Worten.«

Fürst Ishtangar sah aus, als würde er gleich die Beherrschung verlieren, doch er ballte nur die Fäuste und sagte mit unterdrückter Stimme: »Ich verbiete dir den weiteren Umgang mit diesem Subjekt.«

»Den kannst du mir nicht verbieten!«

Prinzessin Kia Sephila drehte sie sich auf der Schwelle um und wollte zu Wukurs Leuten zurückgehen, aber da packte ihr Vater sie von hinten um die Taille und zog sie kraftvoll zu sich zurück. Er musste sie mit aller Macht festhalten, da sie jetzt wütend versuchte sich zu befreien. Es gab ein kurzes Handgemenge, weil sich auch Dorg und Kerber einmischten und sich anschickten, Kia Sephila herauszuholen, doch da sie von pallanthischen Soldaten umringt waren, wurden sie bald überwältigt. Fürst Wukur auf der Kutsche war bleich geworden, umklammerte mit beiden Händen die Zügel, dann aber ließ er sie abrupt los, griff stattdessen zu seinem Schwert und schrie, wild, wie ein Rasender: »Gebt sie frei, gebt sie frei, sonst schlage ich Euch den Schädel ein!«

»Wollt Ihr mich angreifen?«, brüllte Fürst Ishtangar zurück. »Den Vater Eurer Geliebten schlagen? Versucht das, wenn Euer Gewissen es erlaubt!«

»Wukur, halt aus! Sei ruhig!«, schrie Prinzessin Kia Sephila. »Was auch geschieht, sie können uns nicht trennen! Wenn du dich an unsere Abmachung hältst, wird alles gut gehen!«

Na endlich. Der Zeitpunkt ist gekommen! Alle sind außer sich, niemand passt auf. Osving ist an den Rand abgedrängt worden. Genau dahin, wohin ich ihn schon die ganze Zeit haben wollte. Da sollten wir kinderleicht an ihn herankommen.

Meriedyce lachte hämisch und drehte ein weiteres Mal an ihrem Ring, um den Kontakt zu Wukur herzustellen.

Zeit für deinen Einsatz, Partner.

»Jetzt!«, brüllte sie über ihren Ring. Sie konnte auf dem Bild in ihrer Kugel beobachten, wie Wukurs Kontaktring feuerrot blinkte. Das wäre sogar einem Blinden in die Augen gefallen.

Null Reaktion.

Dieser Obertrottel! Wukur hat bloß noch Witterung für sein Weibsbild und alles andere vergessen! Wie kann man derartig hohl im Oberstübchen sein!

Zu den beiden Kerlen Dorg und Kerber konnte sie leider keinen Kontakt aufnehmen, weil sie keine Ringe besaßen. Nur gut, dass sie für einen solchen Fall vorgesorgt hatte und ihre Schülerin Umära bereits mit gespitzten Lauschern in der Hinterreihe wartete. Glücklicherweise nahm die Hexe ihren Ruf auf der Stelle an, so als hätte sie schon darauf gewartet.

»Umära!«, kreischte Meriedyce, während ihre Finger konvulsivisch zuckten. »Der Idiot Wukur hat sein Hirn ausgeschaltet. Hol mir den Ring! Jetzt! Sie passen nicht auf!«

Schon hatte einer der pallanthischen Soldaten Prinzessin Kia Sephila auf sein Pferd geholt und galoppierte mit ihr rückwärts, Richtung Hauptquartier. Hinter den Flüchtigen bildete sich sofort eine Verteidigungslinie von Soldaten, die sich dicht an dicht wie eine Mauer aufstellten.

Umära und ihr Gefolge schwangen sich alle gleichzeitig auf ihre Pferde und ritten auf den ahnungslosen Prinzen Osving zu, der gerade erst sein Pferd gewendet hatte. Umära riss ihn zu sich heran, hatte aber nicht mit Widerstand gerechnet, sodass es ihm gelang, sie aus dem Sattel zu werfen und zu fliehen. Das nützte ihm jedoch nicht viel, denn ihr folgte ja die Schar ihrer Dienerinnen, die sofort die Verfolgung aufnahmen und ihn seitlich von seinen Leuten abdrängten. Umära kam rasch wieder auf die Beine und setzte ihnen nach.

»Hinterher!«, schrie Wukur seiner Garde zu, der noch immer mit Wahnsinn im Blick der Prinzessin nachstarrte. Auch dem Fürsten Vandrasil von Millesana, der sich bisher hinter ihm gehalten hatte, winkte er auffordernd zu. »Lasst sie nicht fort!«

Er flog von der Kutsche, hielt sich einige Meter in der Luft, bevor seine schon recht zerschlissenen Flügel ihn nicht weiter trugen und er abwärts trudelte, wobei er direkt auf dem Sattel des nächstbesten Pferdes in seiner Nähe landete. Diesem gab er die Sporen, zog sein Schwert und preschte auf die Verteidigungslinie zu. Ein ganzer Trupp Soldaten folgte ihm.

Jetzt galt es, möglichst viel Chaos gleichzeitig zu erzeugen. Meriedyce löschte daher die illusionäre zweite Stadtmauer und gab ein Zeichen an die dort wartende Armee, die sich in Bewegung setzte. Vor ihrem Tempel stampften ihre Skelettsoldaten vorwärts. Pechschwarze Schwaden stoben über ihren Köpfen in den Himmel.

Währenddessen stürmten Wukurs übrigen Krieger den flüchtigen Würdenträgern nach, die die Prinzessin entführt hatten. Sie prallten auf die Verteidigungslinie mit Silvrin von Aravenna an der Spitze.

»Stopp!«, brüllte Silvrin. »Wagt es nicht, uns zu schlagen!«

»Was mischst du dich denn ein, du Grashüpfer! Zum Angriff!«, brüllte Wukur zurück.

Es dauerte nicht lange, bis es an hunderten Stellen zum Zusammenprall der verfeindeten Soldaten kam. Die Pallanthier versuchten, mit der Prinzessin zu flüchten, die Aravennaer bildeten eine Verteidigungslinie und drängten die Verfolger zurück, während die Darghessaner gemeinsam mit den Millesanern versuchten, die Verteidigung aufzubrechen und die Flüchtigen zu stoppen.

Die Schlacht der vier Armeen hatte begonnen.

Der Regimentsführer Kessinaj war der Einzige, der Osvings Verschwinden überhaupt bemerkte. »Osving!«, brüllte er. »Sie haben Osving entführt!«

Seine Stimme ging im Schlachtengetümmel unter.

Meriedyce grinste breit. Lief doch alles wie geschmiert.

Bis die Priesterin den schwarzen Schatten am Himmel heranfliegen sah. Sie zoomte das Bild in ihrer Kristallkugel näher heran. Bei allen Totenschädeln der Gorrogon! Areshva! Die verwünschte Skeff und ihre kleine Begleiterin hatten sich geistesgegenwärtig in den Himmel erhoben und fegten dem Entführerteam hinterher.

Meriedyce wurde vor Nervosität kaltschweißig. Verflucht. Sie hatte gehofft, Areshva überlisten zu können. Bei ihrem letzten Kräftemessen hatte sie gegen die leidige Bestie schon den Kürzeren gezogen. Daher sah sie jetzt dunkle Wolken über ihrem Kopf zusammenziehen. Auf Wukur konnte sie nicht zählen, der galoppierte wie ein Wahnsinniger seinem Mädchen hinterher und riss alle seine Krieger mit sich, dieser Wicht, dieser kleine Kneipenbandit! Dabei waren sie doch auf tausendmal höhere Ziele aus!

Abartig schnell hatte Areshva Umäras Leute erreicht. Schon schwebte sie direkt über Osvings Kopf. *Verwünscht. Gorrogon, gib mir ein Wunder! Lass sie abstürzen. Lass sie einen Herzschlag bekommen!*

Tatsächlich benutzte die dunkelhaarige Hexe nicht sofort einen Zauber. Sie blickte nach oben und rief laut und flehentlich:

»Lystrella! Hörst du mich?«

Beim Klang dieses widerwärtigen Namens zuckte Meriedyce zusammen wie vom Blitz getroffen. Ihr dröhnten die Ohren. Über ihrem Kopf hörte sie ihre Göttin wettern: »Das ist Blasphemie! Sie ruft eine verbotene Göttin an! Töte sie, töte sie!«

»Mit Vergnügen! Wenn ich nur könnte! Bei der ersten Gelegenheit!« Meriedyce hob den Kopf und starrte, rasend vor Zorn, in ihre Kristallkugel. Weder Umära noch ihre Gefolgsleute achteten auf die blinkenden Signale aus ihren Kontaktringen.

Meriedyce knirschte mit den Zähnen. Sie erwartete, dass Areshva nun zum Angriff übergehen und den Ringträger Osving durch die Luft davonreißen würde, in dem Fall sähe sie schwarz für die Möglichkeiten Umäras, sie daran zu hindern.

Aber das geschah nicht. Die Skeff flatterte bloß hilflos in der Luft herum und tat – gar nichts. Meriedyce meinte, ihren Augen nicht zu trauen.

Haben wir etwa ein kleines Problem? Keine Zauberkraft? Natürlich hat sie keine. Diese verbotenen Götter sind doch machtlos wie Käfer. Bei Gorrogon, Areshva hat das vergessen, oder sie hat den Verstand verloren. Areshva hat ihre Macht verloren! Sie ist auf null!

Umära und ihre Leute preschten immer näher an Osving heran. Areshva folgte ihnen, griff aber nicht ein. Hilflos wie eine Stubenfliege flatterte sie über ihnen her. Meriedyce fing meckernd an zu lachen. Was für ein Anblick! Die reinste Augenweide!

Plötzlich sauste ein Schwarm Fliegerinnen wie aus dem Nichts auf die Flüchtigen zu. Sie erreichten Osving im selben Moment wie Umära. Im nächsten Moment stürzten mehrere Reiter zu Boden. Ein Knäuel von Leibern wälzte sich am Boden. Meriedyce sah voller Bestürzung, dass die Neuen glitzernde Spinnenanhänger trugen.

Es waren Spinnenhexen, Dienerinnen der Hohepriesterin. Dann hatte Umära mit ihrer Warnung Recht behalten!

Areshva lächelte zufrieden. Das ließ Meriedyces Wut bis in den Himmel lodern. Was gab es denn da zu lachen? Hatte sie das erwartet? Oder – hatte sie diese Insekten womöglich … gerufen? Meriedyce bemerkte tief bestürzt, dass die Fliegerin sich über die Neuankömmlinge nicht wunderte. Areshva sagte etwas zu der Kleinen, die neben ihr flog. Die beiden Skeff glotzten einfach, was unter ihnen geschah, ohne sich einzumischen.

Da war etwas faul.

Umära und ihre Leute kamen auf die Beine. Sie fingen an, die feindlichen Hexen mit Schlingstrahlen zu bewerfen und mit Illusionen zu umgarnen. Der Kampf wurde schnell unübersichtlich, überall blitzte und rauchte es. Osving wirbelte zu Boden.

Meriedyce zitterte vor Wut.

»Was ist denn jetzt los?« Sie drehte sich von ihrer Kristallkugel weg, um zu sehen, welchen Eindruck ihre Tempeldienerinnen von den Ereignissen gewonnen hatten. »Habt ihr das gesehen? Ihr wisst, wem diese Spinnen gehören!«

»Der Hohepriesterin«, sagte eine Dienerin nasal.

»Genau.« Meriedyce konnte es immer noch nicht fassen. »Und habt ihr Areshvas Gesicht gesehen? Diese Hexen waren auf ihrer Seite! Macht euch das mal klar! Die Hohepriesterin hat Areshva geholfen!«

»Und das, obwohl Areshva doch gerade erst gezeigt hat, dass sie eine Hochverräterin ist – sie hat versucht, eine verbotene Göttin zu rufen. Aber sie wurde dafür nicht getötet. Noch nicht einmal bestraft.«

»Sind die alle verrückt geworden?«

»Wie sollen wir denn gegen die Hohepriesterin kämpfen?«

»Denk doch nach! Warum hat unsere Herrin Areshva geholfen? Sicher nicht aus Mitleid -« Sie knirschte mit den Zähnen, »oder gar … Güte …« Meriedyce rieb sich verständnislos die Stirn. Doch dann klarten ihre Blicke auf. »Dafür gibt es nur eine Erklärung. Areshva *mauschelt* mit der Hohepriesterin! Lass dir das mal auf der Zunge zergehen!«

»So lustig finde ich das gar nicht«, brummelte die Dienerin.

»Ich kenne noch jemanden, der das überhaupt nicht lustig finden wird.«

Meriedyce rieb sich die Hände und grinste vor Entzücken über das, was gleich geschehen würde und was sie sich schon sehr malerisch vorstellen konnte. Dann klatschte sie einmal gegen ihre Kristallkugel, worauf das Bild verschwand, und rief ein anderes auf. Es erschien die Kristallkugel im Tempel von Pallanthia.

»Guten Tag, Priesterin Kirisha!«, frohlockte Meriedyce, kaum dass die Pallanthierin das Gespräch angenommen hatte. »Ich habe Neuigkeiten für Euch. Wusstet Ihr, dass Eure hochgelobte ehemalige Schülerin Areshva *mit der Hohepriesterin* zusammenarbeitet? Sie ist eine Verräterin, verehrte Tempelkollegin. Nichts weiter als eine bis auf den Grund ihrer Seele verdorbene Verräterin.«

Ohne Zauberkraft

Areshva saß wie auf glühenden Kohlen.

Diese Verhandlungen würden nicht gut ausgehen, das wusste sie. Wukur war ein notorischer Lügner, mit solch einem konnte niemand vernünftige Gespräche führen. Es wäre fahrlässig, ihm nur ein einziges Wort zu glauben. Jetzt teilte er sogar Weinbecher aus. Mistkerl. Fürst Ishtangar packte seinen Becher so hart, als hätte er ein Schwert gezogen, mit dem er gleich zuschlagen wollte. Und Silvrin, der neben Areshva stand … ja, er stand so dicht neben ihr, dass ihre Schultern seine Arme berührten, weshalb ihr gerade fürchterlich heiß war … Silvrin nahm den Becher nicht, den Wukurs Diener ihm anboten.

»Das gestern Nacht … war das nur ein Spiel?«, hörte sie ganz leise seine heisere Stimme, fast nur ein Hauch.

Sie erzitterte, fühlte sich wie zerrissen. Aus den Augenwinkeln sah sie ein etwas kantiges, markantes Gesicht und auch sehr genau den dunklen Ausdruck in seinen Augen. Wenn sie die Bitterkeit darin doch wegwischen könnte, ihm sagen, wie ihr das Herz in Flammen stand! Aber sie musste sich zwingen, stumm stehenzubleiben und keine Regung zu zeigen.

Sie fühlte sich heftiger zu ihm hingezogen als jemals zuvor. Wenn Lystrella ihr doch nur erlauben würde, ihm ihre Gefühle zu zeigen! Er hatte seine Lippen fest zusammengepresst und sah sie nicht an. Bestimmt war er enttäuscht, vielleicht sogar wütend auf sie.

Doch was konnte sie anderes tun als ihre Sehnsucht einzusperren? Sie durfte die Göttin nicht wieder enttäuschen. Die ernsthaften, ja beschämenden Worte der heiligen Lystrella hallten ihr noch im Kopf. Sie musste ihr zeigen, dass sie ihre Versprechen ernst gemeint hatte. Wenn sie das Ziel erst erreicht hatten, würde sie diese Strafe vielleicht wieder aufheben? Areshva vertraute darauf. Lystrella war eine gütige Herrin, sie würde ihre Wünsche erfüllen, sobald sie könnte.

Von den Stadttoren her ratterte eine prunkvolle Kutsche auf die Verhandlungspartner zu. Prinzessin Kia Sephila erhob sich daraus und winkte ihnen entgegen. In den Reihen der Soldaten hinter Areshva kam lautes Gemurmel auf.

Silvrin blickte zu ihr herüber.

»Ich habe übrigens deine Göttin getroffen«, raunte er ihr zu.

Beinah hätte sie sich zu ihm gedreht und laut gerufen: *Wo denn, wie denn, wie sah sie aus, was sagte sie?* Aber sie erstickte die Worte in ihrer Kehle und zwang gewaltsam den Aufruhr nieder, der in ihr aufwallte. *Lystrella! Stimmt das? Bist du ihm erschienen – einem Mann?! Zu ihm konntest du gestern kommen, zu mir nicht? Kann das wahr sein?*

Aber Silvrin würde doch nicht lügen!

Das Herz begann ihr wild zu schlagen. Durfte sie wirklich nicht mit ihm reden? Nicht einmal dann, wenn es um ihre Göttin höchstpersönlich ging? War das nicht das wichtigste Thema der Welt?

»Warum wendest du die Macht deiner schönen Göttin nicht an?«, raunte er ihr zu. »Warum zeigst du unseren Feinden nicht ihre Größe?«

Sie schrak zusammen. Schon wieder solche gefährlichen und gleichzeitig verlockenden Ideen! Natürlich durfte sie ihm, eigentlich, nicht antworten, aber war das nicht für ihre Göttin sogar eine existentielle Frage? Eine, die sie nicht unbeantwortet lassen konnte ohne Schaden?

»Darauf steht die Todesstrafe«, wisperte sie zurück.

Die Kutsche der Prinzessin hielt auf Höhe der Darghessaner. Wukur lief an den Pferden vorbei und trat zu ihr in den Wagen.

Es kam Areshva gerade so vor, als befände sie sich in einem Traum. Silvrin war ihr so nahe. Nicht nur körperlich. Er dachte wie sie, er fühlte wie sie … nein, seine Gedanken reichten womöglich in höhere Ebenen als ihre. Gerade hörte sie ihn tief Luft holen.

»Dann solltest du dich vielleicht mit deinen Freunden verabreden, dass ihr euch gegenseitig schützt?«, wisperte er ihr zu.

Areshva lachte resigniert. »Ich habe keine Freunde.«

»Jetzt reicht es! Gebt meine Tochter endlich frei!«, brüllte gerade Fürst Ishtangar so laut ihren Feinden zu, dass er alles Gemurmel hinter ihnen übertönte.

»Sie ist schon frei! Wie ein Vogel!«, hörte sie Wukur antworten.

Während die Diskussion zwischen dem Darghessaner und dem Fürsten Ishtangar immer wütender und lauter wurde, hörte Areshva nicht mehr richtig zu, sie spürte nur Silvrins prickelnde Nähe. Sie schwebte wie auf Wolken. Am liebsten hätte sie sich mit ihm irgendwohin zurückgezogen und ihm alle seine Ideen entlockt!

»Wirklich, keine Freunde?«, drängte Silvrin. »Was ist mit deiner Schülerin? Pirina? Ist sie nicht deine Freundin?«

»Natürlich! Aber sie ist zu jung. Sie kann noch nicht viel helfen. Vielleicht meine frühere Freundin Maari …« Blödsinn. Maari würde ihr nie wieder vertrauen. »Nein. Maari hält mich für eine Art Monster. Dann ist da noch Billa, sie hat früher mit mir bei Kirisha gedient und wir haben uns gut verstanden. Aber sie wird mir genausowenig trauen wie Maari. Oder die gestürzte Priesterin Beringlida, Kirishas Vertraute? Auch nicht, sie ist zu feige. Nicht einmal Kirisha selbst könnte ich fragen. Sie ist an ihren Tempel und die Dunkelgötter gebunden, weil sie Priesterin ist. Ich habe niemanden.«

»Vielleicht … Prinz Osving? Immerhin hast du dich ja mit ihm verbündet.«

»Osving!« Areshva prustete los. »Als ob ich jemals …«

Sie hatte unwillkürlich zu dem Prinzen herübergeblickt. Gerade in diesem Augenblick sah sie mit Bestürzung, wie mehrere Zauberinnen in schwarzen Umhängen auf ihn zu ritten und eine sich auf ihn stürzte. Es gab ein kurzes Gerangel, Osving schaffte es, seine Widersacherin von seinem Pferd zu werfen, doch da weitere auf ihn zuritten, ergriff er die Flucht und preschte seitlich davon. Die Magierinnen galoppierten ihm hinterher. Das war eine ganze Gruppe, ein oder zwei Dutzend.

Was wollten die denn ausgerechnet von Osving?

Es lief Areshva eiskalt den Rücken herunter. Na was wohl. Dafür gab es nur eine einzige Erklärung.

Den Ring!

Diese Zauberinnen wollten garantiert den Königsring klauen! Den durfte sie auf keinen Fall verlieren. Areshva stieß Pirina in die Seite, um sie auf das Verhängnis aufmerksam zu machen. Sofort sausten sie in den Himmel hinauf und fegten den Hexen hinterher. Areshvas Gedanken arbeiteten fieberhaft. Meriedyce war ihr also wieder einmal einen Schritt voraus. Woher, um Himmels Willen, wusste sie von dem Ring? Sie hatte Osving doch extra eingeschärft, dass er von jetzt an Lederhandschuhe zu tragen hatte, damit das Kleinod nicht in irgendeine feindliche Kristallkugel herein glitzerte!

Glücklicherweise erreichte sie auf dem Luftweg immer schneller ihr Ziel als ihre Gegner und schwebte schon nach kurzer Zeit direkt über Osvings Kopf. Sie musste dringend irgendeinen magischen Schutzraum erschaffen, in dem sie ihn von seinen Feinden abschirmen könnte. »Lystrella! Hörst du mich?«

Der Himmel über ihr blieb jedoch taub und leer. Lystrella war Silvrin erschienen, aber für sie selbst war sie unerreichbar. Nun ja – jemandem erscheinen war eine Sache, magische Kraft geben eine ganz andere. Das konnte sie von ihrer Göttin jetzt noch nicht erwarten. Lystrella hatte keine Macht. Nicht mal das allerkleinste bisschen Restenergie. Sie saß in der Klemme!

Genauer gesagt saß Osving in der Klemme, und zwar in einer Gehörigen, und mit ihm zusammen der kostbare Ring, den er ungeschützt, weithin für alle sichtbar, an seiner Hand trug – der Ignorant! Was sollte sie jetzt machen? Ihn packen und versuchen, ihn in die Luft zu reißen? Das würde nicht funktionieren. Ihre Flügel konnten gerade sie selber tragen. Ohne magische Verstärkung würde sie sich mit so einem Manöver nur die Lederhaut zerreißen.

Hilflos musste Areshva mitansehen, wie die Zauberinnen immer näher an den Prinzen herangaloppierten. Hässliche Gestalten waren das, mehrere trugen Schlangen wie Schals um ihre Hälse oder Schultern gewickelt. In jedem Moment konnten sie Osving erreichen.

Unerwartet kurvte eine Wolke schwarzer Fliegerinnen ihr entgegen, die wie ein Schwarm wütender Bienen ebenfalls auf Osving zustürzten. Gleich darauf prallten die Geflügelten auch schon auf die Reiterinnen, mit Osving geradewegs in ihrer Mitte. Der Prinz stürzte vom Pferd. Die Hexen versuchten, ihre Widersacherinnen aus dem Weg zu befördern und beschossen einander mit Feuerstrahlen. Dabei hatten die Fliegerinnen eindeutig die Oberhand, die sofort mehrere der Schlangenträgerinnen erschossen. Es blitzte und funkte um sie herum. Meriedyces Dienerinnen wichen zurück, mehrere flohen. Nur wenige kämpften erbittert weiter, mit immer größeren Feuer- und Schlingenzaubern.

Erst jetzt gewahrte Areshva, dass die Umhänge der Fliegerinnen aus hunderten dünnen Spinnenfäden gewebt waren, sie schimmerten schmutziggrau. Sobald die Hexen auf dem Erdboden landeten, hüpften große Spinnen von ihren Netzumhängen herunter und verteilten sich auf umstehenden Felsen oder Sträuchern. Areshva flog unwillkürlich etwas höher. Sie wusste, wer solche Dienerinnen befehligte. Die Hohepriesterin, die zu Datooka betete, der Göttin der

Spinnen. Schlagartig war ihr auch klar, was das Geflügel hier wollte. Den Ring, natürlich. Wie hatte sie so einmalig dumm sein können, den mächtigsten Gegenstand dieser Erde einem Ignoranten wie Osving an die Finger zu stecken? Das hatte sie davon, jetzt war sie gezwungen, diesen Prinzen zu bewachen, ja sogar zu beschützen, damit ihr Puzzle nicht in sich zusammenfiel wie ein Kartenhaus. Denn nur der Ring garantierte Silvrins Leben. Allerdings war ihr schleierhaft, was sie in dieser Lage überhaupt unternehmen konnte.

Ich kann nicht auf ein Wunder warten. Ich muss Lystrella neue Macht geben, damit sie mir welche geben kann!

Hektisch kramte sie an ihrem Gürtel. Wo war der Beutel mit den Kastanien? Den hatte sie doch ganz fest angebunden! Ach … Nein, den hatten die Hexen beim Wilden Eber geraubt. Aber in den Hosentaschen? Sie wühlte überall.

Nichts. Sie besaß keine Baumsamen mehr. Nicht den allerkleinsten Pollen.

»Pirina«, rief sie drängend, »hast du eine Kastanie für mich?«

Die Schülerin neben ihr starrte sie an mit riesengroßen Augen.

»Die sind doch alle abgebrannt«, flüsterte sie, während sie abwechselnd auf den Hexenkampf unter ihren Füßen und auf Areshva blickte.

Das war's also. Ich bin amputiert. Machtlos wie eine Ameise. So wie am Anfang. Was habe ich eigentlich erreicht? All meine Strategien, meine Anstrengungen, meine Seelenqualen – war alles umsonst?

Angestrengt versuchte Areshva in dem wilden Kampfgetümmel am Boden zu erkennen, welche der beiden Parteien den Ring ergattern würde. Immer wieder musste sie hin- und herfliegen, um nicht von Querschlägern getroffen zu werden. Allerdings wurden die Darghessanerinnen reihenweise aus dem Feld herauskatapultiert. Wahrscheinlich würde er also in den Fängen der Spinnenanbeterinnen landen. Und sobald eine von ihnen den Ring berührte, würde der Fluch sie verderben, mit dem Areshva das Schmuckstück belegt hatte. Damit wäre der Trick aufgeflogen, mit dem sie die Hohepriesterin hereinlegen und deren ansonsten bedrohlichen zu erwartenden Machtzuwachs verhindern wollte. Garantiert würde die Alte sie zwingen, den Fluch zu löschen. Das würde alles zerstören. Das durfte sie auf gar keinen Fall zulassen, wenn sie nicht schuld daran sein wollte, dass Damarynth unter die schlimmste Terrorherrschaft aller Zeiten geriete!

Wenn nur die Darghessanerinnen siegen würden. Dann würde lediglich die miese Meriedyce von dem Ringfluch zerschmettert, haha … doch selbst in dem Fall würde die Hohepriesterin unweigerlich begreifen, dass der Ring verflucht war. Ein ungutes Gefühl kroch ihr in die Magengrube. Mist! Es war alles verkorkst! Egal wie es ausging, egal, wer den Königsring am Ende ergatterte, ihr Plan würde dadurch zerstört werden. Sie durfte den Ring nicht verlieren! Noch nicht jetzt. Erst, wenn sie damit die Hohepriesterin persönlich erwischen und, mithilfe ihres genialen Paktes, auch noch Silvrins Leben retten konnte!

Gerade wollten die Spinnenhexen ihre letzte Gegnerin abschießen, als sich diese plötzlich mit einem lauten Knall und unter mächtigem Dampfen und Blitzen in einen blaugeschuppten, etwa sechs Meter hohen Drachen verwandelte, dessen Kopf direkt auf Areshva zuschoss und sie wie einen Fußball in den Himmel kickte. Sie wirbelte durch die Luft, fing sich aber schnell und flog bis vor die Stadtmauer zurück, um aus der Gefahrenzone herauszukommen. Meriedyce schien talentiertes Personal zu unterhalten. Pirina kam ihr hinterher und blieb dicht bei ihr.

Erst jetzt überblickte Areshva, dass hier nicht nur Hexen aufeinander einschlugen, sondern auf der gesamten Ebene vor den Toren der Stadt eine erbitterte Schlacht tobte. Hunderte Schwerter schepperten gegeneinander, Pferdegetrappel donnerte über die Felder und als Echo von den Hügeln der Umgebung zurück, Geschrei tönte durch die Luft – und Areshva kroch der Schweiß auf die Stirn. Das war noch viel schlimmer, als sie geglaubt hatte. Silvrin steckte garantiert mitten in dem Getümmel! Sie konnte heute alles verlieren, das ihr etwas bedeutete!

»Pirina!«, keuchte sie, »flieg über das Schlachtfeld und suche nach Silvrin!«

»Kommst du nicht mit?«, fragte Pirina bebend. »Ich meine … ich kann doch nichts, wie soll ich denn …«

Ich kann auch nichts, dachte Areshva. Sie verkrampfte sich innerlich. Was für ein Albtraum. »Wenn ich den Ring verliere, ist Silvrin tot, denn dann zerschmettert ihn das Orakel. Deshalb muss ich den bewachen«, brachte sie mit brüchiger Stimme heraus. »Bete, dass Silvrin allein klarkommt! Falls aber nicht, dann rufst du mich.«

»Okay.« Pirina nickte mit starrem Gesicht und flog davon.

Meriedyces Drachenweibchen hatte sich in der Zwischenzeit recht effektiv geschlagen. Einige der Netzträgerinnen lagen zertrampelt am Boden, andere brannten und rannten wie lebende Fackeln mitten in das

Schlachtfeld herein, wo Schwerter surrten und herrenlose Pferde wieherten. Areshva musste an das brennende Haus ihrer Familie denken und an ihren Bruder, der in den Himmel flog, rot, ein Feuervogel …

Tränen tropften über ihre Wangen. Sie wischte sie weg. Jetzt war keine Zeit für Sentimentalitäten, sonst krachte gleich die nächste Katastrophe über sie herein. Sie musste den Ring zurückerobern! Um jeden Preis! Aber Osving hockte geradewegs dem Drachen vor den Pfoten. Das Schuppenvieh bewachte ihn wie ein goldenes Ei. Sie hatte keine Chance, an ihn heranzukommen.

Zu dem gleichen Schluss waren auch die Dienerinnen der Hohepriesterin gekommen. Viele waren ja nicht mehr übrig, gerade noch eine Handvoll.

»Achtung!«, schrie eine von ihnen, die schleimig-vernetzte Flügel hatte und gerade damit beschäftigt war, dem Feueratem der Bestie auszuweichen, »wenn du uns nicht den Ring überlässt, töten wir Prinzessin Kia Sephila!«

Um ihren Worten Nachdruck zu verleihen, zeigte sie nach hinten. Weit entfernt, mitten im Schlachtfeld, krachte die Erde auseinander und ein Felsen wuchs in die Höhe. Mehrere Reiter befanden sich darauf, wurden aber durch das Rucken des Erdbodens auseinandergerissen. Die meisten fielen rechts und links zu den Seiten herunter, und nur eine schmale Person und ihre Begleiter blieben darauf stehen, die von dem Felsen unerbittlich immer weiter in die Höhe getragen wurden. Aus der Entfernung waren sie nicht zu erkennen, aber dass das eine von ihnen keine Uniform trug und lange blonde Haare bis zu den Hüften hatte, schien eindeutig. Areshva prallte zurück. Jetzt zogen ihre Feinde wirklich alle Register. Sie hätte auch noch Prinzessin Kia Sephila auf dem Gewissen, die Tochter ihrer Lehrmeisterin. Kirisha würde ihr nie verzeihen, wenn sie das Mädchen nicht rettete.

»Kia Sephila könnt ihr an eure Spinnen verfüttern!«, röhrte der Drache. »Wir haben nicht das geringste Interesse an ihr!«

Areshva schlug erschrocken eine Hand vor den Mund. Vor lauter Nervosität biss sie in ihren Handballen. Sie biss so kräftig, bis der Schmerz sie ordentlich durchzuckte.

Was soll ich denn, bei allen Dämonen, bloß machen!

Eine wohlbekannte raue Stimme klang an ihr Ohr. Allerdings hörte sie sich diesmal äußerst säuerlich an. »Na? Mal wieder in Bedrängnis? Da muss wohl die alte Agga aufkreuzen, um dich aus dem Schlamassel zu holen? Ich hätte etwas für dich … falls du willst.«

Der Name rasselte Areshva durch Mark und Bein. Agga. Die kam ja praktisch wie gerufen. Sie könnte alle Kraft bekommen, die sie jetzt so dringend brauchte.

Im selben Moment erschrak sie vor ihren eigenen Gedanken. War sie verrückt geworden? Jetzt? Nach allem, was sie durchgemacht und was sie erfahren hatte? Nein! Niemals! Zu Agga zurückkehren, das wäre schlimmer als sterben!

Das ist die Realität, höhnte es in ihrem Kopf. *Es gibt kein Entkommen. Es gibt keine schönere Welt. Das ist nur ein Traum. Das wahre Leben ist hart, und du gehst unter, wenn du nicht genauso hart bist.*

»Du kleines Stück Dreck«, donnerte Aggas Stimme ihr um die Ohren. »Erwarte diesmal keine Sonderbehandlung. Deine neue Quota ist dreißig.«

»Hat jemand dein Gehirn zerkocht?«, zischte Areshva zurück. »Hast du vergessen, dass ich Gewalt hasse?«

Ein grelles, quietschendes Lachen gellte um sie herum. Nun erschien auch die kleine Fledermaus vor ihr, die sie mit einem verächtlichen Lächeln angrinste. Sie gab sich diesmal struppiger als früher und viel hässlicher. Wahrscheinlich lag das an den vielen spitzen Zähnen, die sie beim Grinsen sehen ließ. »Du musst Meriedyce übertreffen, wenn du diesen Kampf gewinnen willst, mein Häschen, und die Schlange operiert inzwischen mit Quota fünfundzwanzig. Geht die Rechnung in deinen Kopf?«

»Ich will gar nicht gewinnen!«, stöhnte Areshva gequält. »Ich brauche nur den Ring! Und Silvrin muss überleben! – Ja, und auch Prinzessin Kia Sephila.«

»Ich scheiße komplett auf das was du willst. Du folgst meinen Anweisungen, oder du bekommst keine Strahlung von mir! Klar?«

Areshva fühlte sich, als würde sie gerade gehäutet. Jemand riss ihr die Haut in langen Streifen vom Fleisch herunter. Sie war ein einziger Schmerz. Ihr Magen revoltierte. Ihre Glieder zitterten, und ihre Augen zerflossen in Tränen. Dies war viel schlimmer als früher, denn jetzt hatte sie das Paradies gesehen und wusste, dass es theoretisch existierte. Und dass sie es nie wiedersehen würde.

»Quota dreißig!«, quakte Agga. »Und ich will, dass du mir neue Seelen raubst!«

Unter Areshvas Füßen hatte der Drache soeben die letzte Spinnenhexe in die Flucht geschlagen und beugte sich nun zu dem Ringträger Osving herunter, der im Vergleich zu ihrer Größe etwa aussah wie ein kleines verhuschtes Mäuschen unter den Tatzen eines Bären. Kaum klar zu erkennen. Areshva musste endlich aufhören zu weinen. Wenn sie jetzt nicht eingriff, hatte sie für immer verloren. »Gib schon!«, schrie sie und griff nach Aggas magischen Klumpen, »her mit deinem Matsch!«

Ihr Kontaktring schlug auf Schwarz um.

Gegen den Strom

So schnell kann sich also die Perspektive ändern, zischte es Silvrin durch den Kopf, als er Areshva davonfliegen sah – dem aufgeblasenen Prinzen Osving hinterher. Das Bild ihrer schwingenden Samtflügel brannte sich in seine Augen und schmerzte mehr, als es ein Messerstich getan hätte. Wenn er nur gekonnt hätte, wäre er ihr nachgeflogen.

Allerdings hatte er momentan ganz andere Probleme, denn Wukur tauchte vor ihm auf, dem die Stirnadern anschwollen, als ob sie gleich platzen wollten, und der soeben das Schwert gezogen hatte. Silvrin fühlte die Wut seines Gegners wie ein ansteckendes Gift auf sich überspringen. Wenn Wukur nicht so ein ausgemachter Windhund wäre, hätten sie diesen Konflikt schon längst geklärt! Aber nein, er verlangte nach einem Kampf!

Sollte sich nicht einbilden, dass Silvrin sich davor fürchtete. »Stopp!«, brüllte er. »Jetzt reicht es!«

»Zum Angriff!«, brüllte Wukur zurück.

Der Darghessaner stieß seinem Pferd die Sporen in die Seiten und drückte gleichzeitig mit der linken Hand auf dem Schwertknauf herum, bis ein lautes Rauschen und Knattern aufkam und ein Wind aus Farben und Zerrbildern seine Gestalt umwehte. Als der Sturm davonwirbelte, grinste Silvrin ein Riese an, dessen Hände sich in Scheren verwandelt hatten, ähnlich denen eines Krebses, nur dass sie deutlich länger waren und die Form von Schwertklingen hatten. Sein Reittier war jetzt etwa so kräftig und auch so zottelig wie ein Bär. Wukur ritt mit rasselnden Scheren und einem hohnlachenden Grinsen im Gesicht auf Silvrin zu. Neben ihm nahmen reihenweise die Soldaten Reißaus, aber Silvrin blieb stehen.

Wenn sie mich jemals geliebt hat, dann ist der Kampfzauber, den sie mir einst gegeben hat, auch gegen so ein Monstrum stark genug, dachte er mit zusammengebissenen Zähnen. *Und wenn nicht ... Dann weiß ich wenigstens Bescheid.*

Er zückte seine Waffe, doch sie schien winzig im Vergleich zu denen des Angreifers. Deshalb wappnete er sich zusätzlich mit seinem Schild. Wukur brauste auf ihn los, seine Messerscheren wirbelten wie Doppelschwerter in der Luft. Silvrin warf den Schild vor sein Gesicht, doch die Kraft seines Gegners war so enorm, dass es ihn aus dem Sattel hob. Er fühlte den Wirbel, dann einen harten Aufprall. Einen Augenblick war er benommen, rappelte sich aber schnell wieder auf. Wukur stand vor ihm, mit baumlangen Beinen, seine massigen Hüften befanden sich etwa auf Silvrins Schulterhöhe, sodass er von Wukurs Kopf nur die unteren Bartstoppeln sehen konnte. Unbehaglich. Auf einen Schlagabtausch sollte er es deshalb doch lieber nicht ankommen lassen, weil sein Siegeszauber diesen Größenunterschied womöglich nicht ausgleichen konnte. Silvrin duckte sich und huschte geschwind zwischen den Beinen des Darghessaners hindurch, wobei er sich absichtlich mit dem Fuß an dessen Unterschenkel verhakte und ihn einmal kräftig nach hinten zog.

Wukur strauchelte und fluchte so laut, dass Silvrin fast das Trommelfell platzte. Schon wirbelte er herum, und seine Scherenschwerter rasselten auf Silvrin zu. Dieser sprang zur Seite, sodass der Schlag in die Luft ging, rieb dann schnell an einem seiner Magiestäbe, mit denen er sich für diesen Kampf eingedeckt hatte, und erzeugte damit die Illusion einer soliden Mauer. Dahinter versteckte er sich und schnappte nach Luft. Verdammt brenzlig.

Moment mal! Wukurs plötzliches Wachstum konnte doch nichts anderes sein als ein Zauber! Und dagegen kannte Silvrin ein Mittel. In Windeseile klaubte er zwei neue Magiestäbe aus seinem Gürtel, bearbeitete sie und steckte sie mit den entgegengesetzten Seiten ineinander, bis er daraus einen Antimagiestab geformt hatte. Keine Sekunde zu spät, denn gerade löste sich seine Schutzmauer auf, und vier Scherenschwerter gleichzeitig sausten auf Silvrin zu. Da sein Gegner jedoch so hoch über ihm stand, befanden sich auch seine Schwertzangen weit oben, sie schienen auf Silvrins Hals zu zielen. Er warf sich auf den Boden, um den Angriff zu unterlaufen, aktivierte den Antimagiestab und richtete ihn gegen den Riesen. Es zischte und dampfte. Tatsächlich schrumpfte Wukur im Zeitlupentempo wieder auf seine alltägliche Größe. Auch seine Waffe reduzierte sich auf ein gewöhnliches Langschwert. Silvrin sprang auf die Beine. Das sah doch schon viel besser aus!

Die beiden Feinde rasselten aneinander. Ihre Klingen zischten durch die Luft. Silvrin kämpfte darum, seinen Siegeszauber wiederzufinden, aber er sprang nicht an.

Während er diese Ungewissheit früher meist recht locker weggesteckt hatte, zerrte sie nun an seinen Nerven. Denn sie sagte ihm nur zu deutlich, dass er ihren Zauber vermutlich vergessen konnte. Und Areshva selbst gleich dazu.

Sie ist ein lockeres Mädchen, das mal für diesen, mal für jenen schwärmt, dachte er erbittert, während er voller Zorn auf seinen Gegner loshechtete. *Dumm von mir, dass ich das nicht sofort verstanden habe. Schon als ich sie mit Wukur reiten sah, hätte ich es wissen müssen. Wer solch einen schätzt – wie viel Moral hat so eine Person? Nicht für drei Scheller!*

Wukur hatte zwar seine Riesenkraft verloren, aber er sprühte dermaßen von Energie, dass seine Schläge in rasender Geschwindigkeit kamen. Silvrin konnte bei dem Tempo nicht richtig mithalten und war gezwungen, immer wieder auszuweichen und zur Seite zu springen. Je deutlicher ihm klar wurde, dass er auf sich allein gestellt war, dass er Areshva verloren hatte, desto tiefer wühlte sich der Schmerz in ihn herein. Er konnte sie nicht vergessen. Sie hatte ihn an sich gebunden, und nun saß er an ihr fest. Selbst aus der Ferne fühlte sich dieses Band stahlhart an. Er konnte es nicht einfach zerreißen. Seine Haut sehnte sich nach ihrer Berührung, seine Sinne nach ihrem Lachen und nach dem verheißungsvollen Ton in ihrer Stimme, als sie ihm von ihrer Göttin erzählte.

Bei Lystrella, er kämpfte wie der allerletzte Stümper. Nun war das nicht mehr Wut, was seine Schläge dirigierte, es war Resignation. Trauer. Wukur geriet in Fahrt. Er musste Silvrins Schwäche längst bemerkt haben, er raste, sein Schwert rotierte, schien aus allen Richtungen zu kommen. Denn der

Skeff flog ab und zu zwei Meter in die Luft und hieb dann von oben auf ihn ein.

Zeig ihr doch, dass du kein Schwächling bist, dachte Silvrin verbissen. *Ich brauche deinen Zauber nicht zum Gewinnen! Inzwischen sollte ich ihn längst im Kopf haben. Wie war das noch? Den Griff etwas zur Seite drehen, dann mit einer leichten Drehung –* zack!

Er erwischte Wukur frontal, zerschlug dessen Angriff, sein Gegner taumelte. Gar nicht so schlecht.

Eine Welle kolossaler Begeisterung ergoss sich über Silvrin. Hatte er das selber geschafft? Oder war das ihr Zauber? Schon dampfte Wukur wieder auf ihn los. Keine Zeit nachzudenken. Silvrin parierte. Ha! Das hatte gesessen! Endlich spürte er die Waffe wieder richtig in der Hand, wusste, wie er sie schwingen musste, und jetzt saßen seine Schläge auch, einer nach dem anderen.

Plötzlich fühlte er sich hochgehoben. Die ganze Welt wackelte. Schreie und erschreckte Rufe gellten über den Köpfen der Kämpfenden hinweg. Was war das? Ein Erdbeben? Oder …

Silvrins Blicke glitten in Sekundenschnelle über die wogende Menge der Kämpfer um sich herum, ohne dabei Wukur aus den Augen zu lassen. Dessen nächsten Angriff durfte er nicht zu spät wahrnehmen. Aber auch sein Gegner war von dem rutschenden Boden unter ihren Füßen irritiert und sah sich um.

Vor Silvrins Augen krachte ein mächtiger Felsen aus dem Erdboden heraus, vielleicht vier- bis fünfhundert Pferdelängen entfernt. Erstaunlicherweise wuchs der Brocken in die Höhe wie eine Lilie. Oder eher schon wie eine Kiefer mit unerschütterlich hohem Stamm. Silvrin mochte seinen

Sinnen kaum trauen. Er kniff die Lider zusammen, aber das Bild veränderte sich nicht. Was war hier denn los? Wer hexte an dem Felsen herum und warum? Stand da nicht sogar jemand oben drauf?

»Kia Sephila«, hörte er Wukur neben sich keuchen.

Ganz sicher war das Mädchen aus der Entfernung nicht zu erkennen, aber der Hochfelsen war etwa auf der halben Strecke zwischen dem Kampfplatz und seinem Hauptquartier entstanden. Genau dort, wohin Fürst Ishtangar mit seiner Tochter geflohen war. Daher konnte das durchaus sie sein, die gerade in so luftige Höhen gehoben worden war, zusammen mit mehreren anderen Gestalten.

Inzwischen bebte der Erdboden nicht mehr, und der neue steinerne Berg ragte still in die Höhe, als hätte er schon ewig an dieser Stelle gestanden. Die Menschen auf seinem Gipfel rannten hin und her. Es sah jedoch nicht danach aus, als könnten sie ihren neuen Aufenthaltsort wieder verlassen, denn das war ein steiler, eckiger Felsen, der schroff in die Tiefe fiel. An diesem neu entstandenen Berg haftete jedoch auch noch etwas Unheimliches, denn nun kam Unruhe in den Reihen der Kämpfenden auf, die zwischen Silvrin und dem Unglücksherd standen. Dann ergriffen die ersten die Flucht. Als wäre das kein neugeborener Felsen, sondern eher ein feuerspeiender Drache, preschten plötzlich Dutzende Soldaten Hals über Kopf von ihm weg. Seltsamerweise flüchteten sie jedoch nicht Richtung Hauptquartier, wie Silvrin am ehesten erwartet hätte, sondern rückwärts, auf ihn und Wukur zu. Zuerst waren das nur einzelne zersprengte Flüchtige, aber es wurden schnell mehr. Plötzlich sah Silvrin hunderte panische Reiter direkt auf sich zukommen. Er wollte schon wenden und mit dem Strom folgen, um nicht von ihm überritten zu werden, doch da sah er Wukur wie einen Wahnsinnigen zu dem seltsamen Felsen hinstarren. Der trieb sogar sein Pferd an, um ganz allein gegen den Strom hin zu reiten.

Na klar, die Prinzessin war ja anscheinend da oben. Und in der Massenpanik kümmerte sich keiner mehr um sie. Also, keiner außer dem verrückten Ganoven Wukur. So viel Hilfsbereitschaft hatte Silvrin ihm gar nicht zugetraut.

Er änderte auf der Stelle seinen Beschluss. Auch wenn er Wukur nicht leiden konnte, aber diesmal tat er das Richtige und möglicherweise würde er Hilfe brauchen. Irgendeine Gefahr schien da hinten umzugehen, etwas, das die Prinzessin bedrohen konnte. Die besiegte Wukur vielleicht nicht allein – oder er schaffte es, würde dann aber Kia Sephila wieder in seine Gewalt bringen, was Silvrin nicht zulassen wollte. Deshalb wendete auch Silvrin sein Pferd und setzte seinem Kontrahenten nach. Es gelang ihm, sich in den Windschatten des Darghessaners zu hängen und auf diese Weise an ihm dran zu bleiben. Wukur kam kaum vorwärts. Mit voller Wucht fegten Massen von Reitern auf ihn zu. Immer wieder wurde er abgedrängt, sogar beinahe umgerissen, aber er zwang sein Pferd weiter, zum Felsen hin, gegen den Strom. Auch Silvrin musste darum kämpfen, nicht den Anschluss zu verlieren. Wahrscheinlich wären sie nicht sehr weit gekommen, wären nicht in diesem Moment mehrere Hexen herbeigeschwirrt. Sie flogen um Wukurs Kopf herum und warfen ihm eine Barriere in Form eines Erdwalles vor die Füße. Dieser türmte sich so hoch vor ihm auf, dass ihm nun keine Reiter mehr entgegenpreschten, er jedoch auch nicht weiter vorwärts gelangte und sein Pferd stoppen musste. Silvrin blieb in einigem Abstand hinter ihm stehen. Die Hexen umringten Wukur.

»Was tust du! Statt wie ein Irrer gegen Wände zu rennen, solltest du lieber deine Feinde schlagen!«

»Kia Sephila ist da oben, ich muss zu ihr!«

»Die kannst du doch später abholen! Sie kommt da nicht weg!«

»Aber sie ist in Gefahr! Da passiert irgendwas, die Kerle würden doch sonst nicht fliehen!«

»Quark! Sie hockt hoch oben über allem Geschehen und sie wird da auch nach dem Kampf noch hocken. Unsere Armee ist führerlos, unter deinen Soldaten bricht Chaos aus! Du bist der Anführer, also dirigiere sie, dann gewinnen wir auch! Die Priesterin Meriedyce hat schon alles organisiert, du musst nur deinen Part spielen!«

»Ich bin hier nur wegen der Prinzessin! Und ich hole sie, basta!«

Zum ersten Mal hatte Silvrin das Gefühl, dass er Wukurs Gedanken nachvollziehen konnte.

Wenn Areshva da oben wäre und hilflos einer Gefahr ausgesetzt wäre, würde ich auch hinreiten, und niemand könnte mich aufhalten. Leider wartet sie nicht auf mich. Oder? Vielleicht war das ihr Siegeszauber, vorhin …?

Wukur lenkte sein Pferd seitlich an dem magischen Erdwall vorbei, während die Hexen über seinem Kopf herumflatterten und wütend zeterten. Rechts und links von ihrem Schutzwall strömten Flüchtende dicht an dicht an ihnen entgegen. Schwitzende Pferdeleiber, donnernde Hufe, vornübergebeugte Reiter. An diesem Strom vorbeizukommen erschien Silvrin aussichtslos.

»Ich muss hindurch!«, schrie Wukur den Hexen über seinem Kopf zu. »Bahnt mir einen Weg!«

Er wartete die Reaktion seiner Magiergarde gar nicht ab, sondern lenkte sein Pferd mitten in das Getümmel. Sofort wurde er rückwärts gerissen. Die Hexen keiften wie ein Schwarm aufgescheuchter Krähen, flogen ihm aber nach und warfen einen neuen Erdwall auf, diesmal weiter vorne, der die Flüchtigen von Wukur fort lenkte. So arbeitete er sich langsam immer näher an den Felsen heran. Silvrin wollte die fremden Magierinnen lieber nicht auf sich aufmerksam machen. Er hatte schließlich eigene Magiestäbe und hoffte, sich damit ebenfalls einen Weg gegen die Fluchtrichtung bahnen zu können. Seine Mauern wurden jedoch dürftiger und kurzlebiger als die Wälle der Hexen, sodass Wukur einen immer größeren Vorsprung vor ihm bekam.

Unerwartet tauchte Pirina über seinem Kopf auf.

»Oh, der Göttin sei Dank, dass ich Euch finde! Ich habe schon überall nach Euch gesucht!«, rief sie sichtlich erleichtert.

Wieso sucht sie nach mir?

»Hilfst du mir? Ich will zu dem Felsen da drüben.«

Pirina schluckte und ließ die Unterlippe hängen. »Ich kann leider nichts machen. Unsere Göttin hat ihre Macht verloren.«

Wie konnte eine Göttin Macht verlieren? Danach musste Silvrin unbedingt fragen. Aber nicht jetzt. Jetzt war der Felsen wichtiger. »Dann nimm diesen Stab von mir! Fang! Ich komme zu langsam vorwärts. Kannst du eine effektive Hexerei damit auslösen, die mir mehr Zeit verschafft?«

Er warf ihr einen seiner Magiestäbe hoch, den sie mit einem erstaunten Gesichtsausdruck in Empfang nahm.

»Ich weiß nicht…« Sie drehte den Stab hin und her, während sie unschlüssig in der Luft flatterte. »Was für eine wollt Ihr?«

»Irgendetwas, das diese Leute ablenkt«, sagte Silvrin drängend. »Und das vielleicht auch noch eine Botschaft übermittelt. Hat Eure Lystrella nicht irgendein Zeichen?«

Pirina nickte. »Klar. Eine Sonne.«

Silvrin runzelte die Stirn. »Es bringt vermutlich nicht viel, eine Sonne mitten in die Menschenmenge zaubern. Dann weiß ja jeder gleich, dass das nur eine Illusion sein kann. Gibt es kein anderes Symbol? Etwas, das die Götter der Finsternis und alle ihre Diener erschrecken würde?«

»Ein Opferbaum, vielleicht«, sinnierte Pirina und wedelte begeistert mit ihrem Stab.

»Was ist das?«

»Ein Gewächs, das du für Lystrella wachsen lässt und das ihr Magie sendet!«

Schlagartig wusste Silvrin ganz genau, welche Bäume das Mädchen meinte. Hatten nicht solche rings um den Tempel von Aravenna gestanden, vor langer Zeit, als er noch ein Kind gewesen war?

»Sehr gut!«

Pirna flog voraus. Schon wurde die Strahlung seiner Schutzmauer schwächer, sie bekam Löcher und löste sich vollends auf. Von Neuem galoppierten Dutzende Reiter frontal auf ihn zu. Er musste ihnen ausweichen. Sein Pferd schnaubte und tänzelte nervös. Silvrins magischen Stäbe gingen langsam zur Neige, nur noch zwei waren in seinem

Gürtel. Er berührte einen mit dem Finger, bis ein Strom von Energie in seine Hand floss. Diese ließ er in einem weiten Bogen nach vorn strahlen, wo sie aus dem Erdboden heraus eine Mauer wachsen ließ, die den Strom der Flüchtenden von ihm ableitete. Während er darauf zu ritt, erblickte er auf halbem Weg zum Felsen einen Baum, der inmitten des Reiterstroms emporspross, und dessen grünen Blätter perlweiße Tropfen zum Himmel hinaufströmen ließen. Wie leuchtender Regen, der der nach oben statt nach unten prasselte. Das musste Pirinas Illusion sein. Ein Lichterbaum! Wie lange hatte er diese Pflanzen nicht mehr gesehen! Wie lange nicht mehr an sie gedacht! Seltsam, dass er die Bilder seiner Kindheit so komplett vergessen hatte. Es kam ihm vor, als ritte er durch einen Traum, zurück in vergangene Zeiten, in denen es nichts anderes als den Tempelgarten gegeben hatte und die sorglosen, lustigen Spiele mit seinen Kameraden. Wenn er sich damals mehr für das Machtsystem seiner Götter interessiert hätte, dann hätte er jetzt vielleicht eine Idee, wie er diese verlorene Macht zurückholen könnte, von der Pirina sprach?

Einige Meter vor sich sah er Wukur reiten. Noch immer schwirrten die Hexen über seinem Kopf wie Fliegen über einem frischen Kuhfladen. Sie waren jedoch ebenfalls gerade auf den lichtersprühenden Baum aufmerksam geworden. Silvrin hörte sie inmitten des hundertfachen Hufgetrappels laut kreischen und sah sie aufgeregt gestikulieren. Schon schwirrten sie davon und bombardierten die unschuldige Illusion mit feuersprühenden Kugeln. Feuer flammte auf, Rauch dampfte über die Ebene. Tatsächlich hatte das den Effekt, dass die entgegenkommenden Soldaten dem beschossenen Objekt aus dem Weg gingen und Silvrin deshalb wieder freie Bahn bekam. Leider galt das auch für Wukur, der immer noch Vorsprung vor ihm hatte. Silvrin trieb seinen Schimmel an. Der Darghessanerfürst preschte mit unverminderter Geschwindigkeit voraus. Aus den Augenwinkeln bemerkte Silvrin, dass Pirina Gefallen an ihrem Spiel mit verbotenen Lichterbäumen gefunden hatte und gerade einen neuen mit einem breiten Astgeflecht an einer anderen Stelle erscheinen ließ. Ihre Illusionen sahen echt aus. Das Hexengeschwader ratterte sofort darauf los.

Weiter so, Mädchen!

Im Hintergrund hörte er ein neues Geräusch. Ein tausendfaches knöchernes Klappern. Es klang, als ob jemand mit hunderten von Holzstäben einen Trommeltanz aufführte. Wer diese Laute verursachte, konnte er sich nicht vorstellen, aber es war womöglich die Ursache, vor der all die Soldaten gerade flohen. Ein Schauer jagte ihm über den Rücken.

Sie waren jetzt selbst schon so nah an dem neugeborenen Felsen, dass er weder die Prinzessin noch ihre Leute mehr sehen konnte, die irgendwo hoch über ihren Köpfen sein mussten. Die Felsen ragten fast senkrecht in den Himmel, nirgends gab es einen Weg hinauf. Wukur erreichte ihn als Erster. Er sprang von seinem Pferd und blickte ratlos nach oben. Nun war auch Silvrin am Ziel und stieg ebenfalls ab, als er über sich den hellen Klang der Stimme der Prinzessin hörte. Jetzt tauchte sogar ihr Blondschopf über dem obersten Rand der Felsen auf. Sie untersuchte wohl die Umgebung, forschte vielleicht nach einem Weg, wie sie sich retten könnte. Nun formte sie ihre Hände zu einem Trichter und rief etwas zu ihnen herunter, aber Silvrin konnte ihre Worte nicht verstehen, denn ein anderes, schreckliches Geräusch übertönte sie.

Er lauschte. Jetzt hörte er dieses andere Geräusch noch deutlicher. Es klang nach einem tönernen, blutleeren Klappern, das ihm die Haare zu Berge stehen ließ. Das waren keine Trommeln, das war ein Marsch. Da rückten Soldaten heran, mit gleichförmigen, poltrigen Schritten. Krieger, die nicht redeten, sondern stattdessen laut stöhnten, deren Atem wie unterirdische Posaunen röhrte. Womöglich waren das Dämonen, die der Unterwelt entstiegen waren? Silvrin hörte das Geklappere jetzt sehr penetrant und immer stärker werdend und wusste, was die Stunde geschlagen hatte. Es wäre klüger, schnell das Feld zu räumen, so lange noch Zeit war. Allerdings könnte Prinzessin Kia Sephila dann tatsächlich in eine üble Lage geraten.

Ich habe Magiestäbe dabei. Damit kann ich mich hoffentlich wehren.

Wukur untersuchte den Felsen, schien zu überlegen, ob er hinaufklettern sollte. Das Gestein war scharfkantig und derartig steil, dass er wohl bezweifelte, ob er diese schwindelnde Höhe tatsächlich erklimmen könnte.

»Was habt Ihr vor?«, schrie Silvrin laut. Wukur wirbelte herum. Er war kaum wiederzuerkennen, sein Mund hatte sich verzerrt, seine Augen zuckten, und er spuckte die Worte aus wie verdorbene Brühe.

»Verfluchter Hundesohn! Ihr spannt mir nicht das Mädchen aus!«

»Das habe ich auch gar nicht vor. Was passiert hier? Warum erhob sich der Felsen?«

Wukur ballte die Fäuste.

»Könnt Ihr nicht zwei und zwei zusammenzählen? Fremde Mächte heben Prinzessin Kia Sephila auf einen Felsen, Meriedyce schickt ihre Todesarmee ausgerechnet hierher … Verfluchte Scheiße, die Prinzessin kommt da vielleicht nicht lebendig heraus, wenn ich sie nicht hole! Wenn Ihr mich behindert, seid Ihr mitschuldig an ihrem Tod!«

Silvrin stutzte.

Das Klappern und Rasseln der seltsamen Trommeln wurde immer lauter und schien sich zu nähern. Todesarmee …? Wusste Wukur etwa, was das für Geschöpfe waren, die sie bedrohten? War er schuld an ihrer Ankunft? Der Kerl wollte die Prinzessin nicht retten, er wollte sie verderben! Das hatte er schon die ganze Zeit gewollt!

»Wenn diese Todesarmee, wie Ihr sie nanntet, Eurer Partnerin gehört, dann befehlt sie doch zurück, das sollte leicht sein«, erwiderte Silvrin kühl. »Ich schlage vor, Ihr redet mit Meriedyce und ich kümmere mich um die Prinzessin.«

»Nein! Sie gehört mir! *Ich* hole sie!«, brüllte Wukur. »Bei allen Dämonen der Unterwelt! Haben wir nicht gerade dasselbe Ziel? Können wir nicht zusammenarbeiten, wenigstens so lange, bis ich oben auf dem Felsen angelangt bin und sehe, wie es ihr geht? Das wird nicht zu ihrem Schaden, ich schwöre!«

Silvrin war überrascht. So eine Rede hatte er dem Banditen nicht zugetraut.

Diesmal versucht zur Abwechslung Wukur zu verhandeln. Und er spricht so aufrichtig! Nur zu gern würde ich mich mit ihm einigen. Allerdings vertraue ich ihm nicht. Der führt doch sicher wieder etwas im Schilde.

Wukur warf ihm einen flackernden Blick zu. Er wartete Silvrins Antwort nicht ab, sondern breitete seine zerschlissenen Flügel aus, fuchtelte heftig damit und schaffte es, mehrere Meter in die Luft zu kommen. Wie mit einem Riesensprung flog und hüpfte er gegen ein Felsstück hoch über Silvrins Kopf und klammerte sich dort mit Händen und Füßen fest. Er rutschte tiefer, krallte sich fest, rutschte noch einmal. Dann fand er Halt. Silvrin beschloss ihm zu folgen. Er suchte sich eine Route nebenan und arbeitete sich aufwärts. Schweigend kletterte er, kratzte mit den Füßen an den Steinen, forschte mit den Händen nach griffigen Zonen, an denen er sich festhalten konnte und zog sich immer weiter hoch. Dabei ließ er Wukur nicht aus den Augen, an den er bald näher herankam. Der Halunke war zu aufgeregt, es konnte ihm nicht schnell genug gehen. Viel zu hastig streckte er sich nach oben, noch bevor er seine Position richtig abgesichert hatte. Immer wieder rutschte er abwärts, einmal wäre er fast abgestürzt. Seine rechte Hand war rot von Blut. Vielleicht hatte er sich bei seinem Anflug auf den Felsen verletzt. Er schien das aber gar nicht bemerkt zu haben.

Er macht sich wirklich Sorgen um die Prinzessin.

Plötzlich fiel es Silvrin schwer, seinen Widersacher weiterhin zu hassen. Ihm war, als spiegelten dessen Gefühle nur seine eigenen. Als hätte er mit dem Skeff doch mehr gemeinsam, als er sich vorgestellt hatte. Könnte er doch bloß um Areshva so kämpfen wie dieser Lump um *seine* Prinzessin! Denn Kia Sephila war ja wenigstens irgendwie erreichbar. Selbst wenn dieser Felsen bis in den Himmel ragte, aber sie würde da oben sitzen ihn wahrscheinlich mit Handkuss empfangen. Areshva dagegen … Wie sollte er zu ihr kommen? Wie ihre Gefühle verstehen? Wie irgendetwas für sie tun, wenn er kaum ahnte, was in ihrem Kopf vorging? Er fand keinen Weg zu ihr, sie steckte hinter einem Tor mit sieben Siegeln!

Die Kletterei wurde anstrengend. Wukur neben ihm kam schon seit einiger Zeit gar nicht mehr vorwärts, weil der Felsen an dieser Stelle immer steiler wurde und nirgends Halt bot. Auch Silvrin musste länger suchen, bis er eine neue sichere Kante gefunden hatte, zu der er sich hochhangeln konnte. Nach unten blickte er lieber nicht. Sie befanden sich bereits atemberaubend hoch über dem Erdboden.

»He!«, rief Wukur zu ihm herüber. Sein Gesicht war gerötet, er atmete pfeifend. Seine Hände tasteten ziellos über das Gestein. »Hängt Ihr mir immer noch an den Hacken? Verschwindet!«

»Ich komme nur zu Eurer Unterstützung«, erwiderte Silvrin.

»Geschwafel! Wenn Ihr nur eine Möglichkeit findet, werdet Ihr mir das Mädchen abspenstig machen!«

Wukur bricht die Schlacht ab, um ein Mädchen zu retten, noch dazu riskiert er mit dieser Kletterei Kopf und Kragen, dachte Silvrin immer mehr überrascht. Hatte er sich in dem Halunken getäuscht? War Wukur vielleicht gar kein Bandit, sondern einer, der ihm ein Freund sein könnte? Silvrin ließ sich die Berichte durch den Kopf gehen, die er über Wukur gehört hatte. Nicht ein einziger war günstig gewesen. Dennoch geriet jetzt seine Einstellung über Wukur ins Wanken. Er schien zumindest besser zu sein als sein Ruf. Vielleicht war auch gar nicht er der Drahtzieher zu all den unschönen Taten, von denen Silvrin gehört hatte. Vielleicht trieb ihn seine verbündete Priesterin zu bösen Taten an, und ohne sie wäre er ein guter Mensch?

»Wukur«, sagte Silvrin, »ich denke, Eure Partnerin ist das Übel, das Euch auf dem Nacken hockt. Sie scheint der Motor zu allen grausamen Aktionen zu sein, die in den letzten Wochen in Darghessa geschahen. Trennt Euch von Meriedyce, und ich werde vor dem Fürsten Ishtangar günstig über Euch sprechen!«

Wukur hielt inne und starrte zu Silvrin in die Tiefe hinunter. »Ihr meint, ich soll mein Bündnis mit ihr aufkündigen?«

»Exakt.«

»Aber das würde mich die Fürstenwürde kosten. Und Meriedyce würde unseren Tempel verlieren!«

»Ja, das wäre der Preis.«

»Seid Ihr toll?« Wukur schnaufte wie ein Eber. »Glaubt Ihr, ich lasse mir meine Provinz rauben? Könnt Ihr Euch vorstellen, was es mich gekostet hat, sie zu bekommen? Auch die Prinzessin würde mich nicht mehr ansehen ohne die Fürstenkrone.«

»Wenn sie Euch wirklich liebt, dann spielt das nicht die geringste Rolle.«

Noch immer hatte Wukur keine neue Position gefunden, in die er hochklettern konnte. Seine Stirn verfärbte sich tiefrot. »Drecksack! Ihr wollt mich ruinieren!«, brüllte er plötzlich. Ehe Silvrin es sich versah, hatte der gegnerische Fürst seine Flügel weit ausgebreitet, sodass der rechte bis zu Silvrin herüberreichte. Er wedelte ein paarmal damit, erwischte Silvrins Hand, die den Halt verlor, er flatterte noch einmal, da riss er auch dessen zweite Hand vom Felsen weg, Silvrin rutschte ab, griff ins Leere – und stürzte abwärts.

In Dunkelheit gefangen

»Bitte sehr«, säuselte Aggas Stimme in ihre Ohren. »Mach etwas draus!«

Energie sprudelte in Areshvas Körper und füllte ihn bis zur Schmerzgrenze. Sie war eine fliegende Bombe. Wenn sie nicht gleich anfing, diese Kraft wieder von sich zu schleudern, würde sie platzen.

Der blaugepanzerte Drache unter ihr riss eben sein Maul auf, als wollte er Osving mit Haut und Haar verschlingen. Areshva ließ eine Reihe aus dicken Eisenkugeln entstehen, die sie zunächst in der Luft jonglierte und dann eine nach der anderen gegen den Drachen schleuderte. Sie bombardierte seine Schnauze, seinen Hals, traf Bauch, Beine und Rücken. Das Monster senkte seinen Kopf und wich nach hinten zurück, es fauchte und brüllte. Wo mochte es seinen sensiblen Punkt haben? Areshva war sich klar darüber, dass diese Bestie nichts weiter war als eine behexte Zauberin. Die musste sie knacken. Sie brauchte bessere Waffen. Also produzierte sie nun eine Feuerkugel, die sie auf den dicken Leib des Drachens krachen ließ. In einem grellen Blitz explodierte sie. Der Lindwurm löste sich in Luft auf, als hätte es ihn nie gegeben.

Areshva wurde rückwärts geschleudert, schlug einen Salto, fing sich aber gleich wieder.

Wohin war Osving verschwunden? Ah, dort, er lag zwischen Farnkräutern am Boden und hielt sich den Kopf. Die Druckwelle musste ihn ebenfalls ein Stück fortgeschleudert haben. Drei Soldaten marschierten mit gezückten Schwertern auf ihn zu. Areshva fühlte die Energie unvermindert in ihren Adern toben. Sie warf Flammenkracher auf die Angreifer und erwischte sie, einen nach dem anderen. Neben ihrem linken Ohr hörte sie Agga deklamieren:

»Neunundzwanzig. Achtundzwanzig. Siebenundzwanzig.«

Areshva ergriff die kalte Wut.

»Was soll das?«

»Wir sagten, dreißig Opfer. Ich zähle nur mit.«

»Verdammt! Du brauchst es nicht noch zu betonen!«

Areshva begann das Blut zu rauschen und die Kopfhaut unangenehm zu ticken, so als könnte jeden Moment nicht nur ihre Energie, sondern auch die Wut in ihr explodieren.

Während der Energiefluss Areshva früher immer euphorisiert hatte, fühlte sie sich jetzt fremd im eigenen Körper. Sie wusste genau, dass sie so nicht handeln durfte. Sie war auf einem falschen Weg, schon wieder! Oder noch immer! Es kam ihr vor, als hätte ihr ganzes Leben nur aus Fehlern bestanden. Nein, nicht einfach Fehler. Handfeste Sünden hafteten an ihr. Fatale Sünden. Sie ruinierte die einzigartige, wahre Göttin. Obwohl sie sich doch so drängend wünschte, sie wieder an die Macht zu bringen. Sie war in einem Teufelskreis gefangen, aus dem es kein Entrinnen gab.

Osving stand inzwischen am Boden, sichtlich verunsichert. Rings um ihn her tobten zahllose Kämpfe. Die Luft war erfüllt von Schwertrasseln und Geschrei. Im Augenblick bedrohte ihn niemand, aber Areshva wusste, dass sich das jederzeit ändern konnte. Das schlechte Gewissen pochte in ihr. Wie verraten musste sich die Göttin fühlen. Und wo steckte Silvrin? Um sie herum starben die Soldaten wie die Fliegen! Anstatt ihren Geliebten zu beschützen, verstrickte sie sich in immer neuen Sünden. Er konnte längst tot sein. Weshalb hatte sie den Kopf verloren? Sie hätte Silvrin folgen müssen und den Ring sausen lassen! Wo konnte er stecken? In dem wilden Getümmel von hunderten Kämpfern war es ihr unmöglich, ihn zu entdecken, auch wenn sie aus ihrer luftigen Position heraus einen gewissen Überblick hatte. Sie würde sofort losfliegen, um nach ihm zu suchen. Osving konnte sie ja vorher absichern, damit ihr der wertvolle Ring nicht abhandenkäme. Am schnellsten ginge das, wenn sie ihn einbunkerte. Da könnte er solange bleiben, bis die Schlacht vorüber wäre.

Sie ließ einen großzügigen Energiestrom in ihre Hände fließen und wollte daraus eine Schutzhülle entstehen lassen, aber sie hatte das Material kaum erschaffen, als es ihr zwischen den Fingern wieder verpuffte. Das durfte nicht wahr sein. So etwas war ihr noch nie vorher passiert.

»Agga!«, rief sie ungeduldig. »Was ist mit deinem Energiefeld los? Das bröselt mir auseinander!«

Die Erscheinung der kleinen Fledermaus ploppte vor ihrer Nase auf. Deren gelben Augen blitzten sie stechend an.

»Dreißig Opfer«, wiederholte Agga patzig. »Es sind noch siebenundzwanzig übrig. Bevor du dein Soll nicht erfüllt hast, gibt es keine Extrawürste.«

»Aber ich …«

Es gab einen zweiten lauten Plopp, und die Strukturen der Fledermaus zerplatzten wie die einer Seifenblase.

Verdammt. Areshva griff sich an den Kopf. Sollte sie etwa gezwungen sein, weitere siebenundzwanzig Soldaten zu töten, nur damit sie einen kleinen Bunker für Osving herbeihexen könnte? In ihrem Kopf begann etwas wie ein rostiges Uhrwerk zu rotieren. Nein! Das konnte sie nicht machen! Nicht so! Sie war eine nette Zauberin, keine Mörderin! Sie wollte nur Osving schützen ... und Silvrin ...

Verdammt. Was jetzt? Sie brauchte Zauberkraft. Aber sie konnte nicht ... nein, wirklich nicht, das ging über ihre Kraft, sie konnte nicht wieder von vorne anfangen, sie wollte auf keinen Fall wieder das gruselige Monster werden, das sie einmal gewesen war. Sie wollte nur ... Silvrin helfen. Sie musste ihm helfen. Und sie durfte Osving nicht verlieren, wegen des Ringes ... Alle ihre Gedanken rotierten, in einem Kreis, der ihre Seele zerriss, und der kein Ende hatte. Bei jeder Rotation schrappten sie wie auf einer offenen Wunde herum.

In welchem Elend stecke ich fest! Wahrscheinlich muss ich töten ...

Ich bin ein Wurm. Ein Stück Dreck. Wenn Silvrin herauskriegt, was ich hier mache, oder was ich gleich machen muss, wird er mich verachten. Wenn er noch lebt ... O Lystrella, hoffentlich lebt er!

Der Göttin wrang sich vor Scham über Areshvas Treulosigkeit wahrscheinlich gerade der Magen aus. Sie konnte sich ja selbst nicht ausstehen.

Sie könnte Osving losschicken, um Silvrin zu suchen. Sie würde über ihm herfliegen, ihn vor Angriffen beschützen, sie würde alle Typen abknallen, die ihr oder ihm den Weg vertraten, und währenddessen würde sie nach Silvrin spähen.

Das kann Agga mir nicht verwehren, weil das ohne Extrazauber geht. So kann ich wenigstens Schaden minimieren, muss nur ein paar von ihnen töten und nicht die ganze schreckliche Quota einholen.

»Reite los!«, schrie Areshva zu Osving herunter. »Schwing dich auf das Pferd dort! Fürst Silvrin hat nach dir gerufen!«

Osving starrte verwirrt nach oben. »Silvrin? Wo ist er?«

Wenn ich das wüsste.

»Ich sehe ihn nicht! Suchen wir!«

Endlich hatte sie den Prinzen so weit, dass er zu Pferd saß und losreiten konnte. Sie lenkte ihn quer durch das Schlachtfeld, weil sie Silvrin im dichtesten Getümmel vermutete. Am Anfang war sie gezwungen, ein paar kräftige Feuerkugeln abzuschießen, um ihm Durchlass zu verschaffen.

Aggas penetrante Zählerei bringt mich noch um den Verstand. Dreiundzwanzig! Zweiundzwanzig! Halt doch endlich die Klappe und erinnere mich nicht pausenlos an meine Schlechtigkeit!

Und Silvrin war nirgends. Wie vom Erdboden verschluckt. Was hatte sie sich eingebildet? Wenn sie den Menschen im Stich ließ, den sie am meisten liebte, was hatte sie dann zu erwarten? Zerrüttete Nerven? Muskelkrämpfe? Wahnvorstellungen? Ständig glaubte sie, ihn irgendwo in einer Blutlache am Boden zu sehen. Vielleicht würde sie heute noch vollends den Verstand verlieren.

Osving durchquerte eine Gruppe von Kämpfenden, die mit Hellebarden und Kurzschwertern aufeinander einschlugen. Ein Reiter preschte mit erhobener Lanze auf ihn los. Areshva schickte eine ihrer Feuerkugeln in seine Richtung und schloss dann die Augen, um den Treffer nicht zu sehen.

»Einundzwanzig«, trillerte Agga genüsslich. Sie verschwand ab und zu und tauchte dann wieder auf. Dieses

Miststück. Natürlich triumphierte sie bei jeder einzelnen von Areshvas Attacken. »Da hinten wird übrigens gerade dein Geliebter verhackstückt, falls du es noch nicht gesehen hast!«

Die Fledermaus zeigte mit dem Flügel nach links. Was war dort denn los? Scharenweise, in zahlreichen Trupps, flüchteten die Soldaten. Ihre eigenen Truppen, Silvrins Leute. Aus irgendeinem seltsamen Grund, den Areshva so schnell nicht durchschauen konnte, flohen sie jedoch nicht vom Kampfplatz weg, sondern galoppierten auf die darghessanische Stadtmauer zu.

Vielleicht täuschte sie sich, und das war keine Flucht, sondern ein Angriff?

Aber so sah eine Attacke nicht aus. Diese Krieger waren teilweise unbewaffnet, sie ritten kreuz und quer, einige entwichen zu den Seiten, die meisten jedoch mitten im Strom. Ihre Gesichter waren angstverzerrt. Wovor flohen sie denn?

Areshva erhob sich hoch in den Himmel. Da sah sie es. Zwischen einem bewaldeten Hügel und einem hohen steinernen Felsen befand sich der Tempel der Meriedyce. Das Gotteshaus sah aus der Luft aus wie ein Ameisenhaufen, in den jemand getreten ist. Ein emsiges, äußerst betriebsames Gewimmel herrschte um das Gebäude herum. Vielleicht brannte es, denn überall waberten pechschwarze Rauchschwaden. Als Areshva genauer hinsah, wurde ihr klar, dass sich der Tempel keinesfalls wie ein harmloser Insektenbau verhielt, sondern eher wie ein kreißender Dämon. Die dampfenden Wesen generierten sich direkt aus den Tempelmauern heraus. Es sah aus, als würde das Gemäuer sie gebären. Immer neue traten ins Freie und stellten sich dann in Reih und Glied auf. Ihre Helme und Schilde sahen schmutzig aus, weil jeder dieser seltsamen Soldaten pechschwarze Dampfschwaden absonderte. Sie marschierten in Gruppen auf den Felsen zu. Dort befanden sich schon ganze Horden von ihnen, über denen dicke schwarze Dämpfe den Himmel verpesteten. Kein Wunder, dass alles scharenweise vor ihnen floh.

Erst jetzt bemerkte Areshva auch die Menschen oben auf dem Felsen, auf den die Dampfsoldaten zumarschierten. Einer von ihnen war ohne Zweifel Wukur. Sie erkannte ihn daran, wie er aufgeregt mit seinen zerschlissenen Flügeln wedelte. Und dort … Kia Sephila? Fürst Ishtangar? Vielleicht war auch Silvrin bei ihnen? Sie kurvte abwärts, zu Osving herunter, und rief ihm zu:

»Wir müssen zu dem Felsen dort! Beeil dich!«

Sie konnte bloß hoffen, dass Silvrin dort war. Es machte sie nervös, dass sie ihn noch immer nicht entdeckt hatte. Eilig trieb sie Osving vorwärts, schoss Störenfriede aus dem Weg und hörte währenddessen Agga laut und ohne Gnade rückwärts zählen. »Neunzehn«, hallte es in ihren Ohren. Dann verebbte der Strom der Flüchtenden abrupt. Dafür hörte sie die Dampfarmee heranrasseln. Haarsträubende knöcherne Geräusche gab diese von sich. Ein Orchester aus klappernden, keuchenden, hohlen Hölzern. Kälte ging von ihnen aus, die Areshva frösteln ließ. Inzwischen war sie so nah herangekommen, dass sie auch viel besser erkennen konnte, was das für Soldaten waren: Knochen, die über den Erdboden schrappten! Seltsame verrenkte Skelette mit schiefen Schädeln, offenen Kiefern, mit oder ohne Arme, mit Holzstangen anstelle von Beinen, Vierbeiner, Gesellen mit gleich zwei grinsenden Totenköpfen, es gab Variationen ohne

Ende. Ihre Körper bestanden aus Rauchschwaden. Einige trugen Brustpanzer, Helme, sogar Schilde und Waffengürtel waren zu sehen. Da keines der Wesen auch nur einen Fetzen von Haut an sich hatte, sahen sie alle relativ tot aus. Trotzdem atmeten sie, sie röhrten dumpf und gaben dunkle Töne von sich, und der Himmel über ihnen färbte sich schwarz. Hier und dort fielen Vögel leblos herunter, die mit den Dämpfen in Berührung gekommen waren. Das einzig Erbauliche, das sich über die Skelette sagen ließ, war, dass sie sich nur langsam bewegten und noch nicht einmal die Hinterwand des Felsens erreicht hatten.

Grau und mächtig tauchte der steinerne Berg vor Areshvas Augen auf. Hier gab es keine Soldaten mehr, die Osving bedrängten, deshalb kamen sie schneller vorwärts. Sie visierte seinen Gipfel an, wo so viele Menschen standen – bis ihr Blick zufällig nach unten fiel und sie am Fuß der Klippen Silvrin erkannte. Das musste er sein, mit diesem auffälligen aravennischen Adlerhelm, den auch noch eine Krone zierte. Sie drehte sofort ab, fegte abwärts nach unten und landete so rasant am Boden, dass sie von dem Schwung beinah gefallen wäre.

Silvrin sah angekratzt aus, er hatte Schrammen auf der Stirn und einen Riss an der Hose, aber er war so lebendig, wie man nur sein konnte. Ihr hämmerte das Herz in der Brust, als ob es das schaurige Geklapper übertönen wollte. Er sagte kein Wort, musterte sie nur an mit einer gewissen verletzten Kühle im Blick. Garantiert war er gekränkt, weil sie sich so übertrieben mit Osving abgegeben hatte.

Eigentlich sollte sie kein Wort mit ihm wechseln. Lystrella hatte ihr das doch verboten. Aber – ging es hier nicht um Leben und Tod? Dann durfte sie wohl?

»Du musst weg hier!«, raunte sie ihm zu. »Reite so schnell du kannst, eine Armee von Skelettsoldaten ist auf dem Weg hierher!«

Silvrins hellblauen Augen waren spiegelglatt wie ein See und genauso unberührt. Dabei hatte er sie schon ganz anders angesehen. Wie sehr wünschte sie, er könnte es wieder tun!

»Ich bin kein Kleinkind und kann mich hervorragend gegen sie wehren«, sagte er kühl, »außerdem habe ich hier noch etwas zu erledigen. Kümmere dich lieber um deine Göttin.«

Fängt er wieder davon an. Ausgerechnet jetzt. Hat er überhaupt noch Vertrauen in mich? Noch nicht begriffen, dass ich eine Verlorene bin – eine, die kein Licht entzünden kann? Wenn er wüsste, was ich gerade getan habe. Wie tief ich gesunken bin. Und wie verfahren alles ist.

Aber er hatte ihr immerhin einen Strohhalm gereicht. Sie musste versuchen, sich daran zu klammern. »Okay«, stieß sie hervor, »hast du eine Idee, wie ich die Göttin erreiche?«

»Ich?«, fragte er, sichtlich überrascht. »Aber ich dachte …«
Er verstummte.

Ja, ich weiß, du dachtest, ich könnte das. Du dachtest, ich wäre eine mächtige Meisterin, die unsere Welt aus den Angeln heben und Paradiese gründen kann. Jetzt merkst du langsam, dass nichts davon stimmt. Schmerzhaft zogen sich ihre Eingeweide zusammen. *Ich hoffe bloß, du kriegst den Rest nicht auch noch heraus. Dass ich in Wahrheit diese Welt eher unter meinen Füßen zertrete, als auch nur einen einzigen paradiesischen Baum zu erschaffen, der länger lebt als fünf Augenblicke.*

»Vielleicht weißt du etwas?«, murmelte Areshva.

»Was ist los mit dir?« Seine Blicke wurden forschend. »Ich dachte, du wolltest deiner Göttin mehr Macht geben?«

Mehr Macht! Beinahe hätte sie ihre Frustration laut herausgeschrien, aber es gelang ihr gerade noch, sich auf die Zunge zu beißen.

»Silvrin, sie hat keine Macht, sie ist eine … Wolke! Ich kann sie nicht mehr rufen, unsere Feinde sind zu mächtig!«

»Wenn du es nur stark genug willst, wenn du nichts anderes daneben duldest, dann gelingt es dir auch. Halte durch. Es lohnt sich, alles ist besser als ein Regime, das auf Todesopfern basiert!«

Oh! Wie wunderschön er das gesagt hatte! Leider irrte er sich.

Ein Krach, der sich anhörte wie ein Wald, dessen Bäume alle auf einmal abgeholzt werden, schreckte sie auf.

»Die Skelette!«, rief Areshva erschrocken. »Du musst weg hier! Flieh!«

»Ich habe eine andere Idee.« Silvrin kramte in seiner Tasche und zog kleine ovale Eichel daraus hervor. »Fang!«

Reflexartig griff Areshva danach. Sie meinte ihren Augen nicht zu trauen. Baumsamen! Knackig, reif, fruchtbar …

»Silvrin! Wo hast du die denn her?«

Hastig bedeckte sie die Eichel mit den Händen. Den Schlüssel zu Lystrellas Königreich. Wenn das ihre Feindinnen begriffen, welchen Schatz sie festhielt, oder die diversen Hexen, die sie vorhin belästigt hatten – oder gar Agga!

»Von unserer Göttin, von wem denn sonst. Kannst du daraus einen Opferbaum wachsen lassen?«

Areshva blieb fast die Luft weg. Opferbaum. Eben gerade hatte sie noch geglaubt, so etwas wie weiße Magie wäre unerreichbarer als ein Stern am Himmel. Aber Lystrella war vielleicht immer noch da? Sogar ganz in ihrer Nähe?

Tja, dummerweise war Areshva gerade eine Dienerin der Agga und konnte als solche gar keine weiße Magie erzeugen. Und wenn sie gekonnt hätte, hätte sie es sicher nicht gewagt. Nicht hier. Mitten im Feindesland, umringt von feindlichen Mächten.

Sie sollte auf der Stelle versuchen, ihren Fehltritt rückgängig zu machen! Lystrella anrufen! Ach du heilige Göttin. Schon bei dem Gedanken schämte sie sich in Grund und Boden.

Davon abgesehen – nein. Ihre Lage war zu brenzlig mit diesen Skeletten am Hacken und Silvrin war noch immer in Todesgefahr. Sie musste erst alle seine Feinde eliminieren. Lystrella konnte so etwas nicht. Und diese einzige Eichel war ihr wertvollster Besitz, sie durfte auf keinen Fall zerstört werden.

Bloß wie sollte sie das Silvrin erklären?

»Es geht nicht«, wisperte sie ihm zu, leise, damit Agga sie nicht dabei belauschte. Langsam reichte sie die Eichel an Silvrin zurück. »Unsere Feinde sind überall. Sie würden die Pflanze sofort zerstören, bevor wir etwas erreichen. Die würden mich sogar noch in meinen Träumen sabotieren! Außerdem …« Sie geriet ins Stocken. Sollte sie ihm das wirklich auf die Nase binden? Aber sie musste wenigstens vor ihm aufrichtig sein. »Ähm … außerdem habe ich gerade keinen Kontakt zu Ly … zu der Göttin.«

»Dann tauschen wir doch unsere Aufgaben«, schlug Silvrin vor. »Du fliegst auf den Felsen und holst Prinzessin Kia

Sephila herunter. Ich pflanze den Fruchtkern hier unten in die Erde und versuche, ihn zum Wachsen zu bringen.«

»Auf keinen Fall«, rief Areshva inbrünstig, »Das ist viel zu gefährlich! Sie könnten dich dafür töten!«

»Das versuchen sie schon die ganze Zeit. Fliegst du bitte jetzt zu Prinzessin Kia Sephila hoch und holst sie dort herunter? Das ist für mich schwer, für dich dagegen leicht! Und es könnte diesen Krieg beenden!«

Areshva schluckte. Es könnte den Krieg beenden und Silvrin umbringen. *Wenn er verbotene Opferbäume pflanzt, macht er sich doch zur Zielscheibe. Auf keinen Fall lasse ich das zu.*

»Jetzt flieg schon!«, rief er ungeduldig.

Sie schüttelte den Kopf. Niemals würde sie Silvrins Sicherheit vernachlässigen nur wegen irgendeiner Prinzessin.

»Areshva«, flüsterte er. Diesmal war seine Stimme so weich, so voller Wärme, dass sie vollends dahinschmolz. Eine Vertrautheit war plötzlich zwischen ihnen, als wären sie schon seit Urzeiten ein Paar.

»Fliegen wir zusammen?«, wisperte sie.

Seine Augen weiteten sich und leuchteten auf. »Wenn du eine Idee hast, wie du mich in die Luft bekommst?«

Areshva drehte ihn herum, sprang ihm auf den Rücken und hielt sich mit den Unterschenkeln um seine Hüften und mit den Händen um seine Schultern fest. Die Wärme seines Körpers elektrisierte und belebte sie. Dann behexte sie ihre Flügel, um ihnen mehr Kraft zu geben, und flog den Felsen hinauf.

Oben landete sie und sprang von seinem Rücken wieder herunter. Seine Nähe nahm sie gefangen. Wenn sie doch einen Vorwand finden könnte, um ihn noch einmal zu berühren!

15.

Der Fluch

Der Kontaktring an Areshvas Hand blitzte grell auf. Sie berührte ihn reflexartig.

»Pirina?«, fragte sie.

Aber das war nicht ihre Schülerin, die sie rief. Es war die Priesterin Kirisha von Pallanthia, Areshvas verehrte Lehrmeisterin.

Deren Geist quoll in voller Lebensgröße aus Areshvas Ring heraus, und es war deutlich zu sehen, dass sie einem Wutanfall von kosmischen Dimensionen nahe war.

»Zeig mir deine Handflächen, Areshva«, grollte die Priesterin mit einer schrecklichen, zerrissenen Stimme. Die Magierin war erschrocken bis ins Mark.

»Meisterin …«, flüsterte sie, räusperte sich, versuchte, ihre Stimme wieder in ihre Gewalt zu bekommen, aber es gelang ihr nicht. »Ärgert Euch nicht über mich! Ich kann das erklären …«

»Deine Handflächen!«, kreischte Kirisha außer sich. »Zeig deine Handflächen!«

Areshva erstarrte. Ein eisiger Schrecken ließ ihre Glieder gefrieren. Woher konnte die Meisterin von dem Pakt wissen, dessen Zeichen in ihre Handflächen eingebrannt war? Ach was, wissen. Sie wusste es nicht, sie riet nur. Leider konnte Areshva ihr nicht den Beweis liefern, dass sie sich irrte. Und ihre Innenhand durfte sie ihr auf keinen Fall zeigen.

»Ganz ruhig, Kirisha«, sagte Areshva langsam und beschwörend und musste sich gewaltig beherrschen, um ihre Stimme nicht zittern zu lassen. »Ich weiß nicht, wer vor Euch schlecht über mich geredet hat, aber schenkt dem keine Beachtung. Die Dinge entwickeln sich gut, sehr gut … Ihr könnt mir vertrauen! Es ist alles im Lot!«

Es war, als hätte sie gegen eine Wand gesprochen.

»Alles im Lot?«, schrie die Priesterin außer sich. »Alles im Lot – und du paktierst mit der Hohepriesterin?! Mit unserer Todfeindin? Zeig deine Handflächen! *Jetzt*!«

»Vertraut mir!« Um Areshvas Schläfen begann es heftig zu pochen. »Nicht alles ist böse, was auf den ersten Blick so scheint.«

Langsam hielt sie der Lehrmeisterin ihre Handflächen entgegen. Das pechschwarze Spinnenzeichen, das in die Innenseite eingebrannt war, stach ihr wie ein Feuermal in die Augen. Kirisha fuhr zurück, als hätte sie ein Schlag getroffen.

»Nein … nein … nein …«

»Ich musste das tun«, flüsterte Areshva. »Es ging darum, einen schrecklichen Schaden abzuwenden. Ich hatte keine andere Wahl!«

Die Pallanthierin schnappte nach Luft. Ihre Augen verengten sich. »Welchen Schaden?«, fauchte sie. »Sag nicht, du hast das für diesen Silvrin getan? Du hast nicht unser ganzes Land dem Bösen überschrieben, nur um einen einzigen Kerl zu schützen?!«

»Und wenn dieser einzige Kerl die Macht hätte, unsere Welt zu retten?«

»Ha!« Kirisha rollte mit den Augen. »Die hat er aber nicht! Bilde dir doch nicht ein, du könntest Orakel besser deuten als ich, die ich mich schon seit Jahrzehnten mit dieser Kunst beschäftige!«

»Warum ist dann die ganze Unterwelt gegen ihn? Warum sollte er sterben – und das gleich viermal?«

»Um *dich* irrezuleiten! Und du fällst auch prompt darauf herein!« Kirisha war noch immer so erregt, dass ihr die Hände zitterten. »Du bist die Einzige, die Macht genug hat, diese Welt wieder in die richtige Bahn zu bringen. Du bist sogar so mächtig, dass unsere Feindinnen dich nicht töten können. Das können sie nur mit Tricks. Dieser Pakt, Areshva … das ist die Falle, in der du sterben sollst!«

Areshva nahm ihre Hände langsam zurück. »Macht Euch um mich keine Sorgen. Unsere Hohepriesterin ist schwach wie ein Kaninchen. Ich hätte sie damals besiegen können.«

»Wozu brauchtest du dann so dringend den Königsring?« Kirishas linkes Auge fing an zu zucken. In ihrem Gesicht bildeten sich tiefe rote Flecken. »Der ist nicht der Preis für sein Leben! Oder?«

»Und wenn?«, flüsterte Areshva.

Kirisha stieß einen schrillen Schrei aus. Sie fuhr rastlos mit den Händen auf und ab und drehte sich abrupt zu ihrer Kristallkugel um. Dies jedoch nur, um gleich darauf wieder zurück zu wirbeln. Inzwischen hatten sich ihre Hände verselbständigt, sie riss an dem Band, das ihren Umhang in der Mitte gürtete, einmal und noch einmal, mit solcher Gewalt, dass es zerriss und ihr Umhang mitsamt daran befindlichen Stäben und Schärpen auseinanderfiel. Es sah aus, als zerrisse sie sich selbst.

»Und was wird sie tun, wenn sie den Ring bekommt?«, schrie Kirisha. »Bist du so dumm, dass du dir das nicht ausrechnen kannst? Dann vervielfacht sich ihre Macht. Sie wird auch noch die letzten von uns zwingen, auf Quota zu gehen, und damit werden wir alle zu Mördern! Die Streitigkeiten zwischen den Provinzen werden zu Kriegen! Das ganze Land wird im Blut ertrinken! – Willst du das, Areshva?«

Die Zauberin wich zurück. »Darüber habe ich schon nachgedacht, und das Problem wird sich selbständig eliminieren«, sagte Areshva leise und sehr langsam. »Ich kann Euch das jetzt nicht deutlicher erklären, weil man mich hört … jedenfalls werden nicht die geringsten bösen Folgen auftreten, die Ihr Euch vorstellt.«

»Gib – mir – den – Ring – zurück!«

»Kirisha… vertraut mir! Ich kann ihn Euch nicht geben, aber Ihr habt keinen Grund zur Sorge. Alles wird gut …«

»Ich bin am Ende!« Kirisha wuchtete ihr Gurtband mit aller Kraft auf den Boden, als wäre es eine Peitsche. Es schlug klatschend auf. »Ich musste mitansehen, wie du meine Freundin Igirai getötet und meine Freundin Beringlida entmachtet hast!« Sssssslatsch!

»Wie du meine Töchter Kia Sephila und Isimela entführtest!« Sssslatsch!

»Und meinen Verbündeten Ishtangar in den Krieg jagtest!« Diesmal schlug sie so grimmig zu, dass Ihr das Band entglitt und in eine Ecke schleuderte. Kirisha blickte auf. Ihre Augen waren blutunterlaufen und quollen auf unangenehme Weise aus den Augenhöhlen. »Du, mein Stern, meine Hoffnung, mein ganzer Stolz! Oh nein, jetzt ist es genug! Ich erlaube nicht, dass du den Ring unseren Todfeinden in den Rachen wirfst und dadurch unsere heilige Göttin in die ewige Verdammnis reißt! Gib ihn zurück!«

»Ihr verlangt, dass ich Silvrin … opfere?«

»Du bildest dir ein, mit dem Ring würdest du ihn retten? Blödsinn! Ich prophezeie dir hiermit, dass unsere Herrin in Kalamachai dich betrügen wird! Sie hält nicht, was sie versprach. Das ist ein Orakel, Areshva – Orakel sind Wahrheiten. Sie lassen sich nicht verändern. Du kannst Silvrin nicht helfen! Es tut mir leid für dich, aber es gibt einfach nicht für alles einen Weg, was man wünschen möchte! … Himmel, mit welcher Zunge muss ich denn reden, damit du begreifst.« Kirisha rang verzweifelt die Hände. »Areshva … versuch, klar zu denken! Verdirb nicht unser Land! Zerstöre nicht die Göttin, die unsere einzige und echte große Hoffnung ist! … Gib mir den Ring zurück!«

Areshva war blasser und blasser geworden, je mehr sich Kirisha in Fahrt redete. Sie stand noch immer ganz steif und konnte sich nicht rühren.

»Damit wir uns verstehen«, röhrte die Priesterin plötzlich, während ihre Hände ziellos durch den Raum ruderten. Ihre Stimme schwoll an, ebenso wie ihre Stirnadern. »Ich erlaube nicht, dass du uns ruinierst. Wenn du mir den Ring nicht zurückgibst, dann verfluche ich dich!«

Das wäre der dritte Fluch, fuhr es Areshva durch den Kopf.

Der dritte tötet.

Seltsamerweise ließ sie die Erkenntnis ziemlich kalt, als gälte das nicht ihr. Zu viel Schreckliches war ihr in den letzten Augenblicken um die Ohren gedonnert.

»Hört mir zu«, flüsterte Areshva, »diesen Ring hatten wir die ganze Zeit. Er hat uns nichts genützt, weil wir unserer Göttin keine Macht geben konnten. Aber Silvrin kann das. Der Tag wird kommen, an dem das alle erkennen, an dem das ganze Volk alle Hoffnung auf ihn setzt, an dem er unser Land in eine bessere Zukunft führt. Meisterin Kirisha, mein Plan bedeutet unsere Rettung, nicht unseren Ruin!«

»Schluss jetzt!«, kreischte Kirisha. Sie war schon so aufgelöst, dass ihr der Umhang herunterfiel und man ihre nackte rechte Schulter sehen konnte, was einen reichlich seltsamen Anblick bot. »Du bist verblendet! Du tust das nur, weil du ihn liebst! Gib es zu!«

»Ist das ein Verbrechen? Ja, ich liebe ihn, von ganzem Herzen! Er ist meine Heimat, mein Himmel, mein Leben! Und ja, du hast Recht, ich hätte diesen Pakt auch geschlossen, wenn das mein einziger Grund gewesen wäre! Aber es steckt mehr dahinter! Wesentlich, hundertfach mehr!«

»Der Ring! Gib mir den Ring! Deine letzte Chance!«

Areshva trat einen Schritt rückwärts. Dann drehte sie leicht den Kopf. So wenig, dass die Meisterin vielleicht nicht ganz sicher sein würde, ob es tatsächlich ein »nein« war.

Aber für Kirisha war die Antwort deutlich genug. Sie bedeckte ihre Augen mit den Händen, griff sich dann in die Haare und riss daran, ruckartig und so gewalttätig, dass sie ganze Büschel herausriss.

»Verflucht! Verflucht sollst du sein, verflucht, verflucht!«

Skelettattacken

Gerade hatte Meriedyce mithilfe ihres Kontaktringes eine hitzige Beschimpfung über Wukur hereinprasseln lassen. Dass er diese Schlacht total vermasselt habe. Dass er ein Meister Hirnlos sei, hohl in der Birne bis über die Kotzgrenze. Dass sie bereue, je auch nur ein Wort mit ihm gewechselt zu haben, als sich damals trafen – und dass Areshva anscheinend neue Monsterkräfte sammele und wahrscheinlich gleich sowohl Wukur als auch Meriedyce persönlich kurz und klein schlagen würde.

Aber, wie man immer so schön sagt, nichts wird so heiß gegessen, wie es gekocht wird, und manchmal eliminieren sich Probleme ganz von selbst.

Wukur konnte sich ein triumphierendes Grinsen nicht verbeißen, als Areshva genau in diesem Augenblick von Fluchringen getroffen wurde und ganz in seiner Nähe röchelnd zu Boden fiel.

Na also! Lief doch alles wie am Schnürchen!

Die Kletterei an dem arschglatten Felsen hatte ihm zwar einiges abverlangt. Irgendein spitzes Steinchen hatte sich ihm in die Handfläche gebohrt, er war tausendmal gerutscht und geratscht, mit Knien und Füßen irgendwo gegengeschlagen und hatte kaum noch eine Stelle an den Fingern, die sich keine Schramme eingefangen hatte. Sogar seine Nase war zwischendurch an etwas Spitzes gegengeknallt und schmerzte säuisch. Aber egal.

Sobald er das Hochplateau erreichte, hatte Prinzessin Kia Sephila laut aufgejuchzt, und ihre herrlichen smaragdgrünen Augen hatten ihn mit einem Ausdruck angeleuchtet, der sogar noch die dunkelste Nacht erhellt hätte. Allein dafür hatte sich das gelohnt herzukommen.

Areshva schien außer Gefecht zu sein. Silvrin beugte sich über sie und störte Wukur daher nicht weiter. Leider stand auch noch der Alte hier oben, Fürst Ishtangar von Pallanthia, der Vater der betörenden Kia Sephila. Dessen Bereitschaft, Wukur an sein Schwiegervaterherz zu drücken, hatte sich nicht wesentlich erhöht. Im Gegenteil blitzte der Weißbart ihn beständig misstrauisch an, beklagte sich über dies und das und konnte nicht ein einziges gutes Haar an Wukurs Erscheinung oder Betragen finden. Zuletzt musste der Darghessanerfürst sich gar gefallen lassen, angemuckt zu werden, weil er sich zur Begrüßung dieses Wichtigpeters nicht verbeugt hatte.

Beim Satan. Dem würde ich ja sogar mit Freude den Schädel einschlagen! Wie soll das eigentlich weitergehen? Soll ich mich etwa für den Rest meines Lebens vor dem senilen Greis zum Affen machen?

»Warum ist unser Felsen eigentlich so plötzlich aufgestiegen?«, fragte Wukur daher, um das Gesprächsthema auf einen unbelasteten Gegenstand zu bringen.

»Das beabsichtigte ich gerade, von Euch zu erfragen!«, schnaufte Fürst Ishtangar, dessen grünen Augen vor Misstrauen nur so loderten. »Ihr hättet bedenken müssen, in welch lebensgefährliche Lage wir versetzt wurden, als der Erdboden uns so unerwartet in die Höhe transportierte. Mehrere Bedienstete meiner Leibgarde sind abgestürzt. Das war unverantwortlich von Euch!«

»Bedauerlich«, erwiderte Wukur kühl. »Werter Fürst, Ihr könnt nicht jede Hexerei in diesem Areal mir andichten. Habt Ihr die Schwärme von Zauberinnen nicht gesehen, die sich hier herumtreiben? Weiß der Henker, was denen noch alles einfallen wird!«

Am hinteren Ende des Felsens sah Wukur die schwarzen Dämpfe aufsteigen, welche die Skelette mit sich brachten. Sie waberten unerbittlich vorwärts, schwebten hier und dort über den Felsen. Dem penetranten Geklapper nach zu urteilen, das ihm jetzt ordentlich in den Ohren schepperte, hatte die Knochenarmee den Fuß dieses Berges vermutlich gerade erreicht und marschierte seitlich daran vorbei.

Auch Fürst Ishtangar und Prinzessin Kia Sephila verfolgten die Rauchschwaden mit besorgten Blicken. Sie verdichteten sich jetzt über ihren Köpfen.

»Ein widerwärtiger Gestank«, schimpfte ein junger Soldat, der am hinteren Ende des Felsens gestanden hatte und jetzt zu ihnen herüberkam. »Ich halte es dort nicht mehr aus.«

»Würdet Ihr diesen Felsen freundlicherweise wieder auf den Erdboden herunterfahren lassen, damit wir absteigen können?«, forderte Fürst Ishtangar ungehalten. »Der Geruch hier oben wird langsam ungehörig!«

Bildet er sich ein, wir hätten es mit einem Flaschenzug zu tun, den man hinauf- und hinunterfahren kann?

»Ich weiß nicht, wie es bei Euch in Pallanthia zugeht, aber bei uns entscheiden die Berge selber, ob sie verschwinden oder stehenbleiben«, knurrte Wukur. »Ihr könnt mir glauben, dass mir dieser Hexenkram genauso auf die Ei … auf die Nerven geht wie Euch. Hat keiner von Euren Leuten ein Seil dabei? Oder mehrere, die wir aneinanderknoten könnten?«

Die Leibwächter des Fürsten begannen eifrig, Seile zu sammeln. Wukur sah mit gerunzelten Augenbrauen dabei zu, wie die dunklen Dämpfe langsam den Himmel über ihnen bedeckten. Prinzessin Kia Sephila schritt an seine Seite.

»Wie bist du hierhergekommen?«, fragte sie mit vor Ehrfurcht bebender Stimme. »Wir sind doch von allem abgeschnitten!«

»Mit dem Pferd«, erwiderte Wukur. »Ich bin durch die Reihen der Leute hindurchgeritten, die flüchteten.«

»Gegen den Strom? Aber das war lebensgefährlich!«

»Ach was«, prahlte Wukur und spürte, wie die Bewunderung der Prinzessin für ihn in ungeahnte Höhen zu wachsen begann, womöglich sogar noch bedeutender als der Felsen.

»Warum?«, fragte Kia Sephila atemlos.

»Weil ich gesehen habe, dass du hier bist.«

»Du bist ungeheuer mutig!« Kia Sephilas ganzes Gesicht leuchtete. Sie kam näher an ihn heran, dann flüsterte sie ihm ins Ohr: »Es war ein Fehler, dass ich glaubte, mit meinem Vater reden zu können. Ich bin so verzweifelt. Er wird die Heirat nie erlauben!«

»Wir müssen uns um seine Erlaubnis doch nicht kümmern?« Er fasste sie vorsichtig bei den Schultern. Sie zuckte zurück.

»Wukur! Wie kannst du es wagen!«

Na prächtig. Der verwünschte alte Sack. Und sie verlangte noch, dass er dem zu Füßen kriechen sollte. Sie sollte sich nicht wundern, wenn ihm bei der Kriecherei irgendwann das Messer ausrutschte! Rein versehentlich natürlich. Scheiße.

Sie hustete. »Das ist zum Ersticken hier. Wie weit seid Ihr mit dem Seil?«

Genau drei Lassos hatte die Ausbeute ergeben. Eifrig machten sich die Soldaten daran, sie zusammenzuknoten.

Die Dampfwolken schlugen über ihren Köpfen zusammen und verschlangen den letzten Rest Himmel und gleichzeitig damit auch die übrigen Funken Helligkeit. Es wurde dunkel um Wukur herum. Von den pallanthischen Soldaten konnte er nur noch schemenhaft die Silhouetten wahrnehmen. Erschreckte Schreie klangen durcheinander. Wukur fühlte die Hände der Prinzessin sich um seinen Arm krallen, die so hustete, dass sie nicht mehr sprechen konnte.

Er begriff gar nicht, warum sich all diese Leute so anstellten, so übel war das schwarze Geräuchere nun wirklich nicht. Es reizte nicht mal seinen Hals, er war gänzlich davon unbeeindruckt. Erst als sich Kia Sephila an ihn klammerte wie eine Ertrinkende, als sie anfing zu keuchen und zu röcheln, fuhr auch ihm der Schrecken in die Glieder. Was geschah hier?

Na gut, er war ja nicht gänzlich fantasielos und er kannte Meriedyces Vorlieben. Giftige Dämpfe waren sozusagen ihr Lieblingselixier. Gerne mit tödlichem Ausgang. Prinzessin Kia Sephila sank in sich zusammen und fiel bewusstlos in seine Arme.

Wukur war vor Schreck wie gelähmt. Dieses Zeug war doch nicht etwa tödlich? Das konnte es nicht sein, denn er war dagegen unempfindlich! Jedoch … womöglich tötete es alle anderen. Nicht ihn. Weil Meriedyce es erzeugt hatte, die seine Partnerin war. Sie hatte ihm mal einen langen Vortrag darüber gehalten, dass ihre Gifte ihm niemals etwas anhaben könnten. Um die Soldaten war es ihm nicht schade. Vor allem den arroganten Fürsten würde er bestimmt nicht vermissen.

Pest und Cholera! Was nützte es ihm, dass die Dämpfe ihn verschonten, wenn sie die Prinzessin erledigten? Er musste die Priesterin rufen! Das war schwierig, da er Kia Sephila mit beiden Armen an sich drückte, damit sie nicht fiel. Deshalb kniete er nieder, lehnte ihren Körper an seine Brust und rieb an seinem Kontaktring. Im nächsten Augenblick erschien die rotglühende Silhouette der Meriedyce vor ihm.

Die Priesterin lachte ein tobsüchtiges, wildes Lachen.

»Siehst du meine Macht, Wukur?«, kreischte sie. »Ich habe Areshvas Kräfte erstickt! Sie kommt gegen meinen Zauber nicht an. Habe ich dir nicht gesagt, dass ich sie heute besiegen kann? Und ich erwische auch noch Silvrin! Der wird von mir mit einem Furz von besonderer Güte empfangen! Das ist genial, gib zu, dass es genial ist!«

»Still!«, schrie Wukur. »Du hast wohl noch nicht begriffen, dass du auch mein Mädchen töten wirst! Gib die Prinzessin frei, Meriedyce, sie darf nicht sterben!«

Meriedyce stutzte. »Die Prinzessin? … Wie … Ist sie denn bei dir?«

»Ja! Hier oben! Und sie stirbt, wenn du diese Dämpfe nicht verschwinden lässt! Das erlaube ich nicht! Du hast versprochen, dass ich sie bekomme!«

Meriedyce hob beschwichtigend beide Hände. »Das habe ich versprochen und halte es natürlich auch! Mach dir um die Prinzessin keine Sorgen. Ich werde sie verschonen.«

»Aber sie … atmet fast nicht mehr … und ihre Haut wird ganz kalt … Nimm den Rauch weg! Jetzt! Sofort!«

»Das ist nicht nötig. Der Rauch tötet nicht, er macht unsere Gegner nur handlungsunfähig. Meine Soldaten sind es, die den Tod bringen. Du wirst sie gleich sehen, denn sie kommen gerade euren Felsen hoch. Aber du hast diese Skelette nicht zu fürchten. Sie werden dich nicht angreifen und auch nicht die Prinzessin, wenn du sie nur gut festhältst.«

»Das ist mit zu riskant. Schick die Skelette woanders hin, aber nicht hier hoch!«

»Bei allen Dämonen der Unterwelt, Wukur! Silvrin ist bei dir, Osving, Areshva und Ishtangar! Die ganze formidable Gesellschaft, vier fette Wanzen auf einen Streich, ich bekomme einen Lachanfall, wenn ich nur daran denke! Gib zu, dass sie nicht überleben dürfen!«

Meriedyce lachte meckernd wie eine Ziege. Abrupt brach sie ab. »Übrigens. Ich hörte, was der verruchte Silvrin vorhin zu dir sagte. Dass er dich eventuell unterstützt und ihr zusammenarbeiten könntet. Und dann wollte er dich überreden, dass du mich verlässt! Du hast wohl begriffen, was er damit bezweckt? Du verdammter Esel! Klar, wirf deine Macht weg! Lass dich degradieren zu dem Wurm, der du warst, bevor du auf mich trafst! Verbündest du dich mit unserem größten Feind, dann wirst du sein Diener sein, sein Sklave!«

Es war stockfinster um Wukur herum. Er sah nichts mehr außer schwarzen Dämpfen, nicht einmal das Gesicht der

Prinzessin konnte er erkennen. Aber dass die Skelette jetzt ganz in seiner Nähe aufgetaucht waren, entging ihm nicht. Das hölzerne Klappern ihrer Gebeine dröhnte ihm in den Ohren, er hörte gleichmäßige, scheppernde Schritte auf Stein, die so nah klangen, als müssten diese Wesen nur noch wenige Meter von ihm entfernt sein. Sie verbreiteten eine durchdringende Kälte um sich herum. Wukur spürte sie nur wie einen kühlen Hauch, aber die Prinzessin fühlte sich in seinen Armen unnatürlich kalt an und zitterte am ganzen Leib. Es war, als würde sie zu Eis erstarren.

»Weg mit den Skeletten von hier!«, schrie Wukur. »Sie stirbt! Das ist zu gefährlich! Du hast doch diese Menschen betäubt. Ich kann sie dir alle vom Felsen herunterwerfen, aber nimm die Skelette weg!«

»Der Prinzessin geschieht nichts, Wukur! Das verspreche ich dir! Bleib nur ruhig! Vertrau mir. Es ist ohnehin gleich alles vorüber.«

Wukur hatte eine namenlose Angst überfallen. Konnte er Meriedyce vertrauen? Und sich darauf verlassen, dass die Prinzessin am Leben bliebe? Er hatte nichts in der Hand als das Wort einer kaltblütigen Priesterin – und falls sie ihn anlog, würde das Mädchen seines Herzens sterben. Es war durchaus möglich, dass sie log. Sie hatte doch von vornherein nie gewollt, dass er Kia Sephila heiratete. Noch nicht einmal, dass er ihr überhaupt den Hof machte.

Ein mörderischer Aufschrei durchschnitt die Finsternis. Vermutlich hatten die Skelette ihr erstes Opfer gefunden. Nun spürte er inmitten der schwarzen Dämpfe hier und dort eine stechende Strahlung, die in seine Haut schnitt. Sie konnten jeden Moment bei ihm sein. Und er war sich plötzlich ganz sicher, dass Meriedyce log. Sie wollte die Prinzessin töten. Er könnte nichts dagegen tun und hätte das Glück seines Lebens für immer verloren. Was würde es nützen, wenn er hinterher Amok liefe? Gar nichts! Meriedyce hätte sich durchgesetzt, so wie sie sich eigentlich immer durchsetzte, weil sie ihn mit ihrer Zauberkraft beherrschen und dirigieren konnte.

Ihre magische Energie ... In seinem Kopf begannen die Gedanken zu wirbeln.

Ihre Zauberkraft hing an der Kristallkugel in ihrem Tempel.

Und der Tempel hing an dem Bündnis, das er mit ihr geschlossen hatte.

Wenn er dieses Bündnis zerstörte, würde sie den Tempel verlieren, und ihre Zauberkraft würde sich wieder auf das Maß herabschwächen, das sie vorher gehabt hatte. Garantiert würde diese Kraft nicht mehr ausreichen, um eine Schöpfung wie diese gewaltige Armee von Skeletten aufrecht zu erhalten! Freilich war seine eigene Macht als Fürst von Darghessa ebenfalls an dieses Bündnis gebunden. Er würde nicht nur seiner Partnerin, sondern gleichzeitig auch sich selbst ins Knie schießen. Darum schwankte er und zögerte, ob er diesen Schritt wirklich tun sollte.

Der Atem der Prinzessin wurde schwächer, kaum noch zu merken, und sie schien immer schwerer in seinen Armen. Er spürte, wie sie ihm entglitt. Die Angst sie zu verlieren wehte ihm scharf ins Gesicht, ließ ihn eine eisige, freudlose Zukunft erahnen. Nein! Er durfte das nicht zulassen! Kurz entschlossen riss er seinen Kontaktring vom Finger, warf ihn auf den Boden und brüllte:

»Ich widerrufe dieses Bündnis! Ich will davon nichts mehr wissen!«

Der Ring war kaum verschwunden, da schwirrte er schon wieder zu seinem Besitzer zurück und stülpte sich selbst auf den richtigen Finger. Wukur erschrak, denn jetzt waren die Skelette so nah, dass er ihre totenschwarzen Umrisse wahrnahm. Wie sollte er den Ringzauber zerstören? Er drehte sich um, zog ihn ein zweites Mal ab und warf jetzt so weit, wie er konnte, sodass der Ring die Klippen hinabfiel und in der Tiefe verschwand. Dann schrie er noch einmal: »Ich widerrufe mein Bündnis!«

Ein jäher Schmerz durchzuckte seinen Ringfinger und den ganzen Arm bis über die Schultern hinweg, aber nur kurz, denn nun erlosch die Ringstrahlung. Mit ihr erstarben alle Geräusche um ihr her, das schreckliche Klappern wurde zu einem leichten Säuseln. Die schwarzen Wolken lichteten sich, die langsam durchsichtiger wurden, sich aufklarten und endlich die Landschaft oben auf dem Felsen wieder freigaben. Er sah das felsige Hochplateau, die darauf liegenden bewusstlosen Körper der Fürsten und ihrer Begleiter - und das Heer der Skelette, das noch immer vorwärts marschierte, ihm entgegen. Jedoch sah es längst nicht mehr so bedrohlich aus, weil die schwarzen Dämpfe verschwunden waren, die die knochigen Gestalten umgeben hatten. Außerdem marschierten die Skelette nur, erhoben aber keine Waffe. Sie stapften unerbittlich vorwärts.

Wukur ließ die Prinzessin auf den Boden gleiten und zog sein Schwert. Entschlossen stürmte er auf sie zu und griff sie an. Keiner dieser ferngesteuerten Soldaten war noch in der Lage, ihm Widerstand zu leisten. Es war, als schlüge er lediglich auf Material ein, auf Knochen, Panzerrüstungen und Helme, die bei der kleinsten Berührung davonflogen, während sich die darunter befindlichen Rauchsäulen in Luft auflösten.

Das war direkt ein Kampf, wie Wukur ihn am liebsten hatte. Ein Heer von kraftlosen Gegnern, die er mit ungeheurer Überlegenheit zerschmettern konnte! Er drosch auf die knochigen Schädel ein, schmetterte gepanzerte Rippen in die Luft und mähte die Skelette scharenweise nieder, deren Knochen sich seitlich seines Weges zu stapeln begannen. Mit gewaltigem Eifer durchpflügte er so das gesamte Felsplateau und schlug an dessen Rand die Knochensoldaten in die Tiefe herunter, bis er ihren Zugangsweg gefunden hatte. Hunderte Skelette kletterten in der Tiefe einander auf Schultern und Schädel und bildeten so eine lebendige Treppe, auf der sie in die Höhe gelangten. Wukur griff die obersten Recken an, die eben das Hochplateau erreicht hatten, und schleuderte die Knochensoldaten auf die skelettierte Treppe wieder hinunter. Mit einem lauten Klappern und Scheppern brach diese in sich zusammen und blieb am Fuße des Felsens liegen. Danach regte sich nichts mehr.

Wukur atmete auf und sah sich um. Berge von Knochen und Schädeln umgaben ihn, Panzerhemden, Schilde und Helme bedeckten den Boden, ein ganzes Meer aus Stahl lag zu seinen Füßen.

Er drehte sich zu seinen Leuten um. Diese waren mittlerweile erwacht, saßen am Boden mit bleichen Gesichtern und starrten ihn an. Mit einem Gefühl von geradezu überwältigender Genugtuung wurde ihm klar, dass sie ihn für einen gewaltigen Helden halten mussten, der ganz allein eine Armee des Todes vernichtet hatte. Und so empfingen sie ihn auch. Bald standen sie alle wieder auf den Füßen, liefen auf ihn zu und umarmten ihn, einer nach dem anderen.

Prinzessin Kia Sephila küsste ihn auf die Wange.

Fürst Ishtangar bewegte sich etwas steif auf Wukur zu. Er schien sofort begriffen zu haben, warum ihm dieser Sieg gelungen war, denn er musterte als Erstes Wukurs schmucklosen Finger. Danach streckte er ihm langsam die Hand entgegen und sagte:

»Ich danke Euch für diesen heroischen Einsatz, der uns allen das Leben gerettet hat. Ehrlich gesagt, hätte ich Euch das nicht zugetraut. Vielleicht … hrmm … sollte ich Euch doch mit anderen Augen ansehen.«

Todeskampf

»Sei verflucht!«

Vom Himmel her rasten vier Fluchringe auf ein einziges Zentrum zu. Auf Areshva. Sie drehte sich um, suchte nach einem Fluchtweg, aber auch aus der Gegenrichtung sausten die bedrohlichen, feurigen Ringe. Sie drehte sich weiter … die Flüche rasten auf sie zu aus allen Richtungen! Der Himmel stürzte über ihr ein. War das ein Todesurteil? Würde sie sterben? Der dritte Fluch …

Kirisha brachte das tatsächlich fertig? Areshva wusste, dass es keinen Sinn hatte, sich gegen einen Schülerinnenfluch wehren zu wollen, aber sie konnte sich doch nicht abschlachten lassen.

»Agga!«, schrie sie mit sich überschlagender Stimme, »hilf mir. Rette mich! Gib mir Zunder. Das härteste Zeug, was du hast.«

Über sich hörte sie die alte Fledermaus lachen. »Ha ha … harrrr harrrr …« Es war ein dunkles, gurgelndes Meckern, das sich anhörte, als käme es aus einer abgrundtiefen Schlucht. »Ja, ruf nur nach mir! Du Miststück! Denkt an ihre Göttin nur, wenn sie tief im Elend sitzt. Schön, ich helfe dir – aber die Rechnung kriegst du noch!«

Der Magieklumpen war gewaltig.

Areshva schlug eine Blockade aus Eisen. Sie erschuf stahlharte Pfeiler, sie sich rings um sie herum in die Erde bohrten. Nicht einmal ein Drache könnte sie zertreten. Die ersten vier Ringe erreichten jedoch ihre Eisenblöcke und zerdrückten sie, als wären sie aus Watte. Wasserstrahlen schlugen über Areshva zusammen, rissen sie zu Boden, umschlangen sie und erstickten ihren Atem. Hilfe, sie wollte nicht sterben!

»Aggrrrr grrrraaa!«, gurgelte sie. Überall Wasser, Nebel stieg auf, sie bekam kaum Luft. Aber die Fledermaus hatte ihren Ruf trotz ihrer Artikulationsschwierigkeiten verstanden. Schon fühlte Areshva den nächsten Magieklumpen in der Hand. Schnell, eine gute Idee! Was könnte sie gegen einen Fluch beschützen?

N i c h t s ...?

Gegen was kämpfst du, mit gewöhnlicher Strahlung gegen einen göttlichen Zauber? Welchen Sinn macht das? Aber egal ob es Sinn macht, es muss irgendwie gehen!

Sie stellte eine Feuerwand her, die sie umtänzelte. Ein Wirbelwind schoss darauf zu, wehte die Flammen in ihr Gesicht, riss sie so hart zu Boden, dass sie meinte, alle ihre Knochen zerbrachen unter dem Druck, und presste sie ins Erdreich hinein. Sie hörte ein unmenschliches Brüllen. Erde füllte ihren Mund. Steine ratschten ihre Haut. Dunkelheit verschluckte ihre Welt. Sie verschwand, sie wurde lebendig herabgerissen, in irgendeine unbekannte, endlose Tiefe. Dies war kein Fluch wie die beiden vorherigen. Dies war der Tod. Sie fühlte es.

Nein! Nein, nein, nein!

»Agga! Abbbb…«

Den Rest konnte sie nicht mehr aussprechen, weil sie sich an der vielen Erde in ihrem Mund verschluckte: Rette mich doch, rette mich, rette mich!

War sie verrückt geworden? Wie konnte sie im Angesicht des Todes nach ihrer Feindin rufen? Sollte Agga sie etwa retten und dann als Gegenleistung hundert Opfer verlangen? Oder tausend?

Von wegen retten. Knallhart traf sie die Erkenntnis, dass es darum nicht mehr ging. Agga konnte sie hier nicht herausholen. Niemand konnte das. Sie war verloren und dies würde ihr Ende sein.

Aber sie wollte nicht sterben!

Ein neuer Fluchring traf sie. Sie brach immer tiefer in die Erde herunter. Verzweifelt versuchte sie sich festzuhalten und ihren Fall zu stoppen, aber der Sand flutschte ihr unter den Fingern weg. Ein neuer Fluch riss sie immer schneller ins Erdreich. Er schleuderte sie gegen etwas, das sich wie ein harter Boden anfühlte. Es ging nicht weiter abwärts, obwohl sie unter sich Geräusche hörte. Ein vielstimmiges Stöhnen und Heulen. Ein Kratzen und Knirschen. Nein, sie wollte nicht wissen, was unter ihr war. Aber der Fluchring presste sie mit aller Gewalt gegen den Boden, als ob er sie um jeden Preis hindurchreißen wollte. Die fremde Macht zog an ihr wie mit Eisenkrallen. Sie konnte sich nicht bewegen. Ihr Körper gehorchte ihr nicht mehr – ja, sie fühlte ihn kaum – war er überhaupt noch vorhanden?

Ich bin erledigt. Noch ein paar Augenblicke, und sie haben mich da, wo sie mich wollen, in dem Raum unter mir. Was auch immer mich da erwartet. Die Unterwelt? Die Dämonen? Irgendwas, das noch schlimmer ist als das? - Und ich habe es nicht anders verdient! So endet eine Verräterin und so sollte sie auch enden!

Wenn ich schon sterben muss, dann wenigstens in Lystrellas Armen! Wenn es noch geht!

Sie versuchte zu rufen, den Namen der Herrlichen aus sich herauszupressen. *Lystrella. Lystrella, verzeih! Nimm mich zurück!,* dachte sie verzweifelt. Aber nur ein ersticktes Gurgeln kam heraus. Sie schrie in das Erdreich hinein, sie brüllte, sie kreischte in heller Panik, es nützte natürlich nichts, keine Antwort, sie schrie weiter, bis Dreck in ihre Lungen kam, sie sich verschluckte, hustete, keuchte, würgte …

Plötzlich war sie frei. Und sie war hindurch. Durch den Erdboden. Abwärts. Jetzt sauste sie nach unten im freien Fall. Merkwürdig nackt fühlte sich das an. Oder eigentlich fühlte es sich gar nicht mehr nach etwas an. Sie sah nichts, hörte nichts, merkte nur, dass sie fiel, sie befand sich im leeren Raum … etwas fehlte … etwas Wichtiges … Sie hatte ihren Körper zurückgelassen! Er lag da irgendwo, zusammengequetscht im Erdreich. Weil er durch den Boden nicht gepasst hatte.

Wahrscheinlich bin ich nur noch Seele. Hilflos, allein, meiner Sinne beraubt. Dafür spüre ich seltsame Ströme, die ich noch nie vorher wahrgenommen habe. Irgendwas ist hier unten. Ein Wesen, das mich sucht. Ein Wesen aus böser, stechender Strahlung. Ist das der Tod? Ist es ein Dämon? Wird er meine Seele zerstören?

Lystrella! Hol mich weg von hier, hol mich zu dir, wenn du noch kannst! Da ist etwas Böses, es will mich, es frisst Seelen!

Bündnis

Gerade eben hatte der verpestete schwarze Dampf Silvrin noch in die Knie gezwungen. Doch plötzlich konnte er wieder freier atmen. Hustend kam er zu sich. Zu seiner Überraschung sah er Wukur wie einen Helden mit einem Glorienschein inmitten eines Berges aus Panzerhemden, Schilden und Helmen stehen.

Areshva lag neben ihm am Boden, mit geschlossenen Augen, zuckend und am ganzen Körper verkrampft. Er hatte alles gehört, was sie sagte. Hatte gehört, wie sie ihm ihre Liebe erklärte. Leider hörte er auch Kirishas Fluch.

Areshvas Worte hatten einen mächtigen Donnerhall ausgelöst, der jetzt noch durch seinen Körper bebte. Er hatte doch gespürt, dass sie ihn liebte. Er hätte sich einfach auf dieses Gefühl verlassen können. Er hätte einfach seinem Herzen folgen und sie nicht weglaufen lassen sollen, als sie in seinem Zelt war. Vielleicht wäre es dann nicht so gekommen. Hastig stürzte er zu ihr und kniete bei ihr nieder. Ihr Herzschlag war unregelmäßig. Ihre Atmung auch. Totenblässe in ihrem Gesicht.

Gleichzeitig kam es ihm vor, als sackte der Boden unter seinen Füßen weg. Das war keine Einbildung! Es ging tatsächlich abwärts! Der gesamte Felsen, der vorhin so geschmeidig emporgewachsen war, senkte sich jetzt wieder herab, bis sie sich wieder auf der Ebene befanden. Aber was interessierte ihn das. Sollte der Felsen seinetwegen bis nach Fjendan durchbrechen – er musste Areshva helfen! Wenn er nur gewusst hätte wie.

Damals hatte er ihr mit Soralissekräutern helfen können. Leider besaß er keine mehr davon. Er hatte nicht einmal einen Schluck Rum, den er ihr auf eine Wunde rings um den Hals hätte tropfen können. Mit Schrecken sah er, dass diese tiefe blutigrote Verletzung sich anscheinend selbst generierte und wie mit einem unsichtbaren Messer sich in ihren Hals und bis zum Herzen herunter bohrte. Sie war jedoch bereits so tief bewusstlos, dass sie keine Reaktion darauf zeigte.

Er rieb an seinem Magiestab und versuchte, irgendetwas zu erzeugen, das heilen könnte, aber da er so etwas noch nie vorher probiert hatte, entstanden nur kleine Funken, die gleich wieder verlöschten.

Die kleine Pirina flog durch die Luft auf ihn zu und plumpste ihm ganz außer Atem vor die Füße. Ihre Finger glitten über Areshvas Brust, über ihre Wangen und ihre Stirn. Silvrin sah, dass sie sich an einem Heilzauber versuchte, genauso wie Areshva damals seine Soldaten geheilt hatte. Er zeigte jedoch keine Wirkung.

»Was ist los?«, rief Pirina erschrocken.

»Sie wurde verflucht«, flüsterte Silvrin tonlos. »Weißt du ein Mittel gegen Flüche?«

Pirina wurde blass um die Wangen. »Nein.«

Areshva zuckte zusammen und versteifte sich ruckartig. Silvrin fasste sie bei den Schultern und hielt sie fest. Seine Blicke huschten verzweifelt zwischen ihr und Pirina hin und her.

»Tu etwas!«, schrie er Pirina an. »Du bist die Zauberin, nicht ich! Wo sind deine Heilkräfte?«

»Sie helfen nicht gegen einen Fluch!«

»Was hilft denn?«

»Ich weiß nicht!« Pirina griff sich an die Stirn und ließ die Hände von dort über Nase und Mund heruntergleiten. »Wir müssten wissen, wer den Fluch gesprochen hat und die Person irgendwie ausschalten. Wenn sie keine Macht mehr hat, löst sich auch ihr Zauber auf.«

»Das war die Priesterin Kirisha von Pallanthia.«

Pirina sackte gänzlich in sich zusammen.

»Die Priesterin Kirisha! Ach, ach, ach! Die ist viel zu mächtig – und sie ist bestimmt schrecklich wütend …«

Areshvas Atem setzte aus. Silvrin beugte sein Gesicht über ihres und versuchte, ihr Luft einzuflößen. Es half jedoch überhaupt nicht. »Eine andere Lösung!«, keuchte er. »Es muss eine geben!«

Prinz Osving erreichte die Unglücksstelle. »Kirisha hat mir gesagt, dass Areshva gar nicht sterben könnte«, überlegte er laut und musterte die Zauberin mit misstrauischen Blicken, so als hätte sie eine ansteckende Krankheit. Silvrin blickte zu ihm auf. »Ah, und das glaubt Ihr?«

»Wenn sie mit mir ein Bündnis vor der Lichtgöttin geschlossen hätte, so wie Kirisha wollte, dann wäre sie jetzt unverwundbar. Das Bündnis hätte unsere Leben gegenseitig geschützt, jedenfalls solange wir uns sehr nahe bei einander befänden. Das hat Kirisha mir erklärt. Areshva und ich sprachen über solch ein Bündnis vorhin im Hauptquartier«, sagte Osving verächtlich. »Aber sie konnte sich doch nicht dazu entschließen. Kein Wunder, dass das so endet.«

Areshva atmete immer noch nicht. Ihr Gesicht wurde totenblass und schließlich unnatürlich grau. Silvrin presste sie an sich und drückte seine Lippen gewaltsam an ihren Mund, um ihr von seiner Luft zu geben. Ohne Effekt. Er fuhr hoch.

»Dann verbünde dich mit ihr, bei allen Göttern, wenn sie das rettet! Jetzt! Tu es, tu es schnell, egal ob sie will oder nicht! Du kannst sie doch nicht sterben lassen!«

»Es tut mir leid.« Osving schüttelte angewidert den Kopf. »Habt Ihr nicht gesehen, mit welchen Kreaturen sie paktiert? Mit so einer Bestie kann ich mich doch nicht verbünden.«

Areshvas Gesicht lief blau an. Silvrins Gedanken flogen rasend schnell. Ihm war zumute, als hinge sein eigenes Leben davon ab, ob er ihren Atem wieder wecken könnte oder nicht.

»Und wenn *ich* mich mit ihr verbünde?«, stammelte Silvrin. »Würde sie das auch retten?«

»Ihr seid Fürst von Aravenna, daher müsst Ihr bereits eine Partnerin haben! Diese Bündnisse gelten für das ganze Leben, man kann seinen Partner danach nicht mehr austauschen.«

»Ihr seid falsch informiert. Was muss ich tun? Das muss Kirisha Euch doch gesagt haben!«

»Ihr müsst Lystrella anrufen, eure Kontaktringe auf die gleiche Strahlenbasis einstellen und den Bündniszauber sprechen, damit das Bündnis vor den Lichtgöttern eröffnet wird.«

»Kontaktring?« Silvrin stand schon unter solchem Druck, dass er die Worte hektisch und undeutlich aussprach. »Ich habe keinen. Gebt mir Euren!«

Er streckte die Hand zum Königsring aus. Pirina sah ihn schon im Geiste von dem Fluch darauf zerschmettert werden. Sie erschrak, zog ihn zurück und schrie: »Nein! Bloß nicht!«

Osving war mit dieser Idee ebenfalls nicht einverstanden. »Das hättet Ihr wohl gern, Euch heimlich zum König zu schummeln! Dieses Kleinod gehört mir. Das gebe ich nicht ab.«

»Nehmt meinen!« Pirina zog ihren Kontaktring ab, drehte ihn ein wenig, um ihn zu weiten, und steckte ihn Silvrin an den Finger. Dann rief sie Lystrellas Namen und hob Areshvas Hand, bis ihr Ring seinen berührte. Beide Ringe erglühten in weißer Strahlung.

***

Unerwartet stoppte etwas Areshvas furchtbaren Fall. Eine neue Kraft riss sie hoch. Plötzlich fühlte sie ihren Körper wieder. Einen schmerzenden, geschundenen, in die Erde heruntergerissenen kaputten Leib fühlte sie, an dem jede einzelne Faser wund war. Sie hing jetzt wieder wie vorhin an der Engstelle fest, tiefe Finsternis um sie herum. Es war unmöglich Luft zu holen und sie röchelte, wobei sie Erde einatmete, hustete, spuckte und in Todesangst nach Atem rang. Stiche und Schmerzen peinigten ihre Glieder und unter ihr johlten und kreischten die Dämonen, denen sie noch längst nicht entronnen war. Wie aus weiter Ferne hörte sie jedoch nun auch eine liebe, bekannte Stimme. War das etwa

Pirina? Sie musste meilenweit unter der Erde liegen, wie war es möglich, dass sie Pirinas Stimme hörte? Die Kleine schrie in angstvoller, schriller Tonlage: »Areshva! Sag doch ja, sag es!«

Wozu soll ich ja sagen? Aber Pirina wird mich nicht hereinlegen.

»Ja!«, krächzte Areshva. Sie spürte einen Ruck. Etwas zerrte an ihr. Der Himmel setzte sich in Bewegung und begann sich zu drehen. Und sie drehte sich mit. Plötzlich löste sich der Druck über ihr und sie konnte wieder freier atmen. Auch die Schmerzen in ihrem Körper verklangen, als seien sie gar nicht real gewesen. Nur eine tiefe, dumpfe Schwäche blieb zurück. Sie öffnete die Augen. Der Himmel drehte sich immer noch, aber er war hell. Taghell.

Als die Drehung langsam zum Stillstand kam, erkannte sie ein gutes Stück über dem Erdboden eine wunderbare vertraute Gestalt. Sie hatte den sanften Gesichtsausdruck ihrer Mutter, aber nicht die typischen schwarzen Skeffflügel, denn ihre leuchteten weiß.

»Lystrella«, wisperte Areshva andächtig. Ihr Herz öffnete sich weit. Sie hätte die ganze Welt umarmen können! »Bist du wieder da? O du schöne, herrliche Göttin, ich kann dir gar nicht beschreiben, wie unendlich glücklich ich bin! Ich kann es kaum fassen! Ich danke dir, von Herzen! … Ähm … es tut mir so leid, dass ich so … treulos gehandelt habe. Du müsstest mich eigentlich hassen. Kannst du mir … verzeihen?«

»Darüber sollten wir jetzt vielleicht noch nicht reden.« Lystrella schien fröhlich zu sein, aber ihre Lippen kräuselten sich ein wenig. »Dass wir einander Schlechtigkeiten verzeihen sollten, gehört zu meinen Prinzipien, an die du dich vielleicht noch dunkel erinnerst. Ich muss jedoch zugeben, dass es nicht immer ganz leicht ist zu verzeihen – besonders, wenn es um schweren Vertrauensbruch geht und auch noch meine Existenz daran hängt.«

Areshva sank in sich zusammen. Hochverrat, pochte es wütend in ihrem Herzen. Ich bin die mieseste Kreatur dieser Welt und doch hat sie mir geholfen, redet sogar mit mir. Aber ich verdiene sie nicht.

»Treue ist der Grundpfeiler dieser Welt«, fuhr die Göttin fort und sah sie eindringlich an. »Das Haus, in dem du lebst. Wem du diese Treue brichst, dem ziehst du den Grund unter seinen Füßen fort und das schützende Gebäude über ihm bricht zusammen. Es gibt nichts Schlimmeres, das geschehen könnte. Ich möchte meinen Anhängern so ein Haus anbieten. Jedem, auch dir. Mein Haus soll dir offen stehen und du kannst eintreten, wann immer du mein Gast sein willst. Leider stehe ich selbst noch nicht auf festen Beinen und brauche auch deine Hilfe. Ich weiß nicht, ob es nicht schon zu spät ist – aber ich hoffe so sehr, dass wir noch eine Chance haben! Natürlich würde ich mir wünschen, dass du auch dein Haus mir offen hältst und mich nicht herauswirfst, nur weil eine andere dir Geschenke macht oder Wünsche erfüllt, über die ich nicht verfüge. Treue gibt dir Kraft. Eine so unermessliche Kraft, die dich aufrecht hält, selbst wenn um dich herum die Welt zusammenbrechen sollte. Vielleicht wirst du das irgendwann verstehen.«

»Heilige Lystrella«, stammelte Areshva, »ich bin so dankbar, dass du existierst, dass du mit mir redest, dass du nach allem, was geschah, so schöne Worte finden kannst! Bedeutet das … du nimmst mich wirklich zurück?«

»Sei willkommen in meiner Familie. Ich würde mich freuen, wenn du Lust hättest, diesmal etwas länger als einen halben Tag dazuzugehören.«

Der Hieb saß. Aber die Göttin lächelte, als sie das sagte. Ihr sanftes Gesicht schien mehr eine Vision als Wirklichkeit, und hinter ihr sah Areshva ein feines Leuchten.

»Ich will!«, rief Areshva. Sie konnte kaum glauben, dass sie richtig hörte, dass die Heilige sie nicht voller Verachtung von sich stieß, worüber sie sich nicht gewundert hätte. »Und ich werde dich nie wieder enttäuschen, das verspreche ich hoch und heilig! Ich habe nie in diesem Ausmaß begriffen, wie großartig du bist, aber ich sehe es jetzt!«

»Das sagtest du schon einmal«, erwiderte Lystrella wehmütig. »Vergiss es nicht wieder.«

Das Bild der Göttin wurde durchsichtig und verschwand … nein, es veränderte seine Konturen, bis Areshva ein längliches, etwas kantiges Gesicht über ihrem erkannte mit kurzen blonden Haaren und Augen, die noch hellblauer waren als der Himmel hinter ihm.

Silvrin!

»Jetzt musst du mich küssen, damit das Bündnis gilt«, hörte sie ihn sagen. Es klang äußerst unwirklich. Wie? Küssen? Bündnis? War das ein Traum? Sah sie Silvrins schönsten Taten immer nur in ihren Träumen?

Sie durfte ihm nicht gehorchen. Lystrella war schon enttäuscht genug von ihr. Sie hatte soeben beschlossen, nie wieder eins ihrer Geboten mit Füßen zu treten – so schwer das auch in diesem Augenblick war.

»Worauf wartest du denn?« Pirina schluchzte laut. »So besiegst du den Fluch nicht und du willst doch nicht sterben!

Du *musst*! Das ist nicht länger verboten! Die Göttin erlaubt heute alles!«

Die Göttin erlaubt es? Areshva spürte, wie diese Worte ihr das Paradies aufschlossen. Wie Lystrella ihr Füllhorn öffnete und all ihre schönsten Gaben über ihr ausschüttete. Was für eine wundervolle, liebenswerte Göttin sie war. Anstatt Areshva zu strafen wurde sie jetzt belohnt. Welch ein fantastischer Traum! Bitte nie wieder daraus erwachen!

Sie schlang ihre Arme um Silvrins Hals und versank in seiner Umarmung. Seine Nähe überwältigte sie und hüllte sie ein. Er presste sie eng an sich. Langsam, als wäre es eine heilige Handlung, näherten sich seine Lippen den ihren und als sie sich berührten, entstand eine süße Wärme, die sich über ihren Kopf und danach wellenartig über Brust und Arme und nacheinander ihren ganzen Körper hinweg ausbreitete. Sie verwandelte sich in eine belebende Frische, so als spazierte sie durch einen Frühlingswald und atmete die Blütendüfte ein.

Was war das für ein Kuss? Er fühlte sich so ganz anders an als sonst, beinahe heilig, sie spürte ihn wie einen sprudelnden, köstlichen Energiestrom, der von ihm ausging, der von ihm zu ihr hin- und hersprang und sie mit Silvrin verband. Ihr war, als könnte sie inmitten dieser innigen Umarmung auch seine Gefühle spüren, sein überschäumendes Glück, sogar seinen Körper, als wäre es ihrer. Er war nicht so zerrissen wie sie, er war klar und rein und dieselbe Klarheit breitete sich nun auch in ihr aus.

Seine Lippen wanderten über ihre Wange bis zu ihren Ohren, und sie hörte ihn ihren Namen flüstern wie ein Gebet.

»Wenn das doch alles Wirklichkeit wäre«, raunte Areshva inbrünstig.

»Wirklicher als so geht es nicht«, erwiderte er mit rauer Stimme. Sie fühlte seine Arme um ihre Hüften zittern – nicht nur seine Arme, sein ganzer Körper, er schien ganz und gar ergriffen zu sein, sein Atem ging schwer und stoßweise, und er umfasste sie mit aller Kraft. Es war, als ob sein inneres Erdbeben auf sie überschwappte. Es erfasste sie, durchglühte sie, tief bis in ihre innersten Fasern. Von dort drang es immer weiter, mächtiger, schwellender. Es machte sie atemlos. Uferlos. Ein heftiges Glücksgefühl ergriff von ihr Besitz, das sie ganz erfüllte, das sie durchtoste wie ein Sturmwind und ihren Körper erwärmte wie der strahlende Sommertag ihres Lebens.

Jemand knuffte sie in die Seite.

»Areshva!«, rief Pirina mit vor Aufregung quietschender Stimme. »Wir müssen Lystrella neue Macht geben! Die Wächterhexen sind gerade weggeflogen, das wäre also eine günstige Gelegenheit! Bestimmt kommen sie gleich zurück und werden uns dann wieder sabotieren!«

Erhitzt fuhren Areshva und Silvrin auseinander. Sie hätte ihn am liebsten tausend Dinge gefragt. Aber jetzt war keine Zeit dazu.

»Neue Macht wäre sehr wichtig, aber es gibt doch keine Baumsamen mehr«, sagte Areshva, deren Hoffnung schlagartig wieder sank. »Allerdings spüre ich etwas – hast du neue Kastanien gefunden, Pirina?«

»Nein«, murmelte Pirna verwirrt.

»Wirklich nicht? Aber hier muss irgendwo ein Opferbaum sein, denn ich kann Lystrellas Gegenwart spüren«, wunderte sich Areshva.

»Ich habe auch Kontakt«, sagte Pirina erstaunt. Sie lauschte, hob den Kopf und redete dann mit jemandem über ihr, den Areshva nicht sehen konnte. Lystrella zog es also vor, mit Pirina allein zu reden und Areshva dabei auszusperren. Es war aber nicht an ihr, sich darüber zu beschweren … ganz sicher hatte sie solch eine Behandlung verdient.

»Warum sind die Wächterhexen abgezogen?«, rätselte Areshva. »Sie wissen doch, dass wir Lystrella an die Macht bringen wollen, sie haben alle unsere Versuche gesehen … warum bewachen sie uns nicht? Warum bestrafen sie uns nicht dafür?«

»Vielleicht trauen sie es uns nicht zu«, mutmaßte Silvrin.

Pirina lacht laut auf und zeigte mit dem Finger hinter sich. »Seht doch! Seht mal dort!«

Auf dem Hügel in der Ferne, wo sie ihr Hauptquartier errichtet hatten, erstrahlte ein perlweiß in den Himmel regnender Opferbaum. Es war nicht der Einzige: Auf einem benachbarten Berg, ein gutes Stück weiter entfernt, standen gleich drei von ihnen. Dorthin waren die Wächterhexen geflogen und griffen sie an. Das Echo ihrer Geschosse ertönte bis in die Ebenen.

»Wir haben Bundesgenossen«, sagte Silvrin lächelnd. »Ich habe mit deinen Freundinnen gesprochen. Beziehungsweise mit denen, von denen du nicht glaubtest, dass sie deine Freundinnen sein könnten. Das dachte ich mir doch, dass sich die eine oder andere überreden lässt.«

»Hast du etwa jemanden darum gebeten?« Areshva biss sich auf die Lippen. »Wie hast du das geschafft? Mir wollte nie eine zuhören. Selbst wenn ich gebettelt habe. Selbst wenn ich sie auf Knien angefleht oder ihnen Lystrellas schöne Welt ausgemalt habe! Aber nein. Keine Chance.«

»Ich habe einige Eicheln bekommen und sie mit ihnen geteilt.«

»Wie ist das möglich? Woher bekamst du sie?«

»Ich habe versucht, deine Göttin zu rufen. Weil ich sie nicht hörte, bat ich sie um ein Zeichen, und sie schenkte mir eine Eichel. Mitten in meinem Zelt. Diese eine teilte sich dann in mehrere Samen auf.«

Areshva starrte ihn ungläubig an. »Das kann nicht sein. Lystrella kann kein Leben erschaffen, wenn sie keine Macht hat. Sie muss immer zuerst Energie bekommen.«

»Das war in jener Nacht, als wir …« Silvrin hielt inne. Er schien verlegen. Ein leises Lächeln erschien um seine Lippen. Natürlich wusste sie sofort, welche Nacht er meinte. »Als du mich verlassen hast und ins Moor geflogen bist. Sagtest du nicht, dass du ihr dort Opferbäume gepflanzt hättest? Vermutlich hattest du ihr gerade Energie gegeben. Deshalb konnte sie mir Baumsamen schenken.«

Lautes Geschrei in ihrer unmittelbaren Nähe ließ sie aufhorchen. Da rannte die Priesterin Meriedyce mit wehendem schwarzen Umhang über die zerstreuten Metallpanzer auf Wukur zu, der gerade umringt war von einer Schar Bewunderer.

»Du hast doch das Hirn einer Erbse!«, schrie sie schon von weitem. »Was ist in dich gefahren? Mein Tempel ist erloschen und der Kontaktring ist tot! Ich habe meine Macht verloren! Deine Fürstenwürde kannst du damit in der Pfeife rauchen! Erneuere sofort unser Bündnis, wenn wir beide nicht als Bettler enden sollen!«

Areshva war wie elektrisiert. »Der Tempel ist … erloschen?«, stotterte sie. » Dann können wir ja eine neue Priesterin installieren! Eine unserer Freundinnen! Es scheinen einige hier zu sein, vielleicht finden wir eine, die die Bedingungen erfüllt und in der Lage ist, einen Tempel zu eröffnen!«

»Warum übernimmst du ihn nicht selbst?«, fragte Silvrin.

Sie starrte ihn mit offenem Mund an. Dann erhob sie belehrend ihren Zeigefinger. »Um einen Tempel zu eröffnen, braucht man einen Bündnispartn …« Ihr blieb das Wort im Hals stecken. Eine Gänsehaut lief ihr über den Rücken.

»Einen Bündnispartner«, vollendete er und nickte lächelnd, wobei er auf sich zeigte. »Vielleicht hast du es vorhin nicht mitbekommen, aber du hast jetzt einen.«

Kampf um den Tempel

Der Tempel von Darghessa glich einem Termitenhügel, der gerade vom Ameisenbären heimgesucht worden ist. Auf dem Vorhof lagen hunderte Blechpanzer, Helme und andere Überreste der Skelettarmee herum. Auf einigen davon ringelten sich Kreuzottern und Gelbvipern. Die Leichname an den seitlich aufgestellten Galgen hatten durch die ausgiebige Bedampfung eine dicke schwarze Puderschicht angesammelt, wodurch einige groteske Formen angenommen hatten. Mehrere der dekorativen Pfähle, auf denen Totenköpfe aufragten, waren zu Boden gerissen worden. Es thronten jedoch noch genügend weitere Schädel auf dem Tempeldach, denen der Dampf unförmige Staubkappen verpasst hatte. Jeder kleine Windhauch wirbelte schwarze Restpartikel durch die Luft.

Zwischen allem rannten aufgeregte Dienerinnen herum und versuchten, die Ordnung wiederherzustellen. Die magische Musik war verstummt. Ein Zeichen dafür, dass der Kontakt zu der früher hier regierenden Göttin zerbrochen und die Kristallkugel erloschen war.

Areshva erreichte den Tempel auf dem Luftweg, während Silvrin unter ihr mit dem Pferd heranpreschte. Dies war das erste Mal, dass die Magierin eine Tempelgarde völlig unvorbereitet antraf, denn die Damen waren zur Abwechslung nicht durch ihre Kristallkugel gewarnt worden, die sich ja abgeschaltet hatte. Für einen Augenblick hoffte Areshva darauf, sie könnte vielleicht direkt in den Tempel hineinfliegen, noch bevor seine Bewohnerinnen ihre Verteidigung aufgebaut hätten. Leider versetzte sie das Keckern eines Waldvogels sofort in Alarmbereitschaft. Schon krachten die mächtigen Eingangsportale zusammen, wie von magischer Hand geführt, und im nächsten Augenblick rannten alle Hexen dorthin und stellten sich in einer langen Kette davor.

Areshva stöhnte. Wie oft hatte sie früher schon vor verschlossenen Tempeln gestanden! Damals hatte sie sich manchmal einfach hereingebombt. Das war ja Aggas Spezialität gewesen. Jetzt aber, mit einer sanftmütigen Herrin wie ihrer Sonnengöttin, durfte und wollte sie nicht mit Gewalt arbeiten, was ihre Lage erschwerte. Da könnten sie sich wahrscheinlich wochenlang die Beine in den Bauch stehen und würden doch nicht die Eingangstür passieren. Eben das typische Lystrella-Problem. Man erreichte nichts.

Resigniert flog Areshva zu Silvrin und setzte sich zu ihm auf sein Pferd. Er schlang ihr von hinten die Arme um die Schultern und küsste sie auf den Hals. Ein wohliges prickelndes Gefühl perlte ihren Rücken herunter. Sie schloss die Augen. Wenn *das* in Zukunft auch mit zu ihren Lystrella-Problemen gehören würde – dann würde sie sich über alle weiteren Misserfolge nicht grämen.

»Siehst du die Blockade?«, fragte sie leise, sodass nur Silvrin sie hören sollte. »Hast du eine Idee, wie wir hereinkommen?«

»Ich rede mit ihnen«, schlug er vor.

Sie winkte ab. »Hab ich früher tausendmal versucht. Aber das hat noch nie funktioniert. Wir bräuchten Waffen!«

»Nicht doch«, erwiderte Silvrin sanft. »Bleib in Lystrellas Bahnen. Denk, was ihr gefallen würde und nichts anderes. Zeig doch unseren sturen Türsteherinnen die neue Welt! Zeig ihnen, wer Lystrella ist und was sie kann! Vielleicht bekommen sie dann Lust, uns hereinzulassen.«

Aber dann werden sie sofort auf uns schießen!, wollte Areshva schon sagen. Bis ihr einfiel, dass diese Gefahr wahrscheinlich durch ihr Bündnis keine Rolle mehr spielte. Denn Lystrella konnte das Leben von Bündnispartnern schützen, so lange sie nah genug beieinanderstanden. Das war etwas Neues! Endlich wieder Lystrellas Kräfte benutzen! Endlich selbst wieder erleben, was sie ihnen schenken konnte! Das wäre fantastisch!

Mit Feuereifer rief sie Lystrellas Namen und sammelte Magie in den Händen. Wie weich und flauschig sich ihre Energiemasse anfühlte, hatte sie fast vergessen. Wie Wattekissen. Areshva warf einen Strahl auf einen der baumelnden Galgenleichname. Er verwandelte sich in eine weiße Engelsstatue. Sie berührte die Stirn ihres Pferdes, und ihm entspross ein Einhorn. Ihr stockte der Atem. Herrlich! Konnte sie noch mehr? Blumen erschaffen?

»Wir haben keine Zeit für Spielereien! Pflanzt mir Opferbäume!«, rief Lystrella ihr zu. Ihre Stimme klang alarmierend schrill. »Die Bäume deiner Kameradinnen oben auf den Hügeln werden vernichtet, ich brauche Nachschub!«

»Stopp!«, schrie eine der feindlichen Hexen zu ihr herüber. »Keine weitere verbotene Magie anwenden! Verschwindet, oder wir schießen!«

Wie sollten sie sich wehren? Wie einen Baum erzeugen, der bestehen blieb – direkt unter den Augen ihrer Feindinnen?

O Lystrella, Lystrella!

»Jetzt sind wir so nah dran und werden doch verlieren!«, stammelte Areshva. »Wie immer! Ich halte es nicht aus, wenn das wieder schiefgeht, es ist wahrscheinlich unser letzter Versuch!«

»Du hältst es aus«, entgegnete Silvrin. »Sei geduldig und bewahre die Ruhe. Wir haben ein hohes Ziel, und wir erreichen es, wenn wir uns durch nichts beirren lassen.«

»Sie meinen es ernst, sie schießen gleich!«

»Aber sie können uns nichts anhaben. Ich meine, dann spielt es keine Rolle.«

Eine Feuersalve krachte auf sie los. Areshva wurde von etwas Hartem getroffen, das sie durch die Luft wirbelte. Im nächsten Augenblick fand sie sich auf dem Boden wieder. Erschrocken sah sie sich um. Silvrin lag mehrere Meter von ihr entfernt auf einem Blechhaufen.

Wir dürfen uns nicht trennen! Der Lebenszauber wirkt nur, wenn wir nahe beieinander sind!

Areshva erzeugte einen Magnetstrahler, den sie sich an die Schulter klebte. Einen zweiten warf sie zu Silvrin herüber, den er sich auf den Oberarm legte. Schon fühlte sie sich von einer unsichtbaren Kraft zu ihm hingerissen. Sie sah ihn über den Boden auf sich zurutschen, bis sie Schulter an Schulter zusammenprallten. Von der Wucht des Aufeinanderkrachens war sie einen Moment lang ganz benommen.

»Bist du verletzt?«, fragte er besorgt. »Du bist durch die Luft geflogen wie eine Schneeflocke im Sturm!«

»Alles bestens, und du?«

»Ich auch.«

Er drehte sich zu ihr. In seinen Augen glänzte ein übernatürliches Licht. So als wäre ihm heute etwas außergewöhnlich Schönes widerfahren. Ihre Anspannung löste sich auf. Warum hatte sie so wenig Zutrauen? Was konnte ihr denn noch passieren? Silvrin war bei ihr! Egal was noch kommen würde, sie hatte schon gewonnen!

Gerade in diesem Moment wäre sie am liebsten mit Silvrin irgendwo ganz allein in einer verträumten Waldlichtung gewesen. So viele Fragen lagen ihr auf der Zunge. So vieles wollte sie von ihm noch erfahren … und erfühlen …

Die Hexen vor dem Tempeleingang rissen sie abrupt in die Gegenwart zurück. Es waren etwa zwanzig. Sie trugen schwarze Umhänge und den meisten hingen zischende Vipern um den Hals, oder auch armdicke Boas, deren Körper sich um ihre Schultern und Hüften bis auf den Boden wanden. Wie auf Kommando streckten die Tempelmagierinnen jetzt ihre Hände vor, aus denen ein Schwall von Flammen auf Areshva und Silvrin zu wirbelte. Die glimmende Feuerwolke umhüllte beide, aber sie spürten keine Hitze. Als wäre es eine harmlose Dampfwolke gewesen, verpuffte sie und löste sich auf.

»Warum gehen diese Hexen nicht in den Tempel und zünden die Kristallkugel selbst wieder an?«, fragte Silvrin, wobei er Areshva die ganze Zeit mit diesem verzauberten Ausdruck in den Augen ansah, der sie vollkommen dahinschmelzen ließ.

»Weil sie nicht können. Weil keine von ihnen zur Priesterin geweiht ist«, erklärte Areshva. »Die Tempelpriesterinnen haben Angst vor Konkurrenz. Nach der Weihe schicken sie die Jungen weit weg. Oder sie weihen einfach keine ihrer Schülerinnen.« Sie studierte seine Augenbrauen, die in der Mitte einen hohen Bogen machten. Seine offene Stirn. Und seine Augen, in denen eine herrliche Klarheit und Ruhe lag. Das tat so gut. Wenn sie ihn ansah, versiegte ihre unruhige Nervosität, verschwanden die Zweifel, die sie sonst ständig plagten. Es war, als käme sie nach stürmischer Überfahrt endlich an Land. An das schönste, verheißungsvollste Land, das sie je gesehen hatte.

Leider war sie gezwungen, ihre Aufmerksamkeit wieder dem Tempeltor zuzuwenden. Eine Salve Luftmagie fegte auf sie los. Diesmal hielt der Strahlenmagnet an ihren Schultern Areshva und Silvrin jedoch so fest, dass sie zusammen hochgerissen wurden und auch am selben Fleck landeten. Areshva klopfte sich den Staub von den Schultern.

»Verletzt?«, fragte Silvrin besorgt.

»Nein.« Areshva starrte das hohe Gebäude an, das so abweisend und uneinnehmbar vor ihnen stand wie eine Festung. »Wie sollen wir in den Tempel hineinkommen ohne Gewalt? Hast du eine Idee?«

Ein Rauschen in der Luft ließ sie herumwirbeln.

Von hinten stob ein Schwarm großer dunkler Flughexen heran. Einige von ihnen hatten Spinnen auf ihre Hemden oder sogar auf ihre Flügel gemalt. Auch das noch. Feinde von allen Seiten. Areshva kniff die Augen zusammen. Was das etwa die treulose Bisanell an ihrer Spitze? Ihre Hände glühten voller schwarzer Magie. Sie würde gleich schießen!

»Bisanell!«, schrie Areshva erbittert. »Ausgerechnet du!«

Die Einschläge mehrerer Geschosse spritzten neben ihnen in den Sand. Sie sprangen schnell zur Seite.

»Wer ist Bisanell?«, fragte Silvrin.

»Wir haben früher zusammen bei Kirisha in Pallanthia gedient, als die Sonnengöttin noch herrschte«, erklärte Areshva, während sie misstrauisch das Fluggeschwader beobachtete. »Bevor Bisanell nach Kalamachai wechselte und Dienerin der Hohepriesterin wurde.«

»Hilf mir, diesen Samen wachsen zu lassen.« Silvrin kramte in seiner Hosentasche. Sie starrte ihn ungläubig an und hielt seine Hand fest. »Was versprichst du dir davon? Wenn du hier etwas pflanzt, zerstören sie es auf der Stelle. Und es ist unser einziger!«

»Ich setze ein Zeichen, das für deine Bisanell vielleicht mehr bedeutet als du dir vorstellst.«

Ohne ihre Zustimmung abzuwarten, griff er langsam in die Hosentasche, in der er seine Eichel aufbewahrte. Areshva war kurz davor, ihm auf die Finger zu schlagen, aber sie brachte es nicht fertig. Sie mochte seine Art zu denken – mehr als das, sie war begeistert davon. Aber das Risiko war hoch. Er hatte nur die eine Eichel. Nur ein einziger Versuch.

»Das geht schief!«, rief sie und fasst ihn heftig bei der Hand.

»Areshva, ich glaube, uns fehlt nichts als Hoffnung. Sobald einige Leute die Hoffnung bekommen, werden wir stärker, und dann kann es auch gelingen. *Nur* dann kann es gelingen.«

Ihr Griff lockerte sich und er befreite seine Hand mit der Eichel. Vorsichtig legte er sie auf den Boden. Areshva bestrahlte sie mit weißer Energie. Langsam brach sich ein feines grünes Pflänzchen den Weg ans Licht. Silvrin drehte sich zu den Feindinnen, die gerade am Himmel heran flogen, und rief ihnen entgegen:

»Die Heilige Lystrella wird heute gewinnen und unser Land wieder erhellen! Gemeinsam haben wir Kraft genug! Und alle, die uns jetzt helfen, können in ihr Land einziehen!«

Ein gewaltiger Knall zerriss Areshva fast die Ohren. Natürlich schlug die erste Kugel auf der jungen Pflanze ein und sie fühlte den Treffer, als hätte er ihr Herz erwischt. Es krachte und polterte, Sand prasselte ihr hart ins Gesicht und sie hörte sich selbst schreien. Dies war zu viel! Sie hatte doch gewusst, dass das Risiko zu hoch war!

Der nächste Schuss krachte los und sie duckte sich, weil sie absolut sicher war, dass die Salve ihr und Silvrin gegolten hatte und sie als Nächstes fortgeschleudert werden würden.

Aber das geschah nicht. Verwundert blickte sie auf. Vielstimmiges Geschrei umgab sie. Seltsamerweise war das Geschoss diesmal an ihnen vorbeigesaust und hatte etwas anderes getroffen.

»Das Tor!«, hörte sie Silvrin rufen. Obwohl sie seinen Arm neben ihrem spürte, konnte sie unter all dem Dampf und Rauch kaum etwas sehen.

Das Tor? Tatsächlich gähnte ihr an der Stelle, wo eben gerade noch das große Portal den Eingang in den Tempel versperrt hatte, ein riesenhaftes schwarzes Loch entgegen. Weder das Portal noch irgendwelche Hexen standen ihr mehr im Weg.

Hatte ihr etwa jemand den Weg freigeschossen? – Aber es blieb keine Zeit, darüber nachzudenken.

»Komm!«, schrie sie begeistert zu Silvrin. »Hinein! Schnell, schnell!«

Sie rannten los. Über Trümmer und Blechpanzer, die Treppe hinauf, in die dämmrige, hohe Halle hinein. Mit Schaudern näherte sich Areshva den sieben strahlenförmig von der Kugel abgehenden Brücken und dem See aus Leichenteilen. Sie erreichte eine der Brücken, passierte die Totenkopfsäulen an ihrem Aufgang, rannte schneller, hörte Silvrins Schritte hinter sich und noch weiter hinten lautes Krachen und Wummern …

Schossen sich die darghessanischen und die Spinnenhexen jetzt gegenseitig ab, oder warum kam es nicht näher?

Zwei junge Tempelmägde standen vor der steinern aussehenden Kristallkugel. Sie huschten aber sofort davon, als sie Areshva und Silvrin über die Brücke rennen sahen. Hinter sich hörte sie es immer noch krachen und rummsen in einer Lautstärke, die sie nicht einmal bei dem schlimmsten Gewitter ihres Lebens erlebt hatte.

Areshva blieb vor der Kugel stehen. Diese war gut drei Meter hoch und überragte sie deshalb weit. Irgendwie glich sie überhaupt keinem heiligen Zentrum, weil sie nicht schimmerte und auch nicht durchsichtig war. Sie sah mehr aus wie ein runder toter Felsen. Areshvas Glieder wurden zittrig. So oft hatte sie schon vor Tempelkugeln gestanden, aber nie die Macht besessen, die sie nun – eventuell – haben könnte: einen eigenen Tempel zu erobern! Nicht nur erobern – ihn Lystrella zu weihen! So grenzenlos weit entfernt von diesem Schritt hatte sie sich gewähnt, und nun stand sie hier! Vorsichtig streckte sie ihren Arm aus und berührte den versteinerten Rand.

»Es lebe Lystrella«, flüsterte sie. »Dein sei die Macht!«

Der Rand des Felsens wurde gläsern und durchsichtig. Langsam verwandelte sich auch der Rest der Kugel in ein gewaltiges hohes Rundglas. Innen schwappte eine dicke, schwarze Brühe. Areshva schickte einen weißen Energiestrahl hinein. Es blitzte und zischte, als ob die Brühe überkochte. Dann schlug ihre Farbe um, sie wurde hell. Mildes, weißes Licht brach aus der Kristallkugel hervor und erleuchtete die gesamte Halle. Es strömte auch in Areshvas Körper hinein, was sich anfühlte, als sammelte sie opulente Mengen an Sonnenlicht, Energie und Wärme. Eine neuartige Kraft erfüllte sie. Nicht die rastlose, zerstörerische Macht, die sie von Agga kannte. Dies war etwas Neues, das wachsen wollte, sich erneuern und verstreuen. Etwas, das sie schon fast vergessen hatte.

Die klare, lichtweiße Flüssigkeit im Inneren der Kugel wallte auf und ab wie ein See bei Wellengang. Areshva hätte vor Freude beinahe einen Luftsprung gemacht. Hatte sie doch erwartet, sie leer vorzufinden. Aber nein! Sämtliche Energie, die Meriedyce darin angesammelt hatte, war auf Lystrellas Wellenlänge umgesprungen, und sie konnte darauf zugreifen!

»Achtung!«, hörte sie Silvrin brüllen. »Hinter dir!«

Sie fuhr herum. Drei Hexen flogen auf sie zu. Sie schossen gleichzeitig. Drei schmale Feuerstrahlen sirrten auf Areshva zu. Sie zog geistesgegenwärtig einen dicken weißen Strahl aus ihrer Kugel ab, dreiteilte ihn und warf ihn dagegen. Wo ihre Lichtenergie auf das Feuer traf, knisterte und knackte es laut. Alles fühlte sich ungewohnt an. Sie machte etwas falsch, die Energie flutschte ihr nur so davon. Schneller, dachte sie erhitzt, ich muss sie zurückdrängen. Es gelang ihr jedoch nicht. Sie hatte schon vergessen, wie man diese weiche Magie richtig handhabte. Das war so lange her. Aggas harten Strahlen konnte sie einfach werfen, Lystrellas waren dafür zu weich … sie hatte doch mal gewusst, wie sie diese präparieren sollte, aber war zu aufgeregt um sich zu erinnern! Um nicht noch mehr Energie sinnlos zu vergeuden, ließ Areshva ihren Strahl verlöschen und musste zusehen, wie ihre drei Feindinnen ungehindert näherkamen. Sie landeten einige Schritte entfernt, begannen miteinander zu wispern und starrten sie dabei ab und zu an. Wahrscheinlich überlegten sie sich eine neue Methode, sie abzuschießen.

Fünf weitere Hexen kurvten in die Kristallhalle hinein. Areshva brach der kalte Schweiß aus. Sie hatte zu viele Gegnerinnen. Und als wäre das noch nicht ausreichend, stürmte zu allem Überfluss gar die Priesterin Meriedyce persönlich, gefolgt von einem Schwung Dienerinnen und zwei schlaksigen Skeletten, über eine der Brücken herein. Ihre zebrahaarige Mähne war rötlich verfärbt, so als hätte sie Blut darüber gegossen, und die drei Totenköpfe an ihrem Gürtel klapperten knöchern bei jedem Schritt. Am beeindruckendsten war jedoch der mörderische Ausdruck in ihren Augen und ihre gefletschten Zähne. Sie sah aus wie ein wildgewordener Drache, der um jeden Preis seine Beißer in seine Beute versenken will.

»Raus aus meinem Tempel, oder ihr seid tot!«, brüllte Meriedyce und erhob beide Arme, als ob sie gleich loszaubern wollte.

»Ich habe die Macht dieser Kristallkugel in der Hand«, konterte Areshva. »Jetzt bin ich stärker als du, auch mit einer Friedensgöttin!«

»Diese Kugel wird dir nicht viel nützen, wenn du sie nicht bei der Hohepriesterin anmeldest«, knurrte Meriedyce und ihre Zähne kamen Areshva auf einmal vor, als wären sie gerade um ein paar Zentimeter gewachsen. »Tja ... ob unsere oberste Herrin deine Anmeldung wohl akzeptieren wird – mit der abartigen Göttin, die du ihr präsentieren willst?«

Mit diesen Worten ließ sie ihre Hände dicke Wolken schwarzen Dampf produzieren, den sie wie eine Sturmwolke auf Areshva feuerte. Diese warf reflexartig einen weißen Lichtstrahl dagegen. Beide Strahlen berührten sich in der Mitte, wo sie zischend und sprühend aufeinandertrafen. Areshva spürte die schmerzende dunkle Kraft sogar auf die Entfernung. Sie bebte innerlich. Konnte sie die widerliche Zebrahexe denn nicht zurückdrängen? Energisch versuchte sie, vorwärts zu marschieren, kam aber nur einen Schritt weit. Das dunkle Kraftfeld blockierte ihren Weg. Meriedyce dagegen schaffte es, langsam und mit großer Mühe an sie heranzukommen. Nicht lange, und sie würden aufeinanderprallen.

Katastrophal.

Und sie durfte ihre Gegnerin nicht einmal angreifen oder verletzen. Wie sollte sie siegen? Sie konnte gar nicht gewinnen! Aber Meriedyce durfte die Herrschaft über Darghessa nicht zurückgewinnen. Sie war die schlimmste Regentin des ganzen Landes. Areshva musste sie vertreiben. Töten. Ja, diese miese Ratte musste sie eliminieren, wenn sie effektiv sein wollte. Sonst würde Lystrella wieder verlieren.

Sie spürte Silvrins Finger über ihren Rücken streichen.

»Bleib ruhig, entspanne dich«, hörte sie seine Stimme nur wie einen Hauch. *Entspanne dich.* Na klar. Das konnte auch nur ihm einfallen, in dieser Lage Kuschelgespräche zu führen. Wenn sie die Anspannung nicht in so hartem Griff gepackt hätte wie gerade jetzt, hätte sie vielleicht darüber gelacht.

Hinter ihrem Rücken erklang die schrille, doch umso verlockendere Stimme der Göttin Agga:

»Du wirst hier schon wieder versagen. Ich sehe es kommen. Aber ich bin zur Stelle, um dir zu helfen und hätte etwas für dich. Du könntest Meriedyce niederschmettern, sämtliche Hexen hier zu deinen Dienerinnen machen und den Tempel mit der Kristallkugel vollkommen unter deine Kontrolle bekommen. Keins dieser Würstchen würde dich jemals wieder anhusten!«

Noch immer stand Areshva ihrer Todfeindin gegenüber und ihre beiden Strahlen zischten und surrten gegeneinander in der Luft. Meriedyce kam jedoch unerbittlich näher, und mit jedem Schritt wurde ihr schwarzer Strahl dicker, während Areshva es nicht schaffte, dagegen anzugehen.

Agga Stimme fuhr ihr tief ins Mark. *Das wäre unsere Rettung,* dachte sie unwillkürlich. Ihr schauerte. Sie durfte hier nicht verlieren. Nein, das wäre zu schrecklich! Heiß und kalt wurde ihr zumute. Aber Lystrella wieder enttäuschen – nein, auf keinen Fall, nicht nach all den heißen Schwüren, die sie ihr geleistet hatte. Ach! Lystrellas schönen Worte über Treue - meinte denn die Göttin damit sogar Treue bis in den Tod? Oder würde sie nicht eigentlich wollen …

Silvrin knuffte sie in die Schulter. »Nicht!«

»Was?«, keuchte sie atemlos. Sie war so aufgewühlt, dass sie kaum richtig atmen konnte. »Warum boxt du mich, ich sage doch gar nichts?«

»Aber du denkst etwas und deine Augen schleudern Blitze gegen diese Hexe dort. Areshva – das ist nicht gut. Denk nach und lass dich nicht von deinen Gefühlen unterjochen. Behalte kühlen Kopf und denke mit klarem Verstand. Ein Leben ohne Lystrella ist wertlos. Es lohnt sich, für sie zu einzustehen und ihre Regeln einzuhalten.«

Ihr Herz jagte, seine Worte beschämten sie. Es war als hörte sie in seiner auch die Stimme ihrer Göttin. Hatte sie genau das nicht eben erst Lystrella versprochen? Lernte sie denn nicht aus ihren Fehlern? Sie durfte nicht fragen, ob es sich lohnte, nach Lystrellas Regel zu leben, sondern musste es einfach tun, egal wie die Konsequenzen waren!

Areshva ließ die Gegnerinnen mit den dunklen Gewändern nicht aus den Augen. Bis jetzt hatte sich keine von ihnen eingemischt, sie beobachteten nur, wie Areshva und Meriedyce ihre Kräfte maßen. Wahrscheinlich glaubten sie, die Zebrahexe würde Areshva auch ohne Hilfe in den Erdboden quetschen. Denn sie marschierte unerbittlich vorwärts und jetzt trennten sie nur noch etwa drei Schritte.

Frühling in Darghessa

Areshva spürte ihre Hände kaltschweißig werden. Sobald Meriedyce sie erreicht hätte, könnte sie einpacken. Und die finstere Magierin kam unerbittlich näher. Ihr schwarzer Strahl drängte Areshvas weißen dichter an die Kristallkugel zurück. Jetzt war sie nur noch eine Armlänge entfernt.

In ihren Ohren hörte sie Agga raunen: »Mach sie fertig, du kannst dich doch von dieser Ameise nicht zerquetschen lassen!«

Aber diese Stimme drang dennoch nicht richtig zu ihr vor. Viel stärker fühlte sie Silvrins Hände auf ihren Schultern und sie konnte nicht anders als ihm zu vertrauen. Egal ob das funktionieren würde oder nicht, sie würde jetzt der Göttin die Treue halten. Und Silvrin nicht enttäuschen. Außerdem lag es doch so klar auf der Hand, dass Lystrella jedes Wagnis Wert war. Sie begriff selbst nicht, dass sie diese herrliche Göttin jemals hatte verlassen und noch so widerlich hintergehen können. Auch wenn sie schwach war. Auch wenn sie gegen die schwarze Hexe einfach nicht mithalten konnte, so sehr Areshva sich auch anstrengte.

Triumphierend drängte Meriedyce noch einen weiteren Schritt nach vorn, löschte Areshvas weißen Strahl ganz, bis ihre beiden Hände gegeneinanderprallten und Areshva die volle Wucht der dunklen Strahlung in die Finger fuhr. Ein glühender Schmerz durchfuhr sie, sie schrie auf, prallte rückwärts und das letzte, was sie fühlte, war ein fürchterlicher Schlag.

Alles wurde schwarz um sie herum.

Als sie die Augen wieder öffnete, lag sie am Boden und Silvrin beugte sich über sie. Seine klaren blauen Augen beruhigten sie sofort. »Verletzt?«, fragte er voller Sorge.

Sie lauschte in ihren Körper hinein, doch es ging ihr überraschend gut. »Nein«, erwiderte sie und blickte sich um. Ganz hinten an der Wand lag die Priesterin Meriedyce in seltsam verrenkter Haltung. Sie war ebenfalls bewusstlos und von ihrer Stirn sickerte Blut.

»Das Zusammentreffen mit der hellen Strahlung ist ihr nicht gut bekommen«, erklärte Silvrin lächelnd, der ihrem Blick gefolgt war. »Sie bekam einen magischen Schlag, genau wie du. Nur dass sie keine Lystrella hinter sich hat, die sie wieder heilen konnte.«

Diese Vorstellung schien ihre Zuschauer überzeugt zu haben. In diesem Augenblick flatterte nämlich Bisanell über ihnen im weißen Licht der Kristallkugel und zwinkerte ihnen aus der Luft zu. »Lystrella, höre mich! Nimm mich zurück in deine Familie!«, schrie sie laut.

»Mich auch!« – »Mich auch!«

Areshva sah staunend dabei zu, wie die Auren derjenigen Hexen, die gerade noch ihre Feindinnen gewesen waren, mit einem Schlag ihren Charakter änderten und auf weißes Licht wechselten. Meriedyce kam langsam wieder zu sich. Ihr Gesicht war schmerzverzerrt und sie sah nicht danach aus, als ob sie den Sinneswandel ihrer früheren Gefolgsleute nachvollziehen konnte. Noch immer schleuderte sie Areshva wilde Blicke zu. Doch sie schien schwindelig zu sein, konnte nicht aufstehen und sah aus, als konnte sie jeden Moment wieder in sich zusammensacken.

Areshva ging zur Kristallkugel und berührte sie. Im selben Moment begann der gesamte Tempel zu erstrahlen. Die süßen Melodien Lystrellas erfüllten das Gebäude. Der morastige Grund, auf dem die Kristallkugel stand, wurde zu festem Erdboden, die Totenköpfe auf den Knochenbrücken zerbröselten und wurden zu Staub. Aus diesem wuchsen zarte weiße Blumen empor. Alle schwarzgewandeten Hexen, die dort noch immer standen, starrten ungläubig auf dieses Schauspiel.

Areshva konnte es nicht glauben. Ein heftiges Prickeln krabbelte über ihren Körper. Hatte sie es etwa geschafft? War sie tatsächlich so schnell und unerwartet Dienerin der herrlichen Lystrella und Herrin über einen eigenen Tempel – einen Tempel des Lichts – geworden? UND Silvrin stand neben ihr. Wurden etwa heute alle Träume ihres Lebens wahr?

Ohne dass sie begriff, wie ihr geschah, fühlte sie Silvrins Hände um ihren Körper und hörte seine Stimme:

»Ich wusste, dass wir gemeinsam stark sind. Hör nie wieder auf, daran zu glauben und dafür zu kämpfen. Wirst du jetzt bei mir bleiben, versprichst du das? Gehst du mit mir?«

»Bis ans Ende der Welt«, keuchte Areshva. Dies war so unwirklich. So himmelhochjauchzend und abgrundtief fantastisch! Er küsste sie lange und ausdauernd, und wieder wie vorhin spürte sie dabei nicht nur ihre, sondern auch seine Gefühle und das neue Band, das sich um sie beide geschlungen hatte. Das Licht der Kristallkugel spiegelte sich in seinen Augen und der Moment hätte ewig dauern können.

Von draußen hörte sie das Krachen und Tosen weiterer Angriffsschläge. Hatten sie wirklich schon gewonnen? Es konnten noch mehr Feinde auf dem Weg sein und womöglich auch gefährliche. Sie musste ihr Gebiet abriegeln. Gefahren abschirmen, so weit es ihr gelang. Silvrin und Areshva fuhren auseinander. Um sie herum formierte sich eine Leibwache. Fünf Hexen waren bereits auf ihrer Seite, was sie an dem neuen weißen Leuchten ihrer Gewänder erkennen konnten, und diese stellten sich in einem Ring um sie herum. Areshva berührte ihre neue Kristallkugel mit den Händen und erzeugte darin ein Bild, um sich die Lage draußen anzeigen zu lassen.

Die Kugel zeigte ihr ein Heer von schwarzen Zauberinnen, das den Tempel aus der Luft und zu Pferd belagerte, das aber von der weißen Strahlung immer weiter zurückgedrängt wurde. Denn diese breitete sich aus. Heller und heller leuchtete der Tempelvorhof. Die Reiterinnen schossen zwar immer wieder in Richtung des Tempels, aber sie wichen dabei rückwärts, mit verbissenen, ungläubigen Gesichtern. Plötzlich rief eine von ihnen laut: »Lystrella! Verzeih mir!«, spornte ihr Pferd an und galoppierte in den lichtgefluteten Hof. Ein Geschosshagel donnerte ihr nach, doch eine lichtdurchflutete Mauer hielt alle Attacken auf. Schon gelangte ihre neue Freundin bis zum Tempeleingang und rannte hinein, ihnen entgegen. Immer mehr ehemalige Feindinnen folgten ihrem Beispiel. Als die dunklen Hexen dieses massenhafte

Überlaufen in den Lichtbereich sahen, ergriffen sie die Flucht.

Areshva stand mit wild klopfendem Herzen vor ihrer neuen hellen Kristallkugel und streichelte zärtlich ihre Oberfläche. Innerhalb der Kugel schäumten weiße Strahlenwellen wie ein Meer aus Kraft. Hatte sie es geschafft? Nein, dies war nur der Anfang. Zu diesem Tempel gehörte die gesamte Provinz Darghessa einschließlich der Stadt. Sie musste dieses Gebiet für Lystrella sichern. Die Grenzen schließen, damit ihre Feinde sich nicht von außen formierten und Hilfe aus entfernten Bezirken herbeiholten. Siedendheiß fielen ihr ihre tagelangen Bemühungen am Moor ein. Damals hatte sie es nicht geschafft, Lystrellas Reich zu bewahren. Aber dort hatte sie keine Kristallkugel gehabt. Jetzt verfügte sie über eine eigene Strahlenquelle, gefüllt mit weißer Energie und dadurch die große Chance, Lystrella wieder neu zu etablieren. Das musste ihr gelingen! Sie durfte keinen Fehler machen!

Das Gebiet sichern. Am effektivsten wäre es, wenn sie es schaffte, einen Bannkreis rings um die Grenzen der Provinz Darghessa zu legen, wo ihr Gebiet endete. Freilich war das ein weitläufiges Reich, wie sie das mithilfe der Kristallkugel unter ihre Kontrolle bekam, musste sie erst herausfinden. Ob Lystrellas Macht überhaupt schon so weit reichte? Vorsichtig rief sie den Namen ihrer Göttin. Lystrella ließ nicht auf sich warten. Sie erschien prompt über der magischen Kugel. Wie eine weiße Fee in einem seidigen Kleid schwebte sie herunter und blickte Areshva aus großen Augen an. War sie Areshva freundschaftlich gesonnen? Oder noch immer wütend über ihre Wankelmütigkeit und ihren wiederholten Verrat? Ihren

Augen konnte Areshva das nicht entnehmen, aber sie befiel dennoch eine heftige Beklemmung. Sie selbst, anstelle der Göttin – sie würde kochen vor Wut. Und sie würde so eine Anhängerin gar nicht haben wollen, auf die man sich nicht verlassen konnte. Und dann noch in so einer Position – als verantwortliche Priesterin ihres Reiches! Es musste sich für Lystrella doch richtig beschissen anfühlen, dass sie jetzt ausgerechnet auf Areshva angewiesen war.

»Danke«, sagte Lystrella lächelnd und nickte ihrer Dienerin zu. »Du hast mir den größten aller Dienste erwiesen. Meine Priesterin.«

Sie erhob ihre Hände wie einen Segen, und Areshva fühlte etwas Weißes, Wolkiges auf sich fallen: den weißen Umhang einer Priesterin des Lichts. Um ihre Stirn legte sich ein goldenes Stirnband, an dem eine kleine Sonne baumelte. Vor Rührung stiegen ihr die Tränen in die Augen.

Priesterin! Hier war sie, Herrin über ihren eigenen Tempel. Nicht einmal im Traum hätte sie sich vorgestellt, dass sie jemals an dieser Position stehen könnte! Noch dazu war sie Verbündete des Mannes, den sie liebte und nach dem sie sich so lange Zeit gesehnt hatte – und ihre Lieblingsgöttin war endlich wieder an ihrer Seite. Sie war am Ziel aller ihrer Träume. Das war so gewaltig, dass sie es kaum fassen konnte.

»Ich habe *dir* zu danken«, beteuerte Areshva und ging vor ihr in die Knie. »Diesen Tag … und alles, was du mir so reich geschenkt hast, vergesse ich nie. Du sollst es nicht bereuen!« Sie holte tief Luft. »Aber wir sind noch nicht sicher. Ich möchte einen Bannkreis rings um die gesamte Provinz Darghessa legen, den kein Außenstehender überschreiten kann, um uns vor Feinden zu schützen. Kannst du mir dafür Energie geben oder hast du so viel noch nicht?«

»Eine wichtige Maßnahme.« Lystrella tauchte eine Hand durch die Wand der Kristallkugel hindurch, als wäre sie aus Watte, und Areshva beobachtete fasziniert, wie sie blauweiße Energieströme aus der Kugel in sich aufnahm, die ihren Körper blinken und glitzern ließen. Dann erschuf die Göttin eine federweiche Wolke auf ihren Händen und pustete sie zu Areshva herüber. Eine solche geballte und doch gleichzeitig weiche Kraft hatte Areshva schon seit Ewigkeiten nicht mehr angefasst. Sie brauste und orgelte unter ihren Fingern und setzte sie unter Strom. Areshva erzeugte einen dicken weißen Strahl und ließ ihn durch den Tempel Richtung Ausgang davonsausen. In der Kristallkugel konnte sie verfolgen, wie dieser sich einen Weg durch Straßen, Tore, Wälder bahnte, wie er sich in rasender Geschwindigkeit über Wiesen und Äcker fraß und die Stadt Darghessa umrundete. Er verlor sich im darghessanischen Hinterland, kam dann wieder zurück und das Ende des Kreises verband sich mit seinem Anfang.

Es war vollbracht. Areshvas neue Provinz Darghessa war geschützt.

Geschützt vor Feinden, die von außerhalb kämen. Im Inneren musste die neu gekürte Priesterin die Loyalität und Verlässlichkeit der Bürger erst noch überprüfen.

Da sie die Blicke der Göttin auf sich ruhen fühlte, sah Areshva zu ihr auf.

»Ich weiß, wie du dich fühlst«, wisperte sie peinlich berührt. »Es tut mir leid, was ich dir angetan habe. Du weißt gar nicht, wie sehr. Ich werde nie wieder der Agga dienen. Wirklich nicht. Ich weiß, ich habe das schon einmal versprochen, und es wieder gebrochen, aber diesmal meine ich es ehrlich. Nie wieder. Nie wieder, bei allen Dämonen der Unterwelt! Ich hasse es, dass ich dich so enttäuscht habe. Ich bin nicht mehr die treulose Areshva. Ich beweise dir, dass sogar *ich* dir Zuverlässigkeit und Anstand zeigen kann. Du sollst nicht bereuen, ausgerechnet auf mich angewiesen zu sein. Und nicht bereuen, mir verziehen zu haben. – Ähm … du hast mir doch verziehen … oder?«

Lystrella lächelte leise. »Ich habe dir verziehen und würde es wieder tun«, bemerkte sie. »Ich bin nur etwas traurig, dass du kein Vertrauen in mich hast und bei der kleinsten Schwierigkeit das Handtuch wirfst. Treue, meine liebe Areshva, bedeutet, dass man auch in schlechten Zeiten zueinander steht. Und gerade das ist es, was eine echte Liebesbeziehung ausmacht und woran die Liebe sogar noch wächst.«

Lystrella trat auf ihre neue Priesterin zu. Mit einer Handbewegung berührte sie Areshvas Sonnenstirnband. Seine tiefen, mächtigen Strahlen durchglühten Areshvas Kopf und färbten ihre gesamte Kleidung strahlend weiß. Ihr wurde klar, dass sie erst jetzt eine wahre, durch ihre Göttin bestätigte Priesterin war und sie schwur sich ein zweites Mal, dieses unverdiente Vertrauen niemals wieder zu enttäuschen.

»Du bist eine wundervolle Göttin«, rief Areshva ergriffen, »ich würde am liebsten …«

»Pflanze Opferbäume«, unterbrach sie Lystrella eilig. »Wir können uns später noch unterhalten, aber ich muss dich jetzt bitten, erst einmal meine Kräfte wieder aufzubauen. Und um eine neue Ordnung in der Stadt solltest du dich auch kümmern, dort ist alles chaotisch.«

»Verzeih. Natürlich.« Areshva drehte sich zu ihrem Gefolge um, das in der Zwischenzeit auf über dreißig Zauberinnen in weißen Roben angewachsen war. Ihr wurde sofort leichter ums Herz. Diesmal musste sie sich nicht allein um die Versorgung der Göttin kümmern, sondern hätte ein Heer von Dienerinnen zur Verfügung. Das war mehr als eine Chance, das war ein Hauptgewinn! Sie klatschte in die Hände. »Ihr habt es gehört! Wir pflanzen einen Opferwald rings um die Stadt Darghessa bis zum Tempel hin. Jede bekommt ein eigenes Gebiet, damit es schneller geht. Bisanell, du überfliegst die Provinz und hältst Ausschau nach verbliebenen Feinden und verdächtigen Aktivitäten. Nimm noch zwei Begleiterinnen mit und melde mir alles, was dir wichtig erscheint. Wir dürfen nichts übersehen.« Sie wandte sich an Silvrin. »Und du als neuer Fürst dieser Stadt bist für die Ordnung in der Stadt zuständig. Kann ich dich bitten hinzureiten? Nimm aber gute Leibwächter und Hilfskräfte mit.« Sie seufzte. »Am liebsten würde ich selbst mit dir gehen, aber eine Priesterin gehört in ihren Tempel und ich muss in der Kristallkugel überwachen, ob wir auch nichts übersehen haben.«

Am liebsten hätte Areshva Silvrin gar nicht fortreiten lassen. Sie hatten noch überhaupt keine Zeit gehabt zu reden! Zwar spürte sie, ja sie war sich absolut sicher, dass seine Gefühle genauso tief gingen wie ihre. Womöglich sogar tiefer. Das war ja gerade das, was sie so unwiderstehlich an ihm anzog. Aber wie viel anderes hatte sie noch nicht verstanden? Sie musste genau erfahren, wer er war, wie er bisher gelebt hatte – was er über sie dachte. Alles wollte sie wissen. Noch immer hatte sie insgeheim Angst, er würde vielleicht doch nicht alles an ihr mögen. Ein so aufrechter Mensch wie Silvrin müsste ein untreues Luder, wie sie war, doch eigentlich verachten. Vielleicht verachtete er sie auch. Sie würde ihn danach fragen müssen und jetzt musste sie es aushalten, auf diese Antwort zu warten.

Langsam und wie in Trance ging sie durch die Halle. Die wenigen weißgekleideten neuen Dienerinnen, die noch am Tempel zurückgeblieben waren, folgten ihr. Inzwischen waren die meisten anderen Zauberinnen ja bereits damit beschäftigt, Opferwälder anzupflanzen. Areshva ging an der Tempelmauer entlang. Jede der Dämonenstatuen berührte sie mit der Hand, wodurch sie zu kleinen Kätzchen wurden. Sie verwandelte Drachenköpfe in Engelshäupter, Beile in Blumen und die Totenköpfe und Skelette an den Tempelmauern in Statuen von freundlichen Männern und Frauen. Als sie nun die Heilige Lystrella anrief, vibrierten alle Wände, und der letzte Rest der Schwarzen Magie entwich: Mit lautem Getöse brachen überall die zahlreichen Knochengerüste zusammen, die die Priesterin Meriedyce hier aufgestellt hatte. Das Dach schob sich auseinander, sodass Sonnenlicht hereinströmen konnte. In der Öffnung erschien eine vergrößerte Version der engelhaften Lystrella, um deren Kopf ein Sonnenkranz strahlte. Sie hatte ihre Hände aneinandergelegt, sodass sie eine Mulde bildeten, und rief:

»Eure Kameradinnen haben bereits so viele Bäume gepflanzt, dass ich euch schon das erste Geschenk machen kann. Schaut hier!«

In den Händen der Göttin erschienen kleine Sandkörner, die sie durch die Öffnung in den Tempel hereinschüttete. Sobald sie den Boden berührt hatten, sprossen hunderte winzige weiße Blümchen daraus hervor. Areshvas neuen Dienerinnen klatschten begeistert in die Hände und riefen voller Freude Lystrellas Namen.

Areshva beobachtete sie dabei und wunderte sich insgeheim. Nicht nur sie allein war eine Verräterin gewesen. Auch alle diese Hexen, die gerade so frenetisch klatschten und jubelten, hatten bis vor wenigen Augenblicken noch eine ganz andere Herrin mit derselben Begeisterung angebetet, wie sie jetzt Lystrella zu Füßen lagen. Konnte sie solchen Dienerinnen überhaupt vertrauen? Sie beschloss, sich ein Bild über sie zu machen, und fragte nach alle der Reihe nach, wer sie waren. »Venra«, stellte sich eine etwa 30-jährige Elgo mit langer hellblonder Mähne vor, die Areshva treuherzig anblickte. Sie habe schon der früheren Priesterin Beringlida treu gedient und ihre letzte Herrin Meriedyce vom ersten Augenblick an verabscheut. Und wie froh sie sei, dass Areshva sie aus dieser Knechtschaft befreit habe! Eine zweite jüngere Dienerin, auch eine Elgo, hieß Kamla und war genauso glücklich, die verhasste Herrin mit dem Totenkopfgewand loszusein. Sie schielte und Areshva konnte deshalb nicht ausmachen, ob sie in ihre Augen sah oder ihr auswich, aber ihre übrigen Gesten ließen sie doch vertrauenswürdig erscheinen. Die dritte Tempelhexe war ein blutjunges Mädchen mit einer tiefroten Pferdemähne, die sie dermaßen lang wachsen lassen hatte, dass sie schon fast mit einem Löwen konkurrieren könnte. Diese stand im Rang einer Schülerin, hörte auf den Namen Umära und war außerordentlich schüchtern und unterwürfig. Sie wagte kaum ein Wort zu sagen, obwohl Areshva gleich an ihrer Aura erkannte, dass sie über herausragende Zauberkräfte verfügte.

Damit gab sie sich erst einmal zufrieden. Ihre Stimmung hob sich im Laufe des Tages noch beträchtlich, als sie sich gemeinsam mit ihren neuen Dienerinnen vor der Kristallkugel positionierte und damit begann, die Arbeit der übrigen Tempelhexen zu beobachten.

Die Opferwälder gediehen prächtig, innerhalb kürzester Zeit waren ganze Areale von ihnen bedeckt und rauschten Millionen von weißen Strahlen aus ihren Blüten gen Himmel in Lystrellas Arme. Auch die Suche nach verstreuten Feinden oder verdächtigen Personen gestaltete sich überraschend einfach. Areshva hatte ursprünglich vorgehabt, solche Personen zu ihrer Grenzstation zu bringen, die sie am Bannstrahl eingerichtet hatte, und sie von dort außer Landes zu verweisen. Aber je offensichtlicher ihr Erfolg wurde, desto weniger Widerstand setzte sich ihr entgegen. Sobald die Anbeter der Dunkelheit die blühenden Blumenwiesen und die sprießenden Wälder sahen und das leise, sanfte Singen hörten, das auf einmal über Wiesen und Auen dahinglitt und das auch an vielen Plätzen in der Stadt Darghessa zu hören war, ließen sie sich schnell bekehren und wurden zu neuen Anhängern der Lystrella.

Selbst die eingefleischten boshaften Wächterhexen aus Kalamachai, von denen sich immer noch eine ganze Reihe in Darghessa aufhielten, waren von der Schnelligkeit der neuesten Entwicklung überfahren. Im Vergleich zu Areshvas schnell wachsender Vertrautenschar gerieten sie rasch in Unterzahl, was sich nach Bisanells Überlaufen und dem der meisten anderen Kameradinnen noch verstärkte. Wie in einem Schneeballsystem schlossen sich immer mehr gegnerische Hexen der neuen Bewegung an. Gleichzeitig verringerte sich die Kraft der letzten Feindinnen in ihrem Gebiet dramatisch – etwa in demselben Takt, indem sich die der Lystrella verstärkte. Bis die verbliebenen griesgrämigen Gestalten zuletzt gänzlich aus der Region verschwanden, die sich langsam in einen blühenden Blumenpark verwandelte.

Es war Frühling in Darghessa.

Eine Botin der Hohepriesterin

Die Schlacht war bereits seit Wukurs Verteidigung der Prinzessin Kia Sephila schlagartig verebbt, draußen auf den Ebenen vor der Stadt pausierten die Kämpfe. Die Armeen warteten auf das Zeichen ihrer Anführer, wie es weitergehen sollte.

Das schlagartige Umschwenken der Macht im Tempel war jedoch keinem entgangen. Wukur starrte verunsichert und auch verärgert seinen erloschenen Kontaktring an und musste mit Schrecken zur Kenntnis nehmen, dass seine eigenen Regimentsführer plötzlich Silvrin als den neuen Fürsten von Darghessa erkannten und diesen nach den aktuellen Befehlen fragten. Wukurs erster Impuls war aufzuspringen und Silvrin das Zepter aus der Hand zu reißen. Da sich aber Prinzessin Kia Sephilas Blicke geradezuhingebungsvoll auf ihn hefteten und sie auch nichts dagegen einzuwenden hatte, dass er ihr einen Arm um die Schulter legte, besänftigte er sich – denn im Grunde bot ihm diese Situation auch gewisse Chancen, die er nicht ungenutzt verstreichen lassen wollte. Kurz entschlossen trat er vor den Fürsten Ishtangar, verneigte sich achtungsvoll und erklärte:

„Zuletzt wolltet Ihr mich nicht anhören, aber ich hoffe, Ihr hört mich jetzt. Ich bitte um die Hand Eurer Tochter Kia Sephila."

Fürst Ishtangar fuhr zurück. Hektische rote Flecke erschienen auf seiner Stirn, doch er antwortete nicht, schien unschlüssig darüber, was er sagen sollte. Ein gutes Zeichen?

„Ich schlage vor, wir reiten in den Palast und treffen uns zu einer gemeinsamen Besprechung, bei der wir im Detail erörtern, wie unsere Zukunft aussehen soll", schlug Fürst Silvrin vor. Dieser Vorschlag fand allgemeinen Beifall.

Der gemeinschaftliche Ritt in die Stadt entwickelte sich unterdessen zu einem Triumphzug für den frisch gekürten Fürsten Silvrin, der nicht einmal jenem bei seiner Ankunft in Aravenna zu vergleichen war. Pirina flog über seinem Kopf her, begleitet von einem Schwarm von kleinen Vögeln, die wie eine Fahne mal alle nach rechts, dann wieder alle nach links flogen. Sie verfolgten voller Staunen die Verwandlung der Stadt.

Während einige der neu bekehrten Zauberinnen eine Birkenallee anlegten, die vom südlichen Stadttor bis zur Fürstenburg führte, und eine Lindenallee vom nördlichen Tor her, während sie Rosenwege, Äpfelstraßen, Beerenplätze und Timelkenparks pflanzten, gerieten die Darghessaner immer mehr aus dem Häuschen. Denn nun ritt eine Reihe stolzer Persönlichkeiten in die Stadt hinein. Fürst Ishtangar, Fürst Wukur, Fürst Vandrasil von Millesana, die Prinzen Osving und Koryelan sowie Prinzessin Kia Sephila wurden mit ehrerbietigem Applaus empfangen.

Obwohl eine ganze Karawane von Würdenträgern die Hauptstraße entlang ritt, war die Aufmerksamkeit der Bürger jedoch in der Hauptsache auf einen einzigen gerichtet:

Auf den Fürsten Silvrin.

Er bekam stehende Ovationen. Überall, wo er mit seinen Truppen entlang ritt, öffneten sich rechts und links die Fenster. Man erkannte den aravennischen Fürsten. Ihn hatte in Darghessa niemand vergessen.

»Ist das nicht er, der sich damals mit dieser Verrückten duellierte, der Zauberin von Ygramor? Oben auf den Schwarzen Felsen, ganz in der Nähe von Darghessa?«, raunten sie.

»Na klar! Das ist er!«

»Wir haben doch alle dieses Duell gesehen!«

»Erinnert ihr euch noch, wie diese schwarze Hexe das Felsmassiv zerlegt hat?«

»Sie war doch vorher schon bei uns in der Stadt! Sie hat schon halb Darghessa verwüstet!«

»Und er hat sie geschlagen!«

»Ja! Welch ein Meister!«

»Wie ist ihm das nur gelungen?«

»Und jetzt hat er die Teufelin Meriedyce entmachtet!«

»Leute, das ist viel größer! Er hat die Götter der Finsternis zerschmettert! Sie sind fort! Fühlt ihr die Leichtigkeit in der Luft? Hört ihr den Gesang? Seht ihr die Weinranken?«

»Das ist gigantisch! Was für ein Held!«

»Er ist kein Held, er ist ein Übermensch!«

»Ein König!«

Silvrin konnte die Freude der Menschen spüren. Er hörte sie jubeln, sah, wie sie einander einhakten und schunkelten, wie sie sangen und jauchzten. Es kam solch eine Begeisterung auf, dass die Bürger von Darghessa in Ekstase gerieten. Jemand fing an zu skandieren: »Sil – vrin, Sil – vrin, Sil – vrin« – und diesen Ruf griffen die Nachbarn nur zu gern auf, er toste und jubilierte durch alle Straßen, durch alle Gassen. Hoffnung brandete durch die Stadt, eine bisher nie gekannte, ungeheure Hoffnung: Jetzt waren die schlechten Zeiten vorüber, und es würde wieder aufwärtsgehen mit ihrer Provinz, mit ihrem Leben, mit allem!

Etwas später, nachdem die Würdenträger bereits den großen Rittersaal im fürstlichen Palast eingenommen hatten und dort an einem gewaltigen ovalen Tisch einträchtig nebeneinandersaßen, konnte Silvrin noch ein viel erstaunlicheres Schauspiel miterleben. Sämtliche anwesenden Befehlshaber und Würdenträger setzten sich gemeinschaftlich an einen runden Tisch und besprachen die Lage. Nicht nur seine eigenen Verbündeten saßen an diesem Tisch: Der Fürst Ishtangar von Pallanthia, Fürst Koryelan, Prinz Osving von Pallanthia, sowie seine Regimentsführer Lemetrong und Kessinaj waren hier versammelt, sondern auch jene, die bis vor wenigen Augenblicken noch seine Feinde gewesen waren: der bisherige Fürst Wukur von Darghessa und dessen Bundesgenosse, Fürst Vandrasil von Millesana, in deren Mitte sich die Prinzessin Kia Sephila platziert hatte.

Keiner von ihnen verlor ein Wort darüber, dass sie sich eben gerade noch bis aufs Messer bekriegt hatten, dass sie Verwundete und Tote zu beklagen hatten. Nein, sie saßen an diesem Tisch in stiller Eintracht, wenn auch von einem gewissen Misstrauen und einer gehörigen Portion Unsicherheit nicht frei, mit der sie sich gegenseitig beäugten.

Bei Wein und Hirschbraten löste sich dieses Misstrauen jedoch langsam auf und alle Beteiligten streckten sich die Hände entgegen, um ihr neues Bündnis zu besiegeln: die Allianz, die Vereinigung der vier Provinzen Pallanthia, Aravenna, Darghessa und Millesana. Selbst der noch immer etwas skeptische Fürst Ishtangar von Pallanthia, der eigentlich seine Tochter Kia Sephila weder mit einem hergelaufenen Kerl verheiraten wollte, der nicht als Prinz geboren war, und schon gar nicht an einen Skeff, wollte da nicht mehr feindlich auftreten. Er erklärte vor versammelter Mannschaft, dass Wukur eine Chance verdient hatte. Eine einjährige Wartezeit wollte er zur Bedingung machen, in der sich Wukur bewähren sollte. Falls die beiden jungen Leute danach immer noch heiraten wollten, versprach Ishtangar ihnen seinen Segen.

Es war bereits Abend geworden, als sie in ihren Verhandlungen so weit gekommen waren. Draußen in den Straßen von Darghessa herrschte schon längst ein Volksfest, die ganze Stadt war auf den Beinen, alle feierten, aßen und tranken gemeinsam, es wurde getanzt und gesungen. Dies war eine zauberhafte Nacht. Kometen pflügten durch die Luft und herrliche bunte Lichter, die den Himmel wie ein Zauberfirmament erscheinen ließen.

Silvrin verließ den Palast von Darghessa als erster und ritt im Galopp in Richtung Tempel. Überall winkten und jubelten die Menschen ihm zu, wo er auch vorbeikam.

Was für eine Pracht! Gleißend hell stand der weiße Tempel in dem nächtlichen Birkenhain, die Tore weit offen, das Dach zum Himmel hin geöffnet, wohin mehrere Lichtsäulen aufstiegen, die endlos aussahen. Silvrin sprang vom Pferd auf die Treppe, hastete hinauf, und da erschien auch schon

Areshva im Tor. Er hätte sie in seiner Eile beinahe umgerannt. Heftig atmend blieb er vor seiner Partnerin stehen.

Sie stand ebenfalls ganz still und lächelte ihn an mit schmelzender Wärme in den Augen. Das war mal ganz etwas Neues. Sie wich ihm nicht mehr aus. Er wagte trotzdem noch nicht zu glauben, er könnte sich von nun an auf sie verlassen. Dies war so neu, so … unberechenbar. Vielleicht bereute sie schon? Vielleicht wäre sie lieber mit Osving gegangen?

»Areshva«, flüsterte er.

Sie schlang ihm die Hände um den Hals und küsste ihn. Er presste sie eng an sich. Sie lachte. An dem Lachen erkannte er sie wieder. Keine Zweifel mehr, endlich! Den ganzen Abend lang hatte er sich diesen Moment ausgemalt. Er war daheim. Nie wieder würde er sie loslassen. Die gesamte Vorhalle war von einer grünen Wiese mit hunderten blühenden Blumen übersät. Dazwischen spazierten lachend und scherzend die Tempeldienerinnen. Viel mehr beobachtete er davon nicht, er sah nur Areshva. Sie landeten in einer kleinen Kapelle, deren Boden von weiß leuchtenden Blumen übersät war und die deshalb aussah, als stünde sie im Wald. Hinter ihnen verschloss Areshva einen Vorhang, um mit ihm allein zu sein. Sie setzten sich ins Moos. Zuerst wussten beide nicht, wie sie auf einander zugehen sollten. Areshva schlug eine »Besprechung der Lage« vor. Daraus wurde schnell eine viel tiefere Unterhaltung, in der sie voreinander ihr ganzes Leben ausbreiteten. Ein Gespräch, in dem sie sich gegenseitig ihre innersten Geheimnisse anvertrauten und all die Missverständnisse und Sehnsüchte der letzten Monde.

Jemand riss den Vorhang auf. Es war die schielende Kamla. Areshva und Silvrin fuhren auseinander.

»Was soll das?«, schimpfte Areshva. »Weißt du, wie spät es ist?«

»Eine Botin aus Kalamachai ist gekommen und hat Euch etwas zu sagen, Herrin«, sagte Kamla verstört.

»Hat das nicht bis morgen Zeit?«, versetzte Areshva ungnädig. Erst jetzt fiel ihr auf, wie unnatürlich blass die Tempeldienerin war. Es war ein Ausdruck in ihrem Gesicht, der sie veranlasste, sofort aufzustehen und der Dienerin zu folgen.

Vor der Kristallkugel erwarteten sie zwölf Tempeldienerinnen, alle gleichermaßen blass wie Kamla, die eine gefesselte Magierin in dunklen Gewändern vorführten. Sie trug ein Spinnenhalsband.

Areshva runzelte die Stirn. Wegen einer einzelnen Hexe, die sich nicht unterwerfen wollte, musste man nicht solch einen Aufstand veranstalten.

»Seid Ihr die neue Priesterin von Darghessa?«, fragte die Schwarzgekleidete von oben herab.

»Ja. Was habt Ihr mir zu sagen?«, erwiderte Areshva kühl.

»Ihr habt Euch nicht bei der Hohepriesterin angemeldet. Es ist verboten, eine Kristallkugel in einer Provinz zu übernehmen und sie nicht anzumelden. Ihr betreibt also hier einen illegalen Tempel!«

»Ich kann mich nicht bei der Hohepriesterin anmelden, weil meine Kugel nicht auf ihre Wellenlänge eingestellt ist. Eine Lichtkugel kann nicht mit einer Dunkelkugel kommunizieren.«

»Deshalb schickt sie mich zu Euch. Ich soll ausrichten, dass Ihr zu einer verbotenen Göttin betet, was Euch bewusst ist. Das ist ein unverzeihlicher Verrat. Noch schlimmer, habt

Ihr eine ganze Provinz dieser verbotenen Göttin überschrieben. So etwas nennt man Hochverrat, meine Liebe. Soll ich Euch informieren, welche Strafe darauf steht?«

»Das interessiert hier niemanden. Die Hohepriesterin hat keine Macht mehr über meine Provinz.«

Die schwarz gekleidete Zauberin schürzte ihre Lippen und blickte Areshva hochnäsig an.

»Irrtum. Sie wird Eure Grenzen zerschlagen und Euer albernes kleines Reich hier wieder zerstören. Ihr könnt nicht elementare Gesetze verletzen und Euch eine Provinz unter den Nagel reißen in einem Land, in dem elf andere Provinzen und die Hohepriesterin das Todesurteil gegen Euch und alle Eure Gefolgsleute gesprochen haben. Ihr seid zu schwach, um gegen die ganze Welt aufzubegehren und solltet Euch dringend Gedanken um Eure persönliche Sicherheit machen. Dies ist eine Warnung.«

Areshva stellten sich die Nackenhaare auf. Sollte das eine Herausforderung werden? »Bestellt Eurer Hohepriesterin, ich lasse mich nicht erpressen und nicht ich, sondern *sie* sollte sich um ihre Sicherheit sorgen, wie sie vielleicht noch aus Erfahrung weiß!« Sie funkelte ihre Dienerinnen zornig an. »Entfernt diese Person! Nicht außer Landes, bringt sie zunächst ins Gefängnis. Ich will nicht, dass sie der Hohepriesterin übermittelt, was ich gesagt habe. Oder ich überlege mir noch, wie ich das handhabe. Und ich will heute abend nicht noch einmal gestört werden!«

Der blanke Horror hatte Areshva gepackt.

Was jetzt? Kann ich bestehen? Gegen die Hohepriesterin, aber diesmal mit Lystrella als Herrin? Nein. Ich habe zu wenig Macht. Lystrella ist zu schwach. Ich muss mehr Macht gewinnen. Oder vielleicht reichen unsere Opferwälder? Aber Kirisha hatte damals stattliche Wälder und es hat nicht gereicht.

Areshva hastete durch den Tempel, sie wollte zurück zu Silvrin. *Das Seelenfest!,* fiel ihr ein. Lystrella hatte doch selbst gesagt, sie müssten nur überleben bis zu ihrem ersten heiligen Fest, dann würde sie ihre Macht so steigern, dass sie schon etwas wagen konnten. Aber dieses Fest konnten sie frühestens in einem Mond feiern. Erst dann wären die Seelen in den Bäumen herangewachsen. *Halten wir einen ganzen Mond durch gegen die Macht der Hohepriesterin?*

Silvrin kam ihr entgegen. Sein Anblick traf sie immer noch jedes Mal ins Herz. Wie konnte ein Mann dermaßen attraktiv aussehen? Seine tiefen warmen Augen mit dem so gewinnenden, offenen Ausdruck darin, das leise Schmunzeln um seine Mundwinkel, seine etwas verwuschelten blonden Haare – schon hatte er sie erreicht und sie versank in seiner Umarmung.

»Was ist?«, murmelte er, während er sie küsste. »Du atmest so schnell. Was hat dich aufgeregt?«

Areshva konnte die Helligkeit im Tempel auf einmal nicht aushalten, denn ihr war so dunkel ums Herz. Etwas nagte darin, höhlte sie aus. Sie zog Silvrin durch eine Seitentür nach draußen in den neu bepflanzten Tempelpark. Ein kleiner Quellbach plätscherte hier durch eine Blumenwiese, der in der Dunkelheit geheimnisvoll blinkte.

»Nun sag schon, was los ist«, fragte Silvrin hartnäckig.

»Die Hohepriesterin wird uns attackieren. Ich habe keine Ahnung, wie wir gegen sie bestehen sollen.«

»Bleib ruhig. Wir müssen darauf nicht gleich heute eine Antwort finden.«

Er legte ihr den Arm um die Schultern. Wie diese Berührung prickelte! Sofort lenkte er sie dermaßen ab, dass ihre Gedanken gleich zu ihm wanderten und ihr das Problem schon gar nicht mehr so überwältigend groß vorkam.

»Ob wir überhaupt eine Antwort finden können, ist die Frage«, sagte sie zagend und lehnte sich eng an ihn. Er roch so gut. Sie hatte sich schon oft an ihn gelehnt, nur um diesen Duft zu genießen. »Ich kämpfe diesen Kampf schon so viele Monde und habe keine gefunden.« Ein Bild stieg in ihr auf. Es war ein schönes, tröstendes Bild, das sie auch sofort beruhigte. »Außer der einen«, sagte sie und lachte ihn an. »*Du* wirst eine Lösung finden. Sonst hätten die Götter der Finsternis nicht solche Angst vor dir. Vier Todesurteile gegen dich zu verhängen – findest du das nicht übertrieben?«

»Dein Vertrauen ehrt mich.« Er lachte auch, suchte ihre Lippen und küsste sie lange. »Kann es sein, dass du ein bisschen verliebt bist und mich vorübergehend mit einem König verwechselst?«

Sie versank in seinen Küssen. »Oder mit einem Gott«, murmelte sie, während sich ein seliges, wärmendes Gefühl in ihr ausbreitete.

Er fuhr fort, ihre Wange zu küssen und arbeitete sich langsam bis zu ihren Ohren hin. »Was hast du gesagt?«

Wie sollte sie denn darauf antworten, wenn er gerade ihr Ohrläppchen einsaugte? »Nichts.« Es kam ihr so vor, als wäre jeder neue Kuss noch viel schöner als der vorherige. »Ich frage mich nur gerade, ob dich nicht das Kettenhemd auf der Haut scheuert.«

»Keine Sorge, es scheuert nicht.« Sie konnte seine Worte kaum verstehen, weil er ihr Ohr nicht losließ, während er sprach. Aber er ließ sie gewähren, als sie nun anfing, das Hemd nach oben zu ziehen. Seine nackte Haut brachte sie fast um den Verstand. So lange hatte sie sich danach gesehnt, mit den Händen über seine Bauchmuskeln zu fahren, seinen prachtvollen Körper wieder an ihrem zu spüren.

»Tatsächlich«, flüsterte sie, während sie das kalte Metall des Hemdes über seinen Kopf zog und es hinter ihn auf die Wiese fallen ließ. »Du siehst wahnsinnig gut aus.«

Dabei stolperte sie über einen kleinen Stein und versank mit einem Fuß im feuchten Seeufer. Beide lachten und ließen ihre Blicke über das dunkel glitzernde Seewasser gleiten.

»Kannst du übrigens tauchen?«, wisperte Areshva ihm ins Ohr.

»Nein! Unter Wasser kann man doch gar nicht atmen«, erwiderte er.

»Doch«, gab sie zurück. »Wenn du willst, zeige ich es dir.«

Er lachte. »Ich will.«

Sie breitete ihre Flügel in voller Länge aus, stieg in den See hinein und legte sich auf den Rücken, wobei sie die Flügel an den Rändern etwas hochklappte, damit kein Wasser hereinkam. So schwamm sie auf der Wasseroberfläche.

»Komm, wenn du dich traust!«

Er kroch zu ihr ins Wasser. Ihre Haut war viel weicher, glitschiger als sonst. Als er mit den Knien auf ihre Flügel trat, schaukelten sie ein wenig, hielten ihn aber auf der Wasseroberfläche. Er schmiegte sich an sie. Schon umschlossen ihre Flügel ihren und seinen Körper gemeinsam und sie tauchten in die Fluten ein.

ENDE von Band 5

Seelen der Göttin (Chronicles of Gods 6)

** Band 6 der berauschenden Welt voller Götter, Magie und Intrigen **

Am Ziel angekommen: Areshva wird Priesterin von Darghessa und erweckt die neuen Seelen ihrer Lichtgöttin Lystrella zum Leben. Das ruft die Hohepriesterin auf den Plan, die sie zum Endkampf gegen die übermächtigen Dunkelkräfte herausfordert.

Als Areshva danach verschwindet, gerät auch Silvrin zwischen alle Fronten und wird in mörderische Kämpfe verwickelt. Noch schlimmer sind aber seine Zweifel: Kann er Areshva überhaupt noch vertrauen oder hat sie die Göttin endgültig verlassen?

Die Seelen der Göttin bringen unerwartete Hilfe ...

Dunkle Götter, eine verbotene Magie und die Versuchung der Liebe verstricken die Magierin Areshva in ein mitreißendes Handlungsnetz, dem sich der Leser absolut nicht entziehen kann. Anke Unger überträgt uralte Ängste des Menschen auf eine faszinierende Fantasywelt voller Legenden.

Meermädchen oder Das Herz des Dämonen
(Die Chroniken von Amazonia 1)

Wenn nur die Magie des Wassers dich retten kann

Unbegabt, verachtet, verstoßen: Das Leben des Straßenmädchens Murissa ist eine Katastrophe. Bis sie sich in den Seeprinzen Turris verliebt. Um sein Herz zu gewinnen, gibt sie sich als zauberkräftige Meerjungfrau aus, schwitzt fortan unter dem Druck, nicht enttarnt zu werden, und folgt ihrem Prinzen auf eine abenteuerliche Reise zum Nebelmeer. Doch auch Turris hat ein Geheimnis. Und seines ist weitaus gefährlicher.
Die Amazonenkönigin Penthesilea, siegreich in neun Feldzügen, wird von ihrem Volk und ihrer Göttin umjubelt. Ihr neuester ritueller Kriegszug, bei dem sie unter Wasser kämpfen soll, droht jedoch ihr Heer zu vernichten. Die Rettung sucht sie in waghalsigen Experimenten mit Meeresmagie.
Als die Königin und das Straßenmädchen aufeinandertreffen, verknüpfen sich ihre Schicksale. Sie könnten alles verlieren, wovon sie je träumten – oder auch alles gewinnen!

Exotische Welten unter Wasser und im fernen Inselreich Amazonia, magische Kämpfe, dunkle Geheimnisse, die Macht der Liebe und eine Prise Humor machen dieses Fantasy-Epos zu einem mitreißenden Abenteuer.

Der Start dieser neuen Serie ist geplant für

Herbst 2021

Möchtest du immer auf dem Laufenden bleiben?

Melde dich gern zu meinem Newsletter an.

https://bd59b0b7.sibforms.com/serve/MUIEAPBrG2vHnhj4JKf
SlrzQyHb0A7i4j-31OwbW96sjmWgGvUiBvpM_r7yuKGE1Is8IfA-
7X6-FSVLN7gQhwMp3Vh-AuzLiwavmOFh7-h4ODUsp0nla-
Sc2XmVsjuYMB5HE-
Jw8bLhb7G0E3ZJQqQN_67ibXZNyCIGcMC0fMrhJLbfvSHNEdDV
AX3hG020q5OVl5_yWCu6wLcKk

Leseprobe aus „Meermädchen"

Penthesilea

Vom Fluss her sehe ich an mindestens fünf Stellen rote Lichter blinken. Es sind diese, die die schrillen Geräusche von sich geben.

Gefahr unter Wasser. Hat Arixes das Gebiet nicht ordentlich geprüft? Klappt denn hier gar nichts?

»Sind es Wassermenschen?«, brülle ich die Kriegerin an, die ich festhalte.

»Die Seerosen haben sich plötzlich verwandelt«, stammelt die Orka und versucht, sich mit ihren stämmigen Armen von mir loszureißen. »Es sind eigentlich Schlangen. Sooo lang.«

Sie zeigt mit den Händen zum Himmel hoch. »Arixes hat befohlen, dass 500 Kriegerinnen zum Fluss laufen und helfen.«

»So viele? Wie taucht ihr denn?«, frage ich.

»Teamzauber«, erklärt die Kriegerin. »Jede von uns soll sich an eine Schwimmerin andocken.«

Naftare hat meine Idee aufgegriffen, erkenne ich sofort. Vermutlich glaubte sie darauf zurückgreifen zu müssen aus Mangel an Alternativen. Mir wird flau im Magen.

Ein Blick auf das Wasser macht mir deutlich, dass unter der Oberfläche ein wilder Kampf tobt. Obwohl es windstill ist, türmen sich meterhohe Wellen auf und es spritzt in alle Richtungen. Als ich genauer hinsehe, erkenne ich auch die baumdicken Schlangenkörper, die auf und ab wirbeln und durch ihre blaugraue Farbe fast wie Wellen aussehen. Eine unserer Reitechsen liegt blutüberströmt am Strand.

Sofort will ich ans Ufer rennen, kann aber nicht, weil mein linkes Bein praktisch wie ein nutzloser Klotz an meinem Körper hängt. Mir wird sofort klar, dass ich auch keine Kiemenketten bei mir trage und deshalb unter Wasser kampfunfähig wäre. Wahrscheinlich aus demselben Grund stehen Dutzende meiner Kriegerinnen hilflos am Ufer und wagen sich nicht hinein. Nur die Orkas, die nie einem Kampf ausweichen, stürzen sich kopflos in die Fluten. Zahlreiche *Teams* stehen zu zweit nebeneinander und ich sehe an dem Blitzen und Funkeln rings um ihre Körper, dass sie dabei sind sich zusammenzukoppeln. Mehrere kleben bereits aneinander und springen in die Tiefe.

Ich könnte sie alle verlieren.

Ein gewaltiger Schreck fährt mir durch alle Glieder. Ich merke, wie alles in mir auf *Notfall* umschaltet. In meinem Kopf löschen sich alle Gedanken außer einem: Retten. Eingreifen. Da mein Körper streikt und mir die Kiemen fehlen, ist Naftares Teamzauber jetzt vielleicht sogar die einzig brauchbare Idee. Ich brauche eine Schwimmerin – noch besser zwei, um auf gleich zwei kräftige wassertaugliche Körper zugreifen zu können. In meiner Nähe sehe ich mehrere Novizinnen, die vor Angst wie gelähmt auf die Riesenschlangen starren. Ich winke zwei von ihnen zu mir.

»Wir sind ein Team«, befehle ich ihnen. »Du stehst rechts von mir, du links.«

Zum Glück bleibt uns die Diskussion erspart, die ich zu allen Seiten um uns herum höre: Wer von uns die Führerin sein soll und wer gehorcht.

Ich lasse einen langen Strahl aus meinem Zeigefinger zischen, den ich um unsere Hüften schlinge.

Dann sehe ich meiner rechten Nachbarin in die Augen – nicht auf die gewöhnliche Weise, sondern tiefer, starre ihr bis in die Seele und fordere, mich einzulassen. Für diesen Zauber muss der Partner Vertrauen zu mir haben – oder Respekt, den ich von meinen Kriegerinnen ohne weiteres einfordern kann. Sie lässt mich die Seelenbarriere überwinden und ich beginne ihren Körper zu spüren. Perfekt ... nun gleiten meine Blicke nach links, bis ich die Gliedmaßen beider Kriegerinnen, und meine eigenen, wie einen einzigen krakenförmigen Körper mit sechs Armen und Beinen spüren kann. Dieser Zauber ist auf den ersten Blick leichter als der Seelensprung, denn ich muss dazu meinen Körper nicht verlassen.

Auf meinen Impuls hin laufen wir ans Ufer – meine Kolleginnen schleppen mich mit meinen lahmen Beinen mit - und springen in die Wellen. Sofort greife ich auf die Kiemenatmung meiner beiden Nachbarinnen zu und das funktioniert: ich kann spüren, wie mich frisches Wasser wie ein Quell des Lebens durchströmt und mir, obwohl ich nicht selber atme, genügend Kraft gibt. Diffuse Angstgefühle irritieren mich ein wenig. Es müssen die meiner Partnerinnen sein, die ich spüre. Dies ist der Nachteil des Teamzaubers. Ich muss dafür sorgen, dass uns alle drei die richtigen Gefühle leiten: Meine. Zorn und Kampflust. Ich weiß auch, wie ich das machen muss. Die stärksten Gefühle werden uns alle drei erfüllen und ich bin von Zorn ohnehin so überladen, dass ich diese Schlangen am liebsten eine nach der anderen erwürgen würde. Rechts und links neben mir verwandeln sich meine Teampartnerinnen in Fischmädchen mit prächtigen doppelflossigen Schwänzen und wir durchpflügen das trübe Wasser schnell. Sehen kann ich nicht besonders viel, weil so viel Schmutz aufgewirbelt ist, der die Sicht trübt. Deshalb erhelle ich den Fluss mit einem hellblauen magischen Licht, das es glasklar werden lässt.

Nun erkenne ich die riesenhaften Schlangen. Sie sind dick wie Bäume und viel länger als wir, haben silbrige Schuppen und was wir über dem Wasser für Seerosen gehalten haben, waren vermutlich ihre Augen. Die meisten von ihnen jagen Kriegerinnen. Kalte Wut lodert in all meinen Gliedmaßen. Ich werde sie alle töten. Sie entkommen mir nicht. Ganz unten halten Horden dieser Kreaturen unsere Echsen am Boden wie hinter lebendigen Gittern gefangen. *Euch töte ich auch!*

Ich mache mich bereit zum Angriff, fasse mit allen meinen sechs Armen zu Harpunen. Da saust uns schon das erste Untier entgegen: ein etwa vier Meter langer Koloss, schlangenartig, mit zwei spitzen Zähnen im geöffneten Maul, die uns entgegenschießen. Gleichzeitig werfe ich mit allen sechs Händen. Am Bauch ist er nicht zu treffen, anscheinend schützt ihn dort sein Panzer und drei unserer Harpunen prallen ab. Eine jagt in seine Seite und eine andere in seinen Hals. Das Biest zuckt leicht zurück, zaudert. Schwer verletzt scheint es aber nicht zu sein, denn schon wendet es sich wieder mir zu. Unsere Waffen waren zu winzig, um ihm etwas anzuhaben. Es greift an. Wir ziehen die Harpunen an den

Seilen zu uns zurück und drehen blitzschnell ab. Das war knapp, sein langer Giftzahn rauscht haarscharf an meiner Stirn vorbei. Ich lasse magische Hitze in meine sechs Arme fließen und lade damit unsere Waffen. Dann wirbeln wir herum und attackieren. Die Harpunen sind nun keine dünnen Speere mehr, es sind armdicke messerscharfe Riesendolche, die den Körper unserer Feindin meterweit aufschlitzen, wo sie treffen. Ha! Geht doch! Und weiter, weiter!

Die Wucht unserer neuen Waffen zerfetzt das Vieh, das abwärts trudelt. Keinen Augenblick zu früh, denn nun haben uns weitere entdeckt. Vier Riesenschlangen auf einmal wirbeln mit ihren riesigen Leibern auf uns zu. Ich greife sie von der Seite an, eins nach dem anderen halbiere ich – und weiter. Wo sind die anderen? Sie fliehen gegen den Strom. Von überall entwischen sie. Vielleicht habe ich sie das Fürchten gelehrt, das ist gut. Ich beschließe zum Boden abzudrehen, wo sie meine Leute und Echsen in ihren aus lebenden Körpern gebildeten Gittern gefangen halten. Doch eine eigenartige Strömung, die meine Teampartnerin zur Linken trifft, lässt mich in diese Richtung blicken.

Ach du Schreck. Wie eine schwarze Wand nähert sich von dort ein ganzer Schwarm der schwarzen Giganten. Unmöglich die Tiere zu zählen – ich schätze über hundert. Wahrscheinlich haben sie mich als Hauptfeindin ausgemacht und beschlossen, mich zu vernichten. Mich und alle die Kameradinnen, die in ihren Fängen sind. Es können nicht wenige sein, sonst wäre am Ufer nicht so ein Aufruhr gewesen.

Fliehen! Fliehen!, spüre ich den Impuls meiner beiden Kameradinnen, aber ich zwinge ihn nieder. Hier wird nicht geflohen. Wir lassen uns nicht von einer Horde wilder Tiere besiegen. Unsere sechs Harpunen erhoben, erwarte ich den Angriff des Rudels, während ich fieberhaft nachdenke, wie ich sie austricksen kann. Eine kleine Idee habe ich. Mit einer ruckartigen Bewegung rase ich mit meinem Team erst nach unten und dann in einer harten Kurve scharf nach rechts. Der Schwarm huscht mir nach, ich höre ein hohes metallisches Geräusch, welches das Wasser zischen lässt – ihr Angriffsruf.

Wieder drehe ich weit nach rechts ab, um ganz an den Rand der schwarzen Wand zu gelangen – werfe dann mit dem hintersten meiner Krakenarme die daran gewachsenen Tentakel aus und erwische damit die am weitesten außen schwimmende Schlange, die ich mit einem Stoß magischer Strahlung aus meinem Arm in mein Team einverleibe. Sofort dreht sie sich quer und dem Schwarm entgegen. Dieser stutzt für einen Moment, scheint irritiert. Den kurzen Augenblick nutze ich, um mithilfe meiner anderen Partnerin ein zweites Tier einzufangen, das ich an meine andere Seite binde. Plötzlich sind wir nicht mehr nur drei kleine Amazonen, die einem Heer Monster gegenüberstehen, sondern wir sind selbst ein Monster, groß und von bizarrer Form wie ich annehme – Sie starren uns an.

Gehorche mir... befehle ich den beiden neuen unförmigen Körpern, die ich besitzen will. Kann ich die Kontrolle über die Bestien übernehmen? Blitzschnell schicke ich einen Magiestrahl erst in den einen Körper, dann in den anderen, durchdringe sie und es gelingt, schon habe ich beide unterworfen und spüre die meterlangen Schlangenkörper ebenso gut wie jene meiner anderen Arme. Das hat den Vorteil, dass ich unsere Gegner nun nicht nur aus meinen sechs menschlichen Armen angreifen kann, sondern auch die angekoppelten Schlangen auf ihre eigenen Artgenossen losgehen. Das verwirrt unsere Feinde gehörig. Obwohl deutlich in der Überzahl, weichen einige zurück. Ich sprinte auf die verbleibenden los. Einem nach dem anderen schlage ich die giftigen Zähne in ihre dicken Leiber, schnell, gierig, wie ein wildgewordenes Monster. Wie von einem Windhauch verweht zischen die Reptilien in alle Richtungen davon. Kaum eine macht noch den Versuch, sich mir entgegenzustellen. Aber ich weiß, sie sind sofort wieder da, wenn ich locker lasse, also rase ich ihnen nach, packe hier einen Lindwurm und dort einen. Die Biester flüchten nun scharenweise.

Das entzündet meinen Jagdinstinkt nur umso heftiger. Ich werde immer wilder, je mehr von ihnen ich erwische. Eine ganze Horde erspähe ich unter mir. Sie verharren am Boden und glotzen mich mit ihren roten Seerosenaugen bösartig an. Einige meiner eigenen Schwimmerinnen, die mit ihren kleinen Harpunen gegen diese Viecher kämpfen, erschrecken sich bei meinem Anblick und ergreifen schlagartig die Flucht.

Tief auf dem Grund erkenne ich eine Art Gefängnis, in welchem die Monster ihre Leiber wie Gitterstäbe benutzen und darunter mehrere unserer Echsen und Kriegerinnen eingesperrt haben. Diese wirken bewegungslos – sind sie tot? Eine neue Welle rasender Wut durchtost mich.

Pfeilschnell lenke ich meinen Riesenkörper nach unten. Hier kämpfen weitere Schwimmerinnen mit Harpunen gegen die mit ihren dicken Zähnen um sich beißenden Schlangen. Ich annektiere noch eine dritte Bestie über meinem Körper, was meine Schlagkraft weiter potenziert. Offenbar sehe ich nun wie das übelste Ungeheuer aus – scharenweise ergreifen sowohl die Schlangen wie auch meine eigenen Leute die Flucht. Ich rase den Monstern hinterher und nun ist es leicht, sie zu töten. Wieder und wieder stoße ich meine Giftzähne in ihre Nacken und erledige so viele, dass ich aufhöre zu zählen. Der Geruch von Blut durchseucht das Wasser, macht mich geradezu rasend. Immer schneller jage ich vorwärts, attackiere ich Bestien. Das Gefängnis am Boden hebele ich aus, zerfleische den Wächtern die Hälse, bin inzwischen schon so wild, dass ich dem Impuls widerstehen muss, die Untiere einfach zu fressen...

Die befreiten Echsen und Kriegerinnen liegen seltsam leblos in der Tiefe und bewegen sich kaum. Leichte Beute. Immer gewaltiger wird der Drang sie zu ergreifen, zu zerfleischen, mir endlich den Magen vollzuschlagen, seit Tagen verirrte sich nicht ein einziger Fisch in dieses Gewässer und ich bin hungrig. Wer soll mich hindern? Ich bin die mächtigste Schlange in diesem Fluss, sehe doch, wie sie alle vor mir kneifen. Selbst die dürren Menschenfische mit den Speeren wagen sich nicht an mich.

Tief in meinem Hinterkopf spüre ich, dass etwas nicht stimmt. Ich verliere die Grenze zwischen meinen Körpern. Muss abbrechen.

Stopp, stopp!

Doch ich bin wie magnetisch angezogen vom Geruch der benommenen Körper am Grund des Flusses, die so verlockend vor mir hin- und herschwanken, deren Hände mir zuzuwinken scheinen. Ich öffne alle meine Mäuler, das wird ein Festmahl! Eine Amazone blickt mich an mit schreckgeweiteten Augen und lässt ein rot leuchtendes magisches Geschoss nach oben rasen.

Ein Alarm. Todesgefahr.

Ich kenne diesen Alarm, es ist unserer.

Warnt sie die anderen vor MIR?

Habe ich wirklich gerade daran gedacht, sie zu fressen?

Abbrechen! Ich muss abbrechen!

Der Instinkt der Schlange ist so mächtig, dass ich es kaum schaffe ihn zu ignorieren. Ich kann mich nur als Ganzes ausbremsen, in sämtlichen Bewegungen. Das muss ich tun, zwinge mich innezuhalten, was mich unerwartet gänzlich aus meiner Führungsrolle reißt, und da sie kein anderer übernimmt – können wir uns plötzlich nicht mehr bewegen. Geraume Zeit taumele ich mit meinem ganzen mächtigen Körper im Fluss, werde von der Strömung mitgezogen und ich wage plötzlich nicht mehr, überhaupt irgendeine Kontrolle über das Ungeheuer, welches ich geworden bin, zu übernehmen – aus Angst, mein eigenes Ich dabei wieder zu verlieren.